셰익스피어처럼 쓰고
오스카 와일드처럼 말하는
39개의 수사학

마크 포사이스
오수원 옮김

THE ELEMENTS OF ELOQUENCE

MARK FORSYTH

ViaBook Publisher

항상 지치지 않고 도움을 준 제인 시버Jane Seeber에게 고개 숙여 감사한다.

지난 한 해 난 도저히 참아주기 힘든 인간이었다. 친구건 적이건 만나기만 하면 물어보는 단 한 가지 질문이 "이 특정 구조를 따르는 유명한 구절이 떠오르는 게 있나요?"였기 때문이다. 여러 사람이 많은 도움을 주셨지만 정확히 다 기억나지 않는다. 별다른 순서 없이 생각나는 대로 감사드린다.

제인 시버, 앤드리아 콜먼Andrea Coleman, 로브 콜빌Rob Colvile, 닉 포퍼Nick Popper, 존 골드스미스John Goldsmith, 마이클 멜러Michael Mellor, 힐러리 스콧Hilary Scott, 에이드리언 혼스비Adrian Hornsby, 제임스 포사이스James Forsyth, 앨리그라 스트래턴Allegra Stratton, 얼리샤 로버츠Alicia Roberts, 닉 로버츠Nick Roberts, 부모님, 로라 험블Laura Humble, 사이먼 블레이크Simon Blake, 앨리스터 휫퍼드Alister Whitford, 제러미 라지Jeremy Large, 크리스 만Chris Mann, 클레어 보더니스Claire Bodanis, 줄리아 킹스포드Julia Kingsford, 에드 하우커Ed Howker 그리고 정신이 없어 잊어버리는 무례를 범한 그 외 다른 모든 분께 감사드린다.

차례

문장의 맛

셰익스피어처럼 쓰고
오스카 와일드처럼 말하는
39개의 수사학

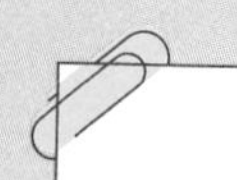

문장의 맛

셰익스피어처럼 쓰고
오스카 와일드처럼 말하는
39개의 수사학

서문

눈을 가린 채 요리를 한다는 것

셰익스피어는 천재가 아니었다. 물론 티끌만큼도 의심할 바 없이 지구상에 살았던 최고의 작가였다. 그래도 천재는 아니었다. 대사 한 마디 잘 써보라고 계시를 내려준 천사도 없었고, 교정을 해준 요정도 없었다. 그는 글쓰기 기법을 배웠고, 기교를 습득했다. 필요한 것들을 꽤 훌륭히 터득해 기량을 쌓았다.

오늘날 우리가 즐겨 언급하는 천재성이란 신비스럽고 가연성 높은 물질 같아서 환하게 타오르다 재로 화해버리는 종류의 것이다. 20대 초반 눈부신 작품 딱 한 편을 창조한 다음 아무것도 허용받지 못하는 시인과 스타의 기이한 재능이 천재성이다. 신비롭다. 존재한다. 그러다 사라져버린다.

하지만 조금만 생각해보면 천재라는 관념은 좀 기이하다. 환히 타오르다 지나치게 빨리 연소해버리는 의사나 회계사나 택시 운전사에 관한 이야기는 없다. 지나칠 정도로 눈부신 재능으로 요절한다? 전문 운동선수를 제외한 모든 직종의 사람들은 시간이 갈수록, 나이가 들수록 기량이 더욱 나아진다. 당연하다. 더 배우고 더 연습하기 때문이다. 글을 쓰는 작가라고 이들과 딱히 달라야 할 이유가 있을까?

셰익스피어도 다르지 않았다. 그는 점점 더 나아지고 또 나아졌다. 어렵지 않았다. 새 직종에 진입해 일을 시작하는 사람들 대부분처럼 그 역시 처음에는 잘 해내지 못했기 때문이다.

셰익스피어가 처음 쓴 희곡이 무엇인지 확실히 아는 사람은 없다. 『사랑의 헛수고Love's Labour's Lost』, 『타이터스 앤드러니커스Titus Andronicus』, 『헨리 6세 제1부Henry VI Part 1』 중 한 편이 아닐까 생각한다. 친애하는 독자 여러분, 이 희곡들을 읽지 않았다 해도 전혀 걱정하지 마시라. 이 작품들을 읽은 사람은 거의 없다. 아주 솔직히 말해 영 별로이기 때문이다. 정확히는 세 작품 중 어디에도 암기까지 해가면서 새겨둘 만한 구절이라고는 단 한 줄도 없다.

자, 이제, 셰익스피어를 두고 이런 말을 하는 것이 좀 충격일 수도 있겠다. 셰익스피어는 뭐니 뭐니 해도 기억할 만한 대사의 대가 아니던가. 하지만 거의 누구나 아는 셰익스피어의 첫 대사는 『헨리 6세 제2부』에 나온다. 반란을 일으키는 소작농이 다른 소작농에게 하는 말이다. "우선 변호사라는 작자들부터 싹 다 때려죽이자"라는 대사이다. 3부에도 있다. "나는 웃을 수 있고, 웃으면서 살인을 할 수도 있지." 그리고 이후의 희곡마다 탁월한 대사는 점점 더 많아지다가, 『헛소동Much Ado About Nothing』과 『줄리어스 시저Julius Caesar』(1590년대), 『햄릿Hamlet』과 『리어 왕King Lear』(1600년대)에 와서 절정을 이룬다.

셰익스피어 기량이 점점 더 나아졌던 이유는 배움과 습득 덕분이다. 요즘 일부 사람들은 위대한 글은 배울 수 있는 게 아니라는 말을 한다. 이런 사람들은 그따위 터무니없는 소리를 하지 않겠다고 약속할 때까지 혼쭐이 나야 한다. 셰익스피어는 글 쓰는 법을 배웠다. 그것도 학교에서 말이다. (라틴어) 작문은 영국 르네상스 시대 엘리자베스 1세 여왕 치세(1558~1603년)의 주된 교육 과정이었다. 무엇보다 중요한 것. 수사적 표현figures of rhetoric 역시 배워야 했다.

글쓰기를 업으로 삼았던 셰익스피어의 언어는 영어였다. 그는 영어로 작품을 썼다. 따라서 영어의 수사 표현법을 배워 썼다. 쉬운 일이었다. 엘리자베스 1세 여왕 시대, 런던은 수사법에 미쳐 있었기 때문이다. 조지 퍼튼햄George Puttenham이라는 친구는 1589년 수사법에 대한 베스트셀러 옮긴이 『영시 작법술The Arte of English Poesie』이라는 책이다를 썼다(셰익스피어가 첫 희곡을 썼던 해와 대략 비슷하다). 이 책은 헨리 피첨Henry Peacham의 『수사법의 정원The Garden of Eloquence』이라는, 10년 더 전에 나온 책과 비슷한 부류의 책이었다. 수사법을 주제로 한 이런 책들이 줄줄이 출간되었다. 이제 수사적 표현figures of rhetoric이란 게 도대체 뭔지부터 설명해야 할 것 같다.

수사법Rhetoric은 큰 주제이다. 설득의 기술 전체를 의미하기 때문이다. 아주 많다. 일단 논리(혹은 대부분의 사람이 생각하는, 생략삼단논법 또는 생략추리법enthymemes이라 불리는 엉성하고 허접한 논리), 크고 명확하게 말하는 법, 무슨 주제로 말을 할까 정하는 일도 수사법에 포함된다. 뭐가 됐건 설득과 관련이 있는 것은 다 수사다. 뭐, **힘에 의한 논증**argumentum ad baculum이란 것도 있다. **내 말에 동의할 때까지 막대기로 위협하는 방법** 정도 되겠다. 이 어마어마한 주제에 속하는 아주 작은 기법이 수사적 표현이다. 단어를 바꾸어 특정 구절 하나를 더 부각하고 기억할 만한 것으로 만드는 기술이다. 말의 내용이 아니라 말하는 방식을 바꾸는 것이다. 수사적 표현은 위대한 대사나 문구를 만들기 위한 공식이다.

이 공식들은 고대 그리스인들도 생각했었고, 로마인들에 의해 늘어났다. 셰익스피어가 작품 활동을 시작했을 무렵 잉글랜드는 르네상스 시대를 통과하느라 아주 분주했다(다른 나라 사람들은 모두 르네상스 옮긴이 르네상스는 시대 이름이기도 하지만 고대 그리스·로마 문화의 부흥이라는 뜻도 있다를 100여 년 정도 더 먼저 시작했는데 잉글랜드는 뒤처졌다). 이제 수사학 고전들이 발굴되어 번역을 거친 후 영어로 글을 쓸 수 있도록 각색되었다. 하지만 영국인들이 좋아했던 것은 생략추론이나 화젯거리topic나 심지어 힘에 의한 논증도 아니었다. 영국인은 수사적 표현figures에 열광했다. 수사적 표현은 '수사법의 꽃'이라 불렸다(그러니 『수사법의 정원』이라는 책이 나올 만도 하다). 영국인들은 당시 시詩에 좀 심할 정도로 매료되어 있었기 때문이다.

그래서 셰익스피어는 배웠고, 또 배웠다. 실력은 나날이 일취월장했다. 그의 대사는 점점 더 인상적이고 기억에 남게 되었다. 그러나 셰익스피어가 쓴 위대하고 유명한 대사 중 대부분은 고대 공식들의 사례에 불과했다. "나는 웃을 수 있고, 웃으면서 살인을 할 수도 있지" 옮긴이 『헨리 6세 제3부』라는 표현은 신이 셰익스피어에게 전해준 선물이 아니다. 그건 그저 '띄어 반복하기diacope'의 사례에 불과하다.

이쯤 되면 궁금증이 생길 것이다. 그렇다면 우리는 왜 학교에서 수사적 표현을 배우지 못했지? 그걸 배워서 셰익스피어만큼 글을 잘 쓸 수 있는 거라면 학교에서는 가사나 목공 대신 수사법을 배워야 하는 것 아닌가? 이 질문에 대한 답은 세 가지이다. 첫째, 목공 전문가는 필요하다.

둘째, 사람들은 수사 일반, 구체적으로는 수사적 표현을 늘 미심쩍게 여겨왔다. 누군가 언어를 아름답게 쓰는 법을 배우면 그는 당신이 뭔가 진실이 아닌 것을 받아들이도록 설득할 능력을 갖추게 될 수도 있다. 근엄한 사람들은 수사를 싫어한다. 불행히도, 대개 사회를 책임지고 있는 자들은 이런 근엄한 자들이다. 아름다움보다 진실이 더 중요하다고 믿는 엄숙한 바보들이 세상을 지배하고 있다.

셋째, 18세기 말 낭만주의 운동Romantic Movement이 일어났다. 낭만주의자들은 뭔가 배울 가치가 있는 것을 배우려면 졸졸 흐르는 계곡물을 쳐다보거나, 맨발로 들판을 뛰어다니거나 고대 그리스 도자기Grecian urn 옮긴이 낭만주의 시인 키츠가 「그리스 도자기에 바치는 찬가Ode on a Grecian Urn」를 쓴 것으로 유명하다를 보면서 상념에 잠겨야만 한다고 생각했다. 이들은 자연스러움을 원했는데, 수사적 표현은 자연스럽지 않다. 수사법은 공식, 그것도 책에서 배워 훈련해야 하는 공식이기 때문이다.

이렇듯, 아름다움과 책에 대한 혐오 탓에 수사적 표현은 대개 잊히고 말았다. 그렇다고 수사적 표현이 쓰이지 않았다는 뜻은 아니다. 알다시피 고대 그리스인들은 수사의 공식을 수집하면서 돌아다녔지만, 공기 중에서 그것들을 뽑아내거나 시험관에서 배양한 것은 아니었다. 그리스인들이 했던 일은 자신이 들었던 최상의 표현들, 가장 기억에 남는 구절들을 적어두고, 그것들이 어떤 구조로 되어 있는지 분석하는 것이 전부였다. 여러분이나 내가 특별히 맛있는 음식을 먹게 되면 요리법을 알아보려 하는 것과 별로 다를 바 없는 방식이다.

수사적 표현은 많지는 않아도 아직 건강히 살아있다. 현대인은 여전히 수사적 표현을 쓴다. 무작위로, 되는대로 쓸 뿐이다.

셰익스피어가 학교에서 머릿속에 욱여넣었던 것을 우리는 가끔 우연히, 부지불식간에 쓴다. 뭔가 아름다운 말을 해놓고도 어쩌다 그런 말을 했는지는 모른다. 우리는 눈가리개를 한 요리사, 냄비 속으로 아무거나 던져넣었는데 가뭄에 콩 나듯 아주 맛깔난 음식을 만들어내는 요리사와 같다.

셰익스피어는 달랐다. 그는 아주 커다란 요리법 책이 있었고 두 눈을 크게 뜨고 있었다.

수사적 표현들은 살아서 번성하고 있다. 우리가 기억은 하는데 **왜 기억하는지 도무지 모르는** 노래 가사나 영화 대사 한 줄은 십중팔구 이러한 수사적 표현 중 하나, 야생에서 자라난 수사법의 꽃 한 송이이다. 이 꽃들이 바로 우리가 즐겨 부르는 노래, 사랑하는 시의 원천이다. 학교에서는 이런 걸 숨기고 가르치지 않는다.

불행히도 학교의 언어 교육은 시인이 생각한 것에만 몰두한다. 시인의 생각이 대단한 흥밋거리라도 된다는 투이다. 사실 학생들은 시인의 생각 따위 관심 없다. 학교에서 아이들은 시가 어떤 행이나 어떤 구절로 이루어져 있는지보다, 호랑이에 관한 시를 쓴 윌리엄 블레이크William Blake가 호랑이를 두고 무슨 생각을 했는지를 주제로 글을 쓰라는 숙제를 받는다. 윌리엄 블레이크라고 해봤자 21세기 문명사회에서는 그를 체포할 경찰관 이외에는 아무도 관심 없을 미치광이일 뿐인데 말이다. 시인은 위대한 사상을 가진 사람이 아니다. 그것은 철학자의 하찮은 의무이다. 시인은 아무리 흔한 생각이라도 절묘하고 기막히게 표현하는 사람이다. 그것이 시인과 다른 모든 사람 사이의 유일한 차이이다.

따라서 이 책에서 내가 하려는 일은 수사적 표현을 설명하는 것이다. 한 장에 하나씩 할애해 설명할 것이다. 독자 여러분이 책을 읽기 시작하기 전에 두 가지 정도 분명히 밝혀두어야 할 점이 있다. 매수자 부담 원칙 같은 것이랄까, 책을 읽는 여러분이 오해하는 일이 없도록 알고 있어야 할 정보이다. 첫째, 수사법 연구가 낭만주의자들에게서 완전히 사라진 것은 아니었다. 지금도 수사법과 관련된 학술적인 글들은 쓰이고 있다. 불행히도 이런 글들은 거의 전부 용어를 정의하려 무진 애를 쓰다 꼬여버린다. 수사학 용어는, 2000년 동안 우리가 붙잡고 늘어졌던 것들 전부와 다름없이 엉망진창이다. 가령 겸용법syllepsis을 다룬 글은 겸용법이라는 용어를 정의하는 데서 출발해 다른 학자들의 정의가 다르다는 이유로 그들을 공격하고 퀸틸리아누스 옮긴이 고대 로마 시기 수사학자나 수젠브로투스 옮긴이 16세기 독일 라틴어 교사의 권위에 호소한 다음, 겸용법 자체나 정의에 관해 쓸 만한 말은 하나도 하지 않고 결론을 맺는다. 이 문제에 관해서는 에필로그에서 더 쓰기도 했지만, 나는 어휘를 두고 옥신각신하는 짓거리에는 전혀 관심이 없으므로, 험프티 덤프티의 규칙 옮긴이 특정 단어의 의미가 말하는 사람에 의해 정해지는 특이하고 이상한 언어 용법. 『거울 나라의 앨리스』에 나오는 달걀 모양의 캐릭터 험프티 덤프티가 단어의 의미를 자기 멋대로 해석하는 데서 유래에 의지하려 한다. 내가 특정 수사적 표현을 설명할 때 쓰는 의미는 내가 선택한 의미, 그 이상도 이하도 아니라는 뜻이다.

둘째, 여러분 중 어떤 분들은 내가 셰익스피어 혹은 이 책에 인용하는 시인 모두를 공격하려 애쓴다고 생각할 수도 있다. 여러분은 이걸 잔인한 까발리기, 마치 『오즈의 마법사』의 흥을 깨는 자처럼 모든 걸 폭로하는 짓이라고 생각할지도 모른다. 셰익스피어는 신인데 그 명성의 피라미드 봉인을 뜯어버리다니 신성모독이라고 질겁할 수도 있다. 하지만 그런 생각이야말로 진실과 거리가 멀다. 기체역학 원리를 설명한다고 해서 라이트 형제를 모욕하는 것은 아니다. 우주복 원리를 설명한다고 해서 닐 암스트롱을 모독하는 것도 아니다. 셰익스피어는 장인이었다. 만일 여러분이 셰익스피어를 만나 현대인들이 그의 수사적 표현보다 페미니즘에 대한 태도를 더 많이 연구한다고 말해준다 치자. 그는 믿을 수 없다는 듯 킬킬댈 것이다.

셰익스피어는 자신을 신성한 존재로 여기지 않았다. 그는 대개 다른 사람들이 쓴 내용을 도용했다. 단, 이 극작가는 도용한 것을 더 훌륭한 것으로 만들었다. 그러기 위해 그는 수사법 공식과 수사적 표현이라는 꽃을 활용했다.

지은이
마크 포사이스

옮긴이의 짧은 안내

말의 힘, 힘의 말
낱말에, 언어에 열광하는 수다쟁이의 수사修辭 변호

말.

요즘 말은 힘이 없는 모양이다. 언론은 공신력 있는 말을 생산해내지 못한 지 오래됐고, 힘 있는 인간들의 말은 거짓의 냄새를 폴폴 풍기는 듯하다. 불의를 없애는 수단은 정치와 시민 사회, 정치가들과 의식 있는 시민 간의 합리적 논쟁과 설득을 통한 말과 그 말이 끌어내는 수긍할 만한 정책이 아니라, 정적에 대한 성토와 사법적 복수를 향한 응원, 분노로 점철된 폭력적 언설, 아니면 현실에서는 꿈꿀 수 없는 사적 복수를 감행함으로써 정의 실현이라는 환상을 안겨주는 문화 상품뿐인 듯 보인다. 그래서는 불의가 없어지지 않는다. 잠시 잊힐 뿐이다. 현실은 건재하다. 말은 미약하고, 힘은 대중 동원력과 그 세력을 뒤쫓는 돈, 그리고 그러한 세력을 선망하거나 자발적으로 거부하는 사람들 사이를 돌풍으로 휘몰아치며 말을 조롱하는 게 아닌가 싶다. 이런 세상에 수사학이라니, 대체 무슨 뚱딴지같은 소리인가?

수사학Rhetoric. 말을 잘하기 위한 기술이나 그 기술에 관한 공부. 수사학의 어원은 그리스어의 '레토리케 테크네'이다. 설득의 기술을 뜻하는 말이다. 상대와 물리적으로 충돌하거나 상대를 죽이지 않고 말로 설득한다? 발상의 혁명이다. 상대에게 내 생각을 강요하지 않고 그의 생각과 마음을 움직여 내게 필요한 행동을 유도해낸다. 말을 잘만 하면 내 목숨과 내가 가진 것을 지킬 수 있을 뿐 아니라 협력을 통한 공생 및 번영의 '가능성'이 열린다는 인식이 수사학의 출발이다. 기원전 5세기 시칠리아 고대 시라쿠사에서 참주정을 무너뜨린 민주정 구성원들 간의 토지 분쟁을 해결하기 위해 출현한 것이 수사학의 시초라는 이야기는 잘 알려져 있다. 잦은 전쟁에 지친 사람들이 어렵게 일군 평화를 유지하려는 방편으로 출현했던 수사라는 기술은, 폭력이라는 인류의 생존을 위협하는 특정 행동을 옆으로 슬쩍 밀어내면서 역사의 전면에 부상한다. 바로 고대 아테네의 민주주의를 통해서이다.

기원전 5세기의 정치적 격변기 그리스의 많은 지역에서는 왕과 귀족이 권력을 장악하고 있었지만, 아테네에서는 '데모크라티아Demokratia'라는 혁신적 정치체제가 등장한다. 민주정이다. 여성과 피정복지에서 노예가 된 이들을 제외한 시민들이 입법, 행정, 사법 권한을 갖게 되면서 시민들에게는 자신의 의견을 확실히 표현하고 청중을 설득할 말의 힘이 필요해졌다. 나의 칼과 너의 칼 대신 나의 말과 너의 말이 충돌해 상대를 설득하는 쪽의 승리를 실천의 근거로 인정하는 체제가 탄생한 것이다. 체제 간의 대립과 물리적 충돌은 여전히 격렬했지만, 논쟁과 설득에 내재한 평화의 잠재력이 사람들의 생각과 마음을 사로잡는 힘 역시 만만치 않았다. 이렇듯 민주정은 논쟁과 설득이라는 수사를 양분 삼아 성장했다.

물론 논쟁이 그리스만의 현상이었던 것은 아니다. 철학자들이 등장하기 시작했던 기원전 6~5세기 무렵 서양의 그리스와 동양의 중국에서 논쟁이 폭발했고, 논변 전문가들이 출현했다. 그리스에서는 이들을 지혜를 갖춘 자라는 의미로 '소피스트'라 불렀고 중국에서는 논변에 뛰어난 자라는 의미로 '변자辯者'라 불렀다. 변자는 명칭과 사실의 본질 및 관계를 논했다고 해서 명가名家라고도 불렸다. 이들은 모두 정치적 격변기의 산물이었다. 각자 자신이 살던 사회에서 논쟁을 주도하며 말과 사실, 말과 세계 간의 관계를 사유하는 실천을 발전시켰다는 점에서 소피스트와 변자 모두 수사의 대가들이자 철학의 기초를 놓은 개척자들이다.

하지만 말이 들어선 자리에서 밀려난 폭력은 옆으로 비켜날 뿐 사라지지 않는다. 말과 현실은 동전의 양면이다. 나의 말이 현실을 바꿀 수 있다고 인정하는 정치체제에서 현실을 바꾸는 데 동원된 말은 다시 그대로 무기가 되었다. 서로 다른 이권과 이해관계, 그에 관한 관점이 충돌하는 상황에서 합의를 끌어내는 것은 다수의 의견이다. 소피스트는 자신의 주장을 다수에게 설득력을 갖추어 전달함으로써 여론을 조성했고 여론은 현실에 영향을 끼침으로써 세력이 되었다. 특정한 자들에게 유리한 현실적 결과를 끌어냄으로써 특권을 양산하는 말의 폭력에 의구심에 찬 눈길이 쏠렸다. 소피스트들에게서 시작된 영향력은 그들의 의도와 방식을 벗어났고 수사를 둘러싼 맥락이 바뀌었다. 이제 수사는 분쟁과 갈등을 해결하는 평화로운 방편에서 진실을 은폐하는 속임수가 되었다. 플라톤은 『대화』 편에서 스승 소크라테스와 다양한 소피스트들의 대화 뒤에 슬쩍 숨어, 수사를 정치적, 윤리적 힘을 갖춘 설득력 있는 말에서 청중의 마음을 읽고 그들의 마음에 드는 말로 그들을 자기 쪽으로 끌어들이는 대중 영합의 기술, 우민 정치의 교활한 수단으로 둔갑시킨다. 물리적 폭력에 대한 대안으로 시민들이 모여 정치적 현안을 해결해나가는 공론장의 중요한 방편이었던 수사에, 진리나 그것이 전제하는 불변의 이데아를 해치는 속임수이자 허상이라는 낙인이 찍힌다.

폭력의 대항마였던 언어가 진실을 죽임으로써 폭력을 조장하는 주범으로 밀려난 역사적 변화는 수사학의 발전 양상에 큰 영향을 끼쳤다. 플라톤의 제자이면서 스승을 극복했던 아리스토텔레스가 수사학의 설득 요소를 논리와 이성을 뜻하는 로고스, 상대에 대한 인간적, 정서적 호소력인 파토스, 말하는 자의 진실성과 신뢰성이자 윤리적 기초인 에토스 세 가지 요소로 나누어 수사학을 정교하게 발전시킨 이후, 수사학은 여러 갈래로 찢어져 본령을 벗어난다. 로마의 제정이 아테네의 민주정을 대체하면서 말은 이제 정치적 설득의 방편이 아니라 정치를 벗어난 미학적이고 문학적 허구 기능에 주로 국한되어 정의되기 시작했다. 그 이후 라틴 문화를 고전으로 추앙하는 수사학은 공적 영역에서 실천하는 담론의 효과라는 측면을 점점 벗어나 비정치적 공간에서 이루어지는 아름다운 담론으로 변모한다.

교회로 권력이 넘어간 중세 시대 (이견이 있긴 하지만) 수사학은 실천적 학문에서 논리를 통한 지식과 형식을 중시하는 문학 기술의 영역으로 축소되어 교육 공간에 갇혀버렸다. 현실적 위력을 지닌 수사학을 학교라는 안전한 공간에 가두어 폭탄의 위험한 뇌관을 제거해버리는 정치가 작용한 결과가 아니라고는 할 수 없을 것이다. 르네상스 시대, 수사학에 잠재되어 있던 내용과 형식의 구분은 더욱 세밀해졌고, 이제 '아름다운 형식'에 대한 관심이

급증한다. 고전 교육을 중시하던 이 시대 대표적 인문주의자이자 영향력 큰 수사학자였던 에라스뮈스는 『두 배로 풍성한 단어와 사물의 어휘에 관해』라는 수사학 교과서에서 "당신의 편지에 나는 매우 기뻤소"라는 말을 표현하는 변형 150개를 담았다고 한다. 수사적 미문, 언어적 유희, 지적 스포츠, 연극 요소가 충만한 담론이 발전하는 시초가 마련되었다.

계몽주의 시대를 거치며 과학이 발전해도 굴하지 않고 신수사학을 통해 변신을 거듭하던 수사학은 19세기 들어 쇠퇴일로를 걷는다. 고전주의 시대의 영광을 뒤로하고 수사학이 담당했던 논리와 객관성은 과학적 실증주의에 역할을 내어주었고, 형식을 갖춘 미문의 독창성은 낭만주의 미학에 자리를 빼앗겼다. "수사학에는 전쟁을, 문장에는 평화를." 프랑스를 대표하는 낭만주의 소설가이자 혁명의 서사 『레미제라블』을 쓴 빅토르 위고의 슬로건이다. 역설적으로 위고의 강력한 이 슬로건 또한 수사학의 산물이다. 대조법이라는 수사이다. 낭만주의 미학은 프랑스혁명의 정신과 밀접한 관련을 맺고 있다. 수사를 독점했던 기존 세력에 대한 저항과 그들의 말을 뒤엎는 새로운 언어의 필요성이 혁명의 언어, 자연의 언어에 대한 이데올로기를 낳았다.

서두가 길었다. 이 책을 쓴 마크 포사이스가 수사적 표현의 중요성을 강조하는 맥락을 짚기 위해 수사학의 역사적 맥락이 필요하다고 생각했다. 수사라는 교활한 말장난에서 벗어나야 한다는 언설 역시 수사라는 깨달음. 언어를 벗어난 현실은 없다는 인식이 이 책을 쓴 마크 포사이스의 수사에 대한 애정을 이해할 수 있는 배경임을 독자 여러분께 말하고 싶었다.

포사이스는 사람들이 수사 일반, 특히 수사적 표현을 미심쩍게 여기는 역사적 연원을 낭만주의 담론에서 찾는다. "낭만주의자들은 뭔가 배울 가치가 있는 것을 배우려면 졸졸 흐르는 계곡물을 쳐다보거나 맨발로 들판을 뛰어다니거나 고대 그리스 도자기를 보면서 상념에 잠겨야만 한다고 생각한다. 이들은 자연스러움을 원했는데 수사적 표현은 자연스럽지 않다. 책에서 배워서 훈련해야 하는 공식이기 때문이다." 낭만주의자들 나름의 미학적 고민을 "졸졸 흐르는 계곡물을 쳐다보거나 고대 도자기를 보면서 잡념에 빠지는 행위"로 놀려먹는 문장에 지은이의 짓궂은 불만이 묻어난다. 그래서 그런지 포사이스가 책에 가장 많이 인용하는 텍스트는 서양 문화의 원류인 『성경』과 문학, 특히 르네상스의 말 많은 극작가 셰익스피어, 셰익스피어, 셰익스피어…, 말 많기로는 셰익스피어에 뒤지지 않는 19세기 소설가 디킨스, 디킨스이다.

"존재할 것인가, 아니 존재할 것인가, 그것이 문제로다."

셰익스피어의 『햄릿』, 용어법

"질투는 녹색 눈을 가진 괴물"

셰익스피어의 『맥베스』, 의인법

"불어라, 바람아, 나의 뺨을 찢어버려라! 격노하라! 불어라!"

셰익스피어의 『리어왕』, 첫결반복

"안 돼, 퍼시, 그대 이제 먼지, 그리고 먹이가 되는구나…"

셰익스피어의 『헨리 4세』, 돈절법

들어도 금세 잊어버릴 수사법 용어가 넘쳐나지만, 셰익스피어의 표현들만큼은 익숙하거나 왠지 잊지 말아야 할 것 같은 느낌을 준다. 문학은 현대 모든 언설을 파고들어 영향력을 끼쳐왔기 때문이다.

"삐걱거리는 부츠"

디킨스의 『위대한 유산』, 전이형용어

"칭찬하는 습관은 아무런 비용 없이 사람의 혀에 기름칠해준다는 게 브라스 씨의 좌우명이었다. 유용한 몸 일부가 녹슬거나, 법을 실행할 때 삐걱거리지 않도록, 항상 유창하고 막힘 없이 말할 수 있도록 그는 근사한 말과 찬사로 자신을 발전시킬 기회란 기회는 거의 놓치지 않았다."

디킨스의 『오래된 골동품 상점』, 접속법

특히 접속법을 소개하면서 포사이스가 덧붙이는 설명에는 긴 문장을 경시하는 우리 시대의 풍조에 대한 분노와 안타까움이 노골적으로 드러난다. "(이성과 더불어) 접속법은 지난 100년 동안 계속 감소하는 추세이다. 새뮤얼 존슨, 찰스 디킨스, 제인 오스틴의 난해하고 골치 지끈거리는 문장은 사라지고, 그저 사람들을 흥분시키고 고통이나 주는 잔인하고 야만적인 연속문장(이 또한 수사법이다)이 그 자리를 차지하고 있다. 긴 문장은 이제 조롱거리가 되어 이용 약관에나 숨겨져 연명하고 있고, 쉼표와 콜론, 절과 주석들은 읽히지도 않고 사랑도 받지 못한 채 시들어가고 있다."

물론 수사법이 모조리 긴 표현을 뜻하는 것만도 아니다.

"런던."

디킨스의 『황폐한 집Bleak House』

동사 없는 문장이라는 수사법이다. 단어 하나의 배치도 수사 전략의 산물이다. 포사이스에 의하면 "훌륭한 첫 문장, 자신이 무슨 말을 할지 알고 있는 작가나 가능한 문장"이다. 시간을 초월한 공간을 표현하는 근사한 어법이라는 설명이다. 그뿐만이 아니라 문법파괴조차 수사이다. 사람들의 기억에 자리 잡은 채 떠나지 않을 수 있는 말, 뇌리에 박혀 잊으려 해도 잊히지 않는 정치적 언설, 우리가 늘 듣는 노래 가사, 광고 문구, 속담에는 모조리 독서와 훈련의 성과인 수사적 표현이 깃들어 있다.

간략함과 예리함과 놀라움short, sharp, shock을 전달하는 두운의 매력, 동어이형반복과 달 착륙 우주인 닐 암스트롱에 얽힌 이야기, "전황이 일본에 반드시 유리하게 전개되지는 않았다"라는 곡언법을 써서 어마어마한 패전의 효과를 반감시키려 했던 정치적 수사, 불명확한 생각으로 나쁜 정치가들이 인민을 억압한다고 곡언법을 비판한 오웰, "그녀가 풍기는 냄새는 달빛에 비친 타지마할 같았다"나 "검은 굉음, 귓전에 악취를 풍기는 음악"이라는 수사가 내용의 진실 여부에 상관없이 뇌리에 각인되는 이유, 영화 「지옥의 묵시록」에 나오는 "승리의 냄새"라는 표현의 광기, "음란하고 저속한 산문조차 세련되고 아름답게 들리도록" 만든 음란소설 이야기, 접속법이라는 세련된 수사가 덧없이 사라지기 전 "자신을 하얗게 불태운" 제임스 조이스의 소설 『율리시스』에 나오는 4,391단어짜리 한 문장까지…. 우리가 보았거나 읽었거나 들었던 문구, 아니면 생소한 문구, 생각조차 하지 못했던 문구에 얽힌 수사학 이야기가 쉼 없이 펼쳐진다.

"초조한 담배", "으슥한 길은 중얼거리고 그레이의 들판은 나른한 종소리를 낸다"라는 감각적 수사 표현에 더해 영시의 약강

5음보에 대한 찬가, 역설이 주는 진리의 느낌에 대한 경탄, 의미 없는 숫자가 풍기는 신비감에 대한 해설까지, 단어를 향한 열광이 스스로도 도를 넘는다고 실토하는 작가가 풀어놓는 이야기를 읽는 재미가 적지 않다. 삼항구, 도미문, 용어법이니 하는 라틴어 수사법의 이름은 굳이 기억할 필요 없다. 지은이도 그랬고 번역하는 옮긴이 또한 라틴어를 표현할 한자어를 쓰면서 '이건 뭐, 모르는 말을 모르는 말로 대체하는 거나 마찬가지군' 하면서 반쯤 자포자기의 심경이 되었다. 지은이가 책에 소개한 인용문들을 보면서 우리가 읽고 보고 쓰는 말과 글에 스며든 수사적 표현이 그 말의 힘을 뒷받침하는 인간의 의도와 노력의 산물임을 확인하면 충분하다.

언어는 행위를 낳고 행위는 언어를 호출한다. 말이 힘이 없다고 느껴지는 것은 말의 힘을 두려워하는 자들의 수사가 짜놓은 함정에 걸려든 탓일 수 있다. 2000년대 초 미국 대통령 부시는 "악의 축"이라는, 중세 기독교에 기댄 수사로 중동에서 전쟁을 일으켰고, 2020년 초, 러시아의 푸틴은 "조국을 위한 특별 군사 작전"이라는 수사로 우크라이나를 전격 침공했다. 말은 공허하지 않다. 말, 특히 힘 있는 자들의 말은 대중을 건드린다. 독재국가나 민주국가나 대중을 건드리는 수사 없이 정치는 작동하지 않는다. "공허한 수사에 그치는"이라거나 "단지 레토릭에 불과한"이라는 수사의 함의는 수사를 버리라는 요구가 아니다. 수사는 언어의 배치이며 언어는 우리가 현실을 파악하고 바꿀 수 있는 유일한 수단이다. 수사에 얽힌 이러한 진실을 직시하라는 요구, 그러려면 기억에 남는 문구에 담긴 수사와 그 함의를 알아야 한다는 요구를 염두에 두면서 포사이스의 수사학 옹호를 이해하면 좋을 것 같다. 글을 쓰려 해도 쓰인 글이 왜 기억에 남아 사람들 사이에서 돌아다니는지 그 원리 정도는 알아야 하지 않겠는가. 무엇보다 재미있다. 재미는 쾌락이며 쾌락은 중요한 가치이다. 즐거운 독서가 되길.

옮긴이
오수원

일러두기

1. 『성경』 구절은 가톨릭 성경(한국 천주교회 공용 번역본)을 참고하되, 경우에 따라 직접 번역했다.
2. 주석의 경우 저자가 붙인 원주는 각주 처리하고, 옮긴이주는 '옮긴이'로 별도 표시했다.

‘낱낱이 설명’한들
신비감이 덜해질까?

비트겐슈타인, 『프레이저의 황금가지에 대한 논평』

인간은 똑같은 글자로 시작하는 단어를 좋아해

두운 *Alliteration*

셰익스피어가 훔친 것으로 유명한 구절에서 시작하자. 셰익스피어가 얼마나 기막힌 도둑이었는지 보자는 것일 뿐 딴 의도는 없다. 『안토니우스와 클레오파트라』라는 비극을 쓸 당시 셰익스피어는 응당 참고할 역사책이 필요했다. 주인공 둘과 관련된 주제를 다룬 표준 참고서는 플루타르코스 『영웅전』이었지만 플루타르코스는 그리스어를 썼고, 셰익스피어의 그리스어 실력은 훗날 그의 친구 벤 존슨Ben Jonson이 지적했던 그대로이다. '자네의 라틴어 실력은 별로잖아. 그리스어는 라틴어만도 못하고 말일세.'

스트래트퍼드 문법학교에서 보낸 세월 내내 배운 거라곤 고전밖에 없었지만, 셰익스피어는 외국어에 전혀 연연하지 않았다. 늘 번역본을 읽었다.

결국 그는 플루타르코스 『영웅전』 표준 번역본을 구했다. 토머스 노스Thomas North라는 친구가 번역해 1579년에 출간한 책이다. 셰익스피어가 노스 번역서를 사용했다는 것을 알 수 있는 이유는 노스가 사용한 단어를 어느 때는 한 개, 또 어느 때는 두 개 정도 베껴 썼기 때문이다. 하지만 드디어 희곡 전체에서 아주 중요한 장면의 대사를 써야 할 때가 닥쳤을 때, 정말 특별한 시와 진정한 위대함이 절실해졌을 때, 그러니까 안토니우스가 바지선에 탄 클레오파트라에게 첫눈에 반한 순간을 묘사하고 싶어졌을 때, 셰익스피어는 노스의 번역서에서 딱 맞는 단락을 찾아냈고 글자 그대로 베껴 썼다. **거의** 몽땅.

노스 원문은 다음과 같다.

…클레오파트라는 키드노스강에서 배를 타고 가는 길 외에 다른 건 거들떠보지도 않았다. 뱃고물은 황금 마루로 되어 있었고 돛은 보랏빛이었다. 은빛을 띤 노들은 배에서 타는 플루트, 호른, 시턴, 비올과 다른 악기들의 음악 소리에 맞추어 물살을 가르며 가지런히 나아갔다.

…she disdained to set forward otherwise but to take her barge in the river Cydnus, the poop whereof was of gold, the sails of purple, and the oars of silver, which kept stroke in rowing after the sound of the music of flutes, howboys, cithernes, viols, and such other instruments as they played up in the barge.

이제 셰익스피어 극본을 보자.

클레오파트라가 탄 배는 반짝반짝 윤을 낸 왕좌처럼
강 위에서 불타오르듯 빛났지. 뱃고물에는 황금 마루를 받쳐놓았고,
돛은 보랏빛이었는데 어찌나 향내를 풍기던지 바람도 상사병에 걸릴 지경이었다네.
온통 은빛 노가 플루트 가락에 맞추어 물살을 가르며 가지런히 전진했지.
가락에 맞추어 노가 갈라놓은 물살은 서둘러 배를 뒤쫓더란 말일세.
노의 손길에 애욕으로 달아오른 듯 말이야.

The **barge** she sat in like a **burnished** throne,
Burned on the water: the poop was **beaten** gold;
Purple the sails and so perfumed that
The winds were lovesick with them; the oars were silver,
Which to the tune of flutes kept stroke, and made
The water which they beat to follow faster,
As amorous of their strokes.

옮긴이 안토니우스의 친구 이헤노바르부스가 강의 방죽에서 본 클레오파트라 여왕의 화려한 배와 여왕을 묘사하는 장면

놀랍게도 위 구절 중 절반은 분명 표절이다. 이 부분을 쓰던 당시 셰익스피어가 책상에 노스 번역서를 펼쳐놓지 않았다고 볼 확률이 0일 정도이다. 하지만 여기서 잠깐, 셰익스피어는 소소한 변화를 꾀했다. 작가가 집필하는 실제 장면을 재구성해볼 수 있다. 400년 전의 세상을 슬쩍 엿보면, 인류 역사상 최고의 극작가가 위 구절을 펜으로 휘갈겨 쓰는 광경이 보인다. 셰익스피어가 대사를 쓱쓱 써내는 모습이 눈에 선하다. 아주 간단하다. 두운을

좀 추가한 게 전부였으니까.

인간이 왜 똑같은 글자로 시작하는 단어를 듣기 좋아하는지는 아무도 모른다. 하지만 좋아하는 건 사실이고, 물론 셰익스피어도 잘 알고 있었다. 작가는 '**바지**barge' (옮긴이 바닥이 평평한 배를 뜻하는 단어)라는 단어를 골라 거기서부터 출발했다. **b**arge는 **b**라는 철자로 시작한다. 이제 셰익스피어는 책상 앞에 앉아 있던 몸을 느슨히 뒤로 젖힌 채 중얼거린다. '클레오파트라가 탄 배는… 바지**b**arge … 바지 …,' 그런 다음(뭐 증거는 없지만) 또 중얼거린다. 'barge … Ba … ba … ba … **b**urnished(반짝반짝 윤을 낸) throne(왕좌).' 작가는 burnished라는 단어를 적은 다음 다른 단어도 바꾸기로 마음먹는다. '클레오파트라가 탄 배는 윤을 낸 왕좌처럼… burnished … ba … ba … **b**urned(빛났다)? 그래, It burned on the water(배는 강 위에서 빛났지)라고 하는 거야.' 'the poop was gold(뱃고물 갑판에는 황금 마루를 놓았다)'? 그 정도로는 성에 안 차. 'the poop was **beaten** gold(뱃고물에는 황금 마루를 받쳐놓았다)'로 바꿔야 한다. 두 행에 철자 B가 네 번 나온다. 이 정도면 적당하다. 만일 작가가 두운 만드는 재미에 넋을 잃어 마구 폭주했다면 이렇게 되었을 수도 있다.

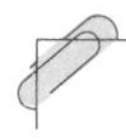

클레오파트라의 발이 닿은 바지선은 반짝반짝 윤을 낸 배처럼
방죽 근방에서 불타오르듯 빛났지. 뱃고물에는 황동 마루를 받쳐놓았고,

The **barge** she **basked** in, like a **burnished boat**
Burned by the **banks**, the **back** was **beaten brass**.

하지만 정말 그랬다면 아주 멍청한 느낌이 날 것이다. 물론 셰익스피어는 때로 이렇게 얼간이 같은 문장을 쓰기도 했다. 그의 희극 『한여름 밤의 꿈』에 등장하는 구절을 보자.

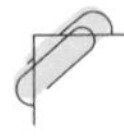

이제, 칼날로, 피비린내 그득 비난받아 마땅한 칼날로,
그는 피비린내로 끓어오르는 가슴팍을 뱃심 좋게 찔렀다.

Whereat, with **blade**, with **bloody blameful blade**,
He **bravely broached** his **boiling bloody breast**;

하지만 이때 셰익스피어가 두운을 남발한 의도는 두운을 활용하되 멈출 줄 모르고 폭주하는 시인들을 조롱하는 것이었다. 셰익스피어는 두운을 절대로 남발하지 않는다. 그러니 이제 B는 됐고 P를 공략하자. 노스가 쓴 번역서 원 구절은 다음과 같다. 'the **poop** whereof was of gold, the sails of **purple**(뱃고물은 황금 마루로 되어 있었고 돛은 보랏빛이었다)'. P가 이미 둘은 있다. 셰익스피어는 돛에 pa … pa … perfume(향수)의 향을 입히기로 작정한다. 작가는 잠시 고민했을 수 있다. 돛 전체에 어떻게 향내를 입힐까? 아니면 방죽에서 향내를 도대체 어떻게 맡지?(키드노스강은 꽤 넓다) 고민 따위 하지 않았을 수도 있다. 두운을 쓸 수 있는데 정확성 따위 뭐가 대수란 말인가.

이제부터 작업은 식은 죽 먹기이다. 노스는 'after the sound(소리에 맞추어)'라고 썼지만, 셰익스피어는 '**t**o the **t**une(가락에 맞추어)'이라고 고쳤다. 노스는 '플루트, 호른, 시턴, 비올' 등 악기 이름을 모조리 썼지만, 셰익스피어는 f 소리가 좋아 '**f**lute(플루트)'만 남겼다. 결국 해당 구절은 이렇게 변했다. '**W**ater **W**hich they beat to **F**ollow **F**aster, **A**s **A**morous of their strokes(플루트 가락에 맞추어 노가 갈라놓은 물살은 서둘러 배를 뒤쫓더란 말일세. 노의 손길에 애욕으로 달아오른 듯 말이야).'

이렇게 셰익스피어는 도둑이 되었다. 하지만 훔친 장물로 기막힌 일을 해냈다. 그가 벌인 짓은 다 해진 남의 양말을 슬쩍한 후 곱게 기워놓는 일과 비슷하다. 셰익스피어는 알고 있었을 뿐이다. 사람들이 두운에 사족을 못 쓴다는 것, 또한 두운을 만드는 일이 지독히도 쉽다는 것(혹은 두운을 첨가하는 일이 놀랄 만큼 간단하다는 것)을 말이다.

온종일 종이에 쓸 만한 보편적 진리를 생각할 수도 있다. 일부 시인들은 실제로 그렇게 한다. 셰익스피어는 똑같은 철자로 시작하는 몇몇 단어를 이어놓는 편이 훨씬 더 쉽다는 것을 알고 있었다. 소재나 내용은 중요하지 않다. 누군가의 시신이 바다 밑 정확히 어느 깊이에 묻혔는지에 관한 정보라도 상관없다. 보편적 관심사는 아니겠지만, "그대 아버진 다섯 길(30피트) 물속에 누워 있지five thy father lies" 옮긴이 셰익스피어 희극 『폭풍우』에 나오는 정령의 노래 라는 표현을 쓴다면 당신은 역사상 최고의 시인으로 추앙받게 될 것이다. 정확히 똑같은 내용을 다르게 표현해보자. 가령 '당신 아버지의 시신은 바다 밑 9.144미터 아래 있다'라고 하는 것이다. 이때 당신은 불운한 소식을 전하는 해안 경비대원에 불과하다.

어떤 표현이건 두운을 갖추기만 하면 아무리 터무니없는 내용도 기억에 남는 말, 사람들이 믿는 표현이 된다. 가령 'Curiosity killed the cat(호기심이 고양이를 죽였다)'이라는 속담이 있다. 옮긴이 호기심이 지나치면 곤경에 처할 수 있다는 뜻의 속담 그러나 고양이를 죽인 건 호기심이 아니다. 고양이가 알고 싶은 게 너무 많아 죽은 사례는 널리 보고된 바 없으니까. 사실 원래 속담은 '호기심에 고양이가 죽는다'라는 말이 아니라(이 말도 1921년이 되어서야 기록에 나타난다) '**C**are **k**illed the **c**at(슬픔이 지나쳐 고양이가 죽는다)'이라는 말이었다. 이 표현조차 또 바뀌었다. 이 속담이 처음 기록될 당시(실제로 셰익스피어의 글에 등장한다. 그러나 그 또한 당시 잘 알려져 있던 속설을 가져다 쓴 것으로 보인다) care라는 낱말은 슬픔이나 불행을 의미했다. 그러나 20세기 들어 care라는 낱말은 지나친 친절이나 돌봄을 뜻하게 되었다. 반려동물을 지나치게 잘 먹이거나 귀히 여긴다는 의미가 생긴 것이다. 100년 세월이 지나는 동안 고양이를 죽이는 원인은 또 바뀌었을 수 있다. 하지만 확실한 것 한 가지는 고양이를 죽이는 것이 친절**k**indness이건, 실망**c**onsternation이건, 아니면 부패나 오염**c**orruption이건, 아니면 다른 뭐가 됐건 그것은 철자 C나 K로 시작하리라는 것이다.

또 하나, 'An ynche in a misse is as good as an ell(오십보백보, 조금 벗어난 실수라도 아주 큰 실수나 다름없다)'이라는 속담이 있다. '엘ell'이란 45인치를 가리키는 옛 측정 단위인데 아주 많다a lot more라는 뜻이다. 엘은 마찬가지로 아주 많다는 뜻인 1마일mile로 바뀌었고 그 후엔 ynche, 즉 인치inch라는 단어도 누락되었다. 철자 M으로 시작하지 않는다는 이유였다. 결국 남은 속담은 'A **m**iss is as good as a **m**ile'이다. '뭔가 놓친 건 1마일이나 다름없다'라니, 조금만 생각해봐도 뜻이 잘 통하지 않는다. 하지만 두운이 되는데 뜻 따위 누가 상관한단 말인가?

'Don't throw the **b**aby out with the **b**athwater(욕조 물을 버리려다 아기까지 버리지 마라. 빈대 잡으려다 초가삼간 다 태운다)'이라는 속담도 마찬가지이다. 아기를 욕조 물과 함께 내다 버리는 사람은 이제껏 없다. '**r**ight as the **r**ain(비처럼 좋다. 몸 상태가 아주 좋다)'라는 표현도 그렇다. 비rain에 딱히 좋은right 게 있을 턱이 없다. 설사 뭔가 이치에 맞는다고 해도 이런 식의 비유를 드는 이유는 대개 명백하다. 두운 때문이다. 'It **t**akes **t**wo **t**o **t**ango(탱고를 추려면 둘이 필요하다. 손바닥도 마주쳐야 소리가 난다).' 물론 탱고를 추려면 두 사람이 필요하다. 하지만 왈츠는 안 그런가? '**w**hole **h**og(통돼지, 철저히, 완전히라는 뜻)'도 그렇다. hog가 돼지라지만 pig를 쓰지 말라는 법이 있나? '**b**right as a **b**utton(단추처럼 똑똑한, 똑 부러지게 똑똑한)', '**c**ool as a **c**ucumber(오이처럼 찬, 냉정한)', '**d**ead as a **d**oornail(문짝에 박힌 못처럼 죽은, 완전히 죽어버린, 맛이 간)'도 그렇다. 사실 디킨스는 중편소설 『크리스마스 캐럴』 서두에, 두운에 관한 입장을 나보다 더 잘 정리해놓았다.

늙은 말리 옮긴이 유령이 되어 주인공인 구두쇠 스크루지에게 나타나 스크루지를 변화시키는 계기를 마련하는 역할을 한 친구는 문짝에 박힌 못처럼 완전히 죽어버렸다as dead as a door-nail.

여기서 잠깐! 문짝에 박힌 못에 죽음을 연상시키는 게 도대체 무엇이 있는지 내가 잘 알고 있다고 말할 생각은 딱히 없다. 오히려 나로 말하자면 철물 중에서는 그나마 관에 박힌 못coffin-nail이 가장 죽음을 연상시키는 물건이라고 생각하고 싶다. 하지만 우리 조상들의 지혜는 이런 직유법에 있다. 애송이 같은 나의 두 손으로 그걸 망치면 안 된다. 그러면 조국의 근간이 무너질 수 있다. 따라서 독자 여러분께서는 말리가 문짝에 박힌 못처럼 죽어버렸다고 내가 다시 한번 힘주어 말하도록 허락해주시길.

말은 저래도 사실 디킨스는 죽음dead을 왜 꼭 문짝에 박힌 못doornail과 연결해 표현해야 하는지 잘 알고 있었다. 결국 디킨스는 작가였고 두운이 잊히지 않는 문구를 만들어내는 제일 간단한 방법임을 알았던 셈이다. 디킨스가 누구신가. 『니콜라스 니클비Nichlas Nickleby』, 『픽윅 페이퍼스The Pickwick Papers』(전체 제목은 『픽윅 클럽 사후 보고서The Posthumous Papers of the Pickwick Club』이다)를 쓴 작가이다. 아, 맞다. 『크리스마스 캐럴Christmas Carol』을 빼먹을 뻔했군요. 디킨스는 '자기 빵의 어느 쪽에 버터가 발라져 있는지which side his bread was buttered' 눈치가 빤한 사람이었다. 옮긴이 know which side one's bread is buttered-자기에게 유리한 걸 잘 알다, 이해타산에 밝다 『이성과 감성Sense and Sensibility』과 『오만과 편견Pride and Prejudice』을 쓴 제인 오스틴 같은 디킨스 이전 작가들도, 또 『월리는 어디에?Where's Wally?』를 쓴 마틴 핸드포드 같은 디킨스 이후 작가들도 그랬다.

두운법의 인기는 하늘을 찌르다 못해 급기야 1960년대 들어 정치 권력까지 장악했다. 1960년대 벌어진 어마어마한 규모의 급진적 청년운동 진영이 다양한 캠페인을 벌인 이유는 캠페인의 이름이 똑같은 글자로 시작된다는 이유에서였다. **B**an the **b**omb(핵폭탄을 금지하라). **B**urn your **b**ra(브래지어를 태우라. 여성의 자유 옹호 캠페인). **P**ower to the **p**eople(인민에게 권력을. 유럽 급진 좌파 구호). 잠시나마 두운이 세상을 바꾸는 듯했다. 하지만 이상주의는 시들었고, 바리케이드를 가득 에워쌌던 사람들은 광고장이가 되었다. 이들은 핵무기 금지를 재촉하는 대신 자동차 연료통에 호랑이를 넣으라고put a tiger in your tank, 옮긴이 엑슨모빌 휘발유 광고 문구 꽃무늬를 버리고 미니멀한 장식을 선택하라고chuck out the chintz, 플렉서블 프렌드Flexible Friend건 페이팔PayPal이건 편리한 신용카드를 쓰라고use Access 재촉하기 시작했다. 이유는? 연인은 밀크트레이Milk Tray 초콜릿을 좋아하기 때문이다the lady loves Milk Tray.

옮긴이 1970년대 영국의 초콜릿 광고로, 잘생긴 남자 친구가 온갖 고초를 무릅쓰고 연인에게 초콜릿을 가져다준다는 내용으로 인기를 끌었다 이 정도면 독자 여러분도 넌더리가 날get your goat● 지경이겠다(이 표현은 1910년 아무 설명 없이 기록에 등장했다).

두운은 간결하고 명료할 수 있다. 간략함short, 예리함sharp, 놀라움shock이 그 요소이다. 아니면 길고 절묘한 뉘앙스를 띠어도 좋다. 존 키츠는 철자 F와 S를 활용해 14행을 썼다. 아름답다.

어느 골짜기 그늘진 슬픔이 깊이 서린 곳
아침의 건강한 숨결로부터 멀리 떨어져 칩잠한 곳,
타오르는 낮의 햇빛과 밤의 별빛에서도 먼 외딴 자리,
창백한 머리칼을 한 사투르누스가 돌처럼 고요히 앉아 있다.
사투르누스의 머리 주위에 서린 침묵은 겹겹이 쌓인 구름 같아
그곳에는 바람 한 점 없다.
여름날 넘쳐흐르는 생명력도 깃털처럼 가벼운 풀씨 하나 날리지 못한다.
죽은 잎사귀는 떨어진 자리에서 꼼짝도 하지 않는다.
시냇물은 소리 없이 흘러갔지만
사투르누스의 무너진 신성 때문에 더욱 숨을 죽이고
온통 그늘을 퍼뜨린다. 갈대숲의 나이아데스 옮긴이 물의 정령는
자기 입술에 차디찬 손가락을 갖다 댄다.

Deep in the **sh**ady **s**adness of a vale
Far sunken **f**rom the healthy breath of morn,
Far **f**rom the **f**iery noon, and eve's one **s**tar,
Sat gray-hair'd **S**aturn, quiet as a **s**tone,

● 존 레논John Lennon/폴 매카트니Paul McCartney의 노래

Still as the **s**ilence round about his head
Like cloud on cloud. No **s**tir of air was there,
Not **s**o much life as on a **s**ummer's day
Robs not one light **s**eed from the **f**eather'd grass,
But where the dead leaf fell, there did it rest.
A **s**tream went voiceless by, **s**till deadened more
By reason of his fallen divinity
Spreading a **s**hade; the Naiad 'mid her reeds
Press'd her cold finger closer to her lips.

옮긴이 키츠의 시 「하이페리온Hyperion」의 일부. 그리스 신화 속 신들의 싸움에서 패배한 타이탄titan의 처지를 그린 시. 위의 부분은 사투르누스가 올림포스의 새로운 신들에게 정복당할 처지를 비관하는 내용을 암시하듯 풍경을 묘사한 앞부분이다

반면 키츠와 거의 동시대를 살았던 유명한 마약쟁이이자 수필가 토머스 드 퀸시는 두운을 쓴 문장 때문에 머리가 완전히 엉켜버렸다.

현재, 몇 마디 작별 인사, 몇 마디 최종적인 고별인사를 의리 깊은 내 여성 동지들과 나눈 다음…

At present, a**f**ter exchanging a **f**ew parting words, and a **f**ew **f**inal or **f**arewell **f**arewells with my **f**aithful **f**emale agent…

하도 엉킨 나머지 퀸시는 두운의 과잉 반복paroemion(과도한 두운을 가리키는 전문용어)에 대한 사과문 격의 각주를 추가하기로 했다. 내용은 아래와 같다.

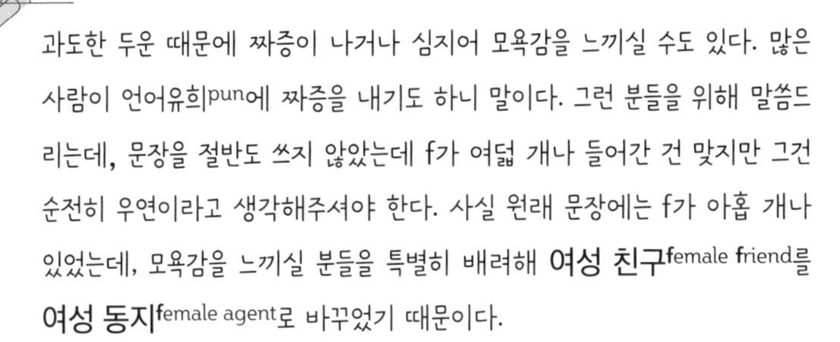
과도한 두운 때문에 짜증이 나거나 심지어 모욕감을 느끼실 수도 있다. 많은 사람이 언어유희pun에 짜증을 내기도 하니 말이다. 그런 분들을 위해 말씀드리는데, 문장을 절반도 쓰지 않았는데 f가 여덟 개나 들어간 건 맞지만 그건 순전히 우연이라고 생각해주셔야 한다. 사실 원래 문장에는 f가 아홉 개나 있었는데, 모욕감을 느끼실 분들을 특별히 배려해 **여성 친구**female friend를 **여성 동지**female agent로 바꾸었기 때문이다.

'친구friend' 대신 '동지agent'라는 말을 쓰다니 적잖이 희한한 감이 있다. 하지만 퀸시는 'farewell farewells' 옮긴이 최종 고별인사라는 뜻으로 명사 두 개를 붙여 고별의 의미를 강화한 것 라는 표현을 바꿀 수 없어 그거라도 바꾸어야 했던 모양이다. 명사 두 개만 이어붙이면 간단한데 굳이 형용사를 쓰고 명사를 쓰면 너무 똑똑하니까. 하하, 농담이고. 사실 이런 묘기에는 이름이 있다. 동어이형반복Polyptoton 옮긴이 같은 단어를 형태나 품사를 달리하여 되풀이하는 수사법. 문장에 생동감을 불어 넣어주는 효과를 낸다이다.

두 번 반복할 것,
단 조금 다르게

동어이형반복 *Polyptoton*

가엾은 동어이형반복同語異形反復은 별로 유명세를 치르지 못한 수사 기법이다. 매력이 없기 때문이다. 학생들에게도 잘 가르치지 않는다. 이름도 멍청해서, 코에 생기는 혹 옮긴이 폴립polyp은 인체 내에, 특히 비강에 생기는 보통 무해한 작은 혹이나 덩어리로, 동어이형반복을 뜻하는 단어의 발음이 폴립토톤이라서 두운이 생기는 poly로 장난을 치고 있다을 연상시킨다. 사실 이 단어의 어원은 '많은 사례'를 뜻하는 그리스어이지만 멍청한 이름을 벌충하기엔 모자란 이유이다. 그런 이름이 붙은 까닭이 한 단어를 글이나 말 이곳저곳, 혹은 서로 다른 문법적 형태로 되풀이해 사용하기 때문이라는 설명을 한다고 하더라도, 날말 자체가 이미 섹시함과는 거리가 멀다. 구제불능이다. 특히 동어이형반복의 가장 유명한 사례가 구강성교를 다루는 것이 아닌가 의심받는 노래라는 사실을 감안하면, 좀 불공평하긴 하다.

「플리즈 플리즈 미Please Please Me」● 는 동어이형반복의 고전적인 사례이다. 첫 단어인 '플리즈please'는 정중한 요청을 가리키는 감탄사이다. '열차 승강장 틈새가 넓으니 조심해주시기 바랍니다Please, mind the gap'에서 쓰이는 정도의 의미이다. 두 번째 단어인 플리즈please는 '즐겁게 하다'라는 동사이다. '이것 때문에 즐거워'라는 의미에 쓰일 때의 뜻이다. 같은 단어인데 문장 내 위치가 다르다. 곰곰이 생각해보면, 사람들이 동어이형반복이 좀 변태적이라고 느꼈다는 것을 쉽게 이해할 수 있다.●● 옮긴이 please, please가 두 번 쓰여 앞과 뒤의 뜻이 바뀐 것을 고려하면 성적 뉘앙스가 있다는 것을 알 수 있다는 뜻

「플리즈 플리즈 미」라는 노래가 실제로 성욕에 관한 노래였는지 아니면 감정에 관한 노래였는지 하는 문제는 수사법을 다루는 책에서 다룰 바는 아니다. 이 노래를 작곡한 존 레논John Lennon의 동기에 대해 우리가 알고 있는 것이라고는, 그가(이름은 몰랐어도) 동어이형반복에 특별한 관심이 있었다는 것뿐이다. 레논이 어렸을 적 그의 어머니는 「플리즈Please」라는, 빙 크로스비Bing Crosby의 노래를 불러주곤 했다. 가사는 아래와 같다.

제발,
나의 간청에 네 작은 귀를 빌려줘
나의 간청에 한 줄기 기쁨을 빌려줘

● 존 레논/폴 매카트니의 노래

●● 최소한 『빌리지 보이스The Village Voice』 음악 편집장 로버트 크리스가우Robert Christgau는 그렇게 느꼈다. 옮긴이 「플리즈 플리즈 미」를 구강성교에 관한 노래라고 표현한 장본인

Please,
Lend your little ear to my **pleas**
Lend a ray of cheer to my **pleas**

레논이 「플리즈 플리즈 미」의 가사를 두고 했던 설명은 어머니가 불러줬던 이 노래에서 "'플리즈'라는 단어를 두 번 쓴 데 늘 흥미를 느꼈다"라는 것이었다.• 물론 빙 크로스비의 노래 가사에서 두 번째 나오는 please는 pleas와 철자가 다르고 뜻도 다르다. 그러나 그건 중요하지 않다. 단어들 사이에 어원상 관련이 있거나 아예 같은 동사가 다른 품사의 형태로 다른 곳에 쓰여도 동어이형반복이다. 가령 「올 유 니드 이즈 러브 All You Need is Love」는 거의 처음부터 끝까지 동어이형반복을 사용한 노래이다.••

당신이 못 할 일 따윈 없어
당신이 부르지 못할 노래 따윈 없어

Nothing you can **do** that can't be **done**
Nothing you can **sing** that can't be **sung**

등등이다. 물론 존 레논이 동어이형반복을 발명한 건 아니다. 셰익스피어는 늘 이 수사법을 썼다. 그의 가장 유명한 대사 중 하나를 보자.

• 1980년 『플레이보이』 인터뷰
•• 존 레논/폴 매카트니의 노래

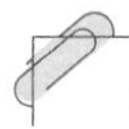

참된 사랑을 하는 이들의 결합에
장애물을 허락하지 않게 해주오.
사랑은 사랑이 아니니.
변화가 생겼다고 변하는 사랑
사랑을 없애려는 자에게 굴복하는 사랑

Let me not to the marriage of true minds.
Admit impediments. Love is not love
Which **alters** when it **alteration** finds,
Or bends with the **remover** to **remove**.

'변하다Alter'는 동사, '변화alteration'은 명사이다. '없애려는 자remover'는 명사, '없애다remove'는 동사이다('사랑은 사랑이 아니니Love is not love'는 동어이형반복이 아니라 그냥 역설이다. 나중에 설명할 것이다). 셰익스피어는 『맥베스』에서도 동어이형반복을 썼다.

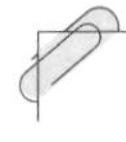

내 앞에 보이는 이것은 단도인가?
손잡이가 내 손을 향해 있는 이것이?

Is this a dagger that I see fore me,
The **handle** towards my **hand**?

사실 셰익스피어는 동어이형반복을 남발할 만큼 좋아했다. 말재간이 좋았던 터라 이 수사법을 즐겨 쓰고 또 쓰고 다시 썼다. 『리처드 2세』에서 왕에게 반란을 일으키느라 바쁜 왕의 사촌 볼링브로크Bolingbroke는 왕의 삼촌이자 자신의 삼촌인 요크 공작에게 "존경하는 삼촌"이라고 말한다. 하지만 삼촌인 요크 공작은 못마땅하다는 듯 대꾸한다.

쯧쯧!

내게 존경한다는 말 하지 마라. 날 삼촌이라고도 부르지 마라.

나는 반역자의 삼촌이 아니다.

존경이라고는 할 줄 모르는 놈의 입에서 나오는 '존경'이라는 말은 더럽기만 할 뿐.

Tut, tut!

Grace me no **grace**, nor **uncle** me no **uncle**:

I am no traitor's uncle; and that word '**grace**'

In an **ungracious** mouth is but profane.

동어이형반복이 세 번이나 나오는 데다 지독스레 영리하다. 사실, 셰익스피어는 자신의 영리함에 아주 흡족했던 나머지 『로미오와 줄리엣』을 쓸 무렵 (자신이 옛날에 쓴 대사를 재탕한다는 것을 아무도 모르기를 바라면서) 줄리엣 아버지를 위한 대사를 썼다.

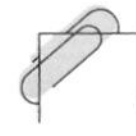

네가 바치는 감사 따위 필요 없고, 네가 느끼는 자부심 따위 필요 없다.

Thank me no **thanking**, nor **proud** me no **prouds**.

옮긴이 아버지가 정한 정혼자와 결혼하지 않겠다는 줄리엣에게 아버지가 내지르는 말. 이 말 다음에는 무조건 교회에 가서 패리스 백작과 결혼하라는 윽박이 나온다

이건 셰익스피어가 가방에 넣어 가지고 있던 수많은 묘기 중 하나에 불과했고, 이런 기법은 원하면 어디서나 만들어 쓸 수 있다. 사실 셰익스피어의 이 작은 묘기를 쓴 것으로 가장 유명한 사람은 본인이 아니다. 그럴 수밖에 없다. "나한테 인사 그렇게

하려면 하지 마**Hello** me no **hellos**"라거나 "어르신 잘 지내시냐고 하지 노인네 잘 지내냐고 하지 마라How are you old **chap** me no how are you old **chaps**"라는 말은 누구나 할 수 있다. 동어이형반복은 누구나 가져다 쓸 수 있는 묘기였다. 가장 좋은 사례는 수재너 센트리버Susanna Centlivre 라는 귀부인이 쓴 표현이다.

수재너 센트리버의 인생 역정은 기이했다. 집에서 도망쳐 남자 옷을 입고 지냈던 모양이다. 케임브리지대학교에 다닌 최초의 여성이 되었던 것도 그 때문일 것이다. 게다가 센트리버는 분명 18세기 가장 성공한 여성 극작가였다. 하지만 세월의 시련을 견디고 살아남은 유일한 유산은 그의 희곡 『오지랖 넓은 인간The Busybody』에 나오는 대사이다. 아들이 아버지와 언쟁을 벌이는 장면으로, 보통 부자간에 오고 가는 돈, 결혼, 재혼 등의 문제가 주제이다. 아버지가 말한다.

프랜시스 경 내 집에서 나가라, 이 개 같은 자식! 감히 내 결혼에 감 놔라 배 놔라 하다니, 이 불한당 같은 놈!
찰스 아버지, 아버지 말씀에 따르겠습니다. 하지만…
프랜시스 경 **하지만은 무슨 하지만이야!** 내 말에 토 달지 마라. 당장 나가라. 감히 내게 또 돈을 달래? 4만 파운드는 못 줘! 내 집에서 나가란 말이다. 대꾸도 필요 없다.

Sir Francis Out of my Doors, you Dog; you pretend to meddle with my Marriage, Sirrah.
Charles Sir, I obey: But—
Sir Francis **But** me no **Buts**— Be gone, Sir: Dare to ask me for Money agen— Refuse Forty Thousand Pound!

Out of my Doors, I say, without Reply.

불쌍한 셰익스피어는 무덤에서 돌아누우면서 이렇게 중얼거렸을 것이다. "하지만But이라고! 아차, 내가 써먹었어야 했는데 말이야."

물론 이들은 가장 빤한 형태의 동어이형반복이다. 동사인 but과 명사 but을 이어 쓰는 형태의 동어이형반복은 만들어 쓰기가 너무 쉬워 자칫하면 무시하기 쉽다. 그러나 쉬워 보여도 좋은 대사이니 자꾸 생각해내야 한다. **그러니 절대 안 한다는 말은 절대 하지 말 것so never say never**. 훨씬 더 미묘한 동어이형반복은 셰익스피어의 **'Speak the speech'**나 **'The rain it raineth everyday'**이다. 줄여 말하면 '말하라speak'와 '비가 왔다It raineth'라는 뜻이다. 하지만 줄여 말하면 멋도 재미도 없다. 하느님의 아들이신 예수는 더 미묘한 동어이형반복을 사용하는 경향을 보이셨다. "우리에게 오늘도 일용할 양식을 주시고 우리가 우리에게 잘못한 이를 용서하듯 우리 죄를 용서하소서Give us this **day** our **daily** bread and **forgive** us our **trespasses** as we **forgive** them that **trespass** against us." 갑절로 멋지다.

요컨대, 동어이형반복은 무려 예수와 셰익스피어와 존 레논이 즐겨 쓰던 어법이었다. 이 정도 트리오면 더 시시한 건 기억조차 나지 않을 지경이다. 모세의 아내가 했다는 "나는 낯선 땅의 나그네였습니다I have been a **stranger** in a **strange** land" 옮긴이 『구약성서』「출애굽기」 2장 22절 나 윌리엄 블레이크의 "나팔수 아저씨, 나팔로 그 노래 다시 불러줘요**Piper, pipe** that song again" 옮긴이 블레이크의 시집 『순수와 경험의 노래Songs of Innocence and Experience』에 나오는 시 같은 어구 말이다. 동어이형반복은 달에 최초로 착륙한 인물 정도는 되어야 쓸 수 있는 종류의 수사법이다. 애석하게도 무선 통신 상태 때문에 무참하게 망가지지만 않는다면 말이다. 닐 암스트롱Neil Armstron이 (아폴로 달 착륙선Lunar Excursion Module 사다리에 서서) 실제로 했던 말은 "이제 착륙선LEM에서 내려가겠습니다I'm going to **step** off the LEM now"였다. 그런 다음 그는 발 한쪽을 달에 내디뎠다. 그리고 이렇게 말했다. "이건 **한 인간**에겐 작은 한 걸음이지만, **인류**에게는 거대한 도약입니다 That's one small **step** for a man, one giant leap for **mankind**."

그런데, 무선 통신의 잡음이 끼어들어 'for a man'에서 관사 'a'를 날려버렸다. 'a'가 빠지면 암스트롱이 한 말이 완전히 무의미해지므로 이건 큰일이었다. 관사가 없어지면 한 인간의 작은 발걸음이라는 말이 인류 전체의 작은 발걸음이라는 뜻이 되기 때문이다. 영어에서 'a man'은 개별 인간을 뜻하지만 'man'은 'mankind'와 같은 뜻인 탓이다. 결국 지구로 전송된 말은 "이건 인류에게는 작은 한 걸음이나 인류에게는 거대한 도약입니다"가 되어버렸다. 동어이형반복이 문제가 아니라, 말의 요점이 망가진 것이다. 물론 동어이형반복이 하나 남긴 했다. '내려가다to step off' 라는 동사와 '작은 발걸음one small step'이라는 명사 반복이다. 그렇더라도 '한 인간a man'과 '인류mankind' 사이의 동어이형반복을 제대로 살렸더라면 인류 최초 우주여행은 의미심장한 동어이형반복을 두 개나 갖춘 멋진 여행이 되었을 것이다. 아쉽다.

또 한 가지, 무선 통신기가 잡음으로 암스트롱의 말을 망친 게 아니라 암스트롱이 실수로 관사를 빼먹었다는 가설도 있다. 달 착륙이라는 상황이 스트레스가 어마어마한 일이었을 것이라는 점을 고려하면 너그러이 용서할 수도 있는 일이겠다. 동어이형방법론적 관점에서 볼 때 달 착륙을 하려 애쓰는 일은 말로 다

하기 어려울 정도로 힘들 테니까It is hard, polyptonically, to **talk the talk** when you're also trying to **moon-walk the moon-walk**. 옮긴이 포사이스의 동어이형반복

빠진 관사 'a'을 되돌려놓으면, 암스트롱이 했던 말 전체는 대조법antithesis의 근사한 사례이기도 하다. 다음 장에서 살펴보자.

신이 사랑한 수사법

대조법 *Antithesis*

동어이형반복은 복잡했다. 대조법은 단순하다. 아닌 게 아니라 대조법의 유일한 난점은 구두점을 어떻게 찍는가 하는 것뿐이다. 어떤 이들은 '콜론(:)'을 써야 한다고 고집하고 또 다른 이들은 '마침표(.)'를 찍어야 한다고 불평하기도 한다. 하지만 본질상 대조법은 간단하다. 먼저 한 가지를 언급한 다음 다른 걸 언급하면 끝이다.

물론 이따금 아주 기발한 대조법이 보이긴 한다. 섬세한 구별을 해주거나 전혀 몰랐던 것들을 알려주는 대조법이다. 오스카 와일드Oscar Wilde는 이런 대조법에서 일가를 이루었다. "잘 자란 점잖은 양반들은 남의 말을 반박한다. 지혜로운 사람들은 자기 말을 반박한다" 같은 문구들이다. 그러나 누구나 다 오스카 와일드가 될 수는 없다.

우리가 죄다 오스카 와일드라면 지루하기 짝이 없을 것이다. 세상은 거대한 경구 덩어리로 퇴화하고 말 테니까.

오스카 와일드식 대조법은 그리 어렵지 않다. 먼저 첫 문장에 비교적 빤한 내용을 담는다. 가령 "점잖은 신사라면 아는 게 꽤 많다." 그런 다음 나머지도 일단 뻔하게 시작은 한다. "신사가 아니라면…" 그런 다음 약간 비틀어버리는 것이다. "아는 게 뭐든 본인에게 나쁘다"라는 식이다.

따라서 "못된 여자들은 사람을 괴롭힌다"라는 말 뒤에는 "좋은 여자들은 사람을 위로한다"가 올 것 같지만 반대로 "좋은 여자들은 사람을 지루하게 한다"를 넣는 것이다. 아니면 "여자들은 정신에 대한 물질의 승리를 상징한다. 남자들은…"이라고 하면 독자들은 "남자들은 물질에 대한 정신의 승리를 상징한다"라는 문구를 예상할 것이다. 하지만 이번에는 "남자들은 도덕에 대한 정신의 승리를 상징한다"라고 비틀어버리는 것이다. 혹은 "언론은 읽을 수가 없다. 문학은 아무도 안 읽는다." 혹은 "누군가 좋은 음악연주를 하면 사람들은 듣지 않는다. 누군가 나쁜 음악연주를 하면 사람들은 말을 않는다." 이렇게 끝도 없이 이어질 수 있다. 그러니 여러분도 일단 단순한 문장으로 시작해보라. 가령 다음과 같은 문장이다. 격언을 만드는 사람들이 있다(어떤 사람들은 격언을 만든다). 그런 다음 예상치 못한 반전을 도입하라. 가령 이런 식이다. 격언이 만드는 사람들이 있다(어떤 사람들은 격언에 의해 만들어진다).

하지만 이런 것들은 모두 대조법의 기본 공식 —X는 Y이다. X가 아닌 것은 Y가 아니다— 변주에 불과하다. 와일드 역시 이런 기본적인 대조법을 사용했다. "자신이 입는 옷이 유행이다. 남들이 입는 옷은 유행이 아니다." 이것이 대조법의 정수이며, 대조법을 그토록 단순하게 만드는 요소이다. 아무리 단순한 문장이라도 대조법으로 키울 수 있다. 인생은 달콤하다? 죽음은 시어빠진 것이라는 말을 보탤 수 있는데 왜 인생은 달콤하다는 말만 한단 말인가? 태양이 저녁에 진다는 말을 빼버린 채 태양이 아침에 떠오른다는 점을 굳이 지적할 이유가 뭐란 말인가? 물론 굳이 말해주지 않아도 사람들은 다 뒷부분을 추측할 수 있을 것이다. 하지만 그게 뭐 대수인가? 뭉치면 살고, 흩어지면 죽는다. 각 문장은 이미 다른 문장을 내포하고 있지만 그럼 또 어떻단 말인가?

좋은 대조법에는 뭔가 결정적이고 확실한 게 있다. 만일 여러분이 이렇게 말한다 치자(친애하는 독자 여러분, 여러분은 누구나 그렇게 말할 권리가 있다). 스스로 글을 쓰지 못하는 사람들이 글은 안 쓰고 다른 사람들에게 글 쓰는 법을 가르친다고 말이다. 그렇게 말하면 누가 기억하겠는가? 다음과 같이 말해보라. "뭔가 할 줄 아는 사람은 그걸 한다. 뭔가 할 줄 모르는 사람은 그걸 가르친다." 이렇게 말하면 앞서 장황하게 말한 내용을 둘로 싹 잘라다 산뜻한 경구로 압축한 셈이 된다.

『성경』은 내용상 굳이 필요하진 않지만 아름다운 경구들로 빼곡하다. 신은 다른 결함은 차치하고 아무튼 수사법 하나는 기막히게 구사한다.

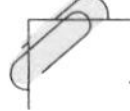

하늘 아래 모든 것에는 시기가 있고 모든 일에는 때가 있다. 태어날 때가 있고 죽을 때가 있으며 심을 때가 있고 심긴 것을 뽑을 때가 있다. 죽일 때가 있고 고칠 때가 있으며 부술 때가 있고 지을 때가 있다. 울 때가 있고 웃을 때가 있으며 슬퍼할 때가 있고 기뻐 뛸 때가 있다. 돌을 던질 때가 있고 돌을 모을 때가 있으며 껴안을 때가 있고 떨어질 때가 있다. 얻을 때가 있고 잃을 때가 있으며 간직할 때가 있고 던져버릴 때가 있다. 찢을 때가 있고 꿰맬 때가 있으며 침묵할 때가 있고 말할 때가 있다. 사랑할 때가 있고 미워할 때가 있으며 전쟁의 때가 있고 평화의 때가 있다.

옮긴이 「전도서」 3장 1~8절

잠깐 멈추고 이 짧은 구절을 생각해보면 앞에는 무지하게 빤한 어구를 놓고 논란의 여지가 지독히 많은 어구를 간간이 흩뿌려놓았다는 것을 눈치챌 것이다(찢을 때가 정말 있단 말인가?). 하지만 이렇게 접근하는 것은 불공정하고 경건하지 못하며, 산문의 아름다움에 공감을 표할 줄 모르는 태도이다. 대조 어구 하나라면 그냥 대단한 정도지만 대조 어구가 길게 나열되는 순간 경건하고 신성한 느낌을 전하기 때문이다. 이런 걸 전문용어로 대조진행progressio이라고 한다. 신뿐만 아니라 찰스 디킨스Charles Dickens 역시 즐겨 쓴 수사법이다.

최고의 시간이었고, 최악의 시간이었다. 지혜의 시대였고, 어리석음의 시대였다. 믿음의 세기였고, 불신의 세기였다. 빛의 계절이었고, 어둠의 계절이었다. 희망의 봄이었고, 절망의 겨울이었다. 우리 앞에 모든 것이 있었고, 우리 앞에 아무것도 없었다. 우리 모두 천국으로 가고 있었고, 우리 모두 천국과 반대 방향으로 가고 있었다.

옮긴이 찰스 디킨스 소설 『두 도시 이야기A Tale of Two Cities』 첫 부분

더 현대적인 버전의 장대한 대조법을 원한다면 여기 가슴 저미도록 아름다운 노래를 소개한다. 케이티 페리Katy Perry라는 젊

은 가수가 만든 디스코풍 노래이다.*

> 넌 뜨겁지만 또 차가워. 넌 그렇다고 하다 또 아니라고 해.
> 넌 들어왔다 또 나가버려. 넌 올라갔다 다시 내려와.
>
> You're hot then you're cold. You're yes then you're no.
> You're in then you're out. You're up then you're down.

이런 식이다. 본질적으로는 「전도서」의 재탕이다. T. S. 엘리엇T. S. Eliot의 말대로 "미숙한 시인은 모방한다. 성숙한 시인은 훔친다." 작사 작곡을 하는 사람들은 대조법에 애착이 많아서 쓸 수 있는 사례는 무수히 많다. "당신이 포테이토라고 하면 난 포타토라고 하지, 당신이 토메이토라고 하면 난 토마토라고 해"라는 가사도 대조법인데 글로 써놓고 보니까 그다지 효과가 없다. 애석하다. 옮긴이 「렛츠 콜 더 홀 씽 오프Let's Call The Whole Thing Off」라는 노래 가사. 조지 거슈윈George Gershwin과 아이러 거슈윈Ira Gershwin이 영화 「쉘 위 댄스Shall We Dance」를 위해 작곡했고 여러 가수가 불렀던 유명한 노래

하지만 어찌 된 일인지 대조법의 위대한 소재는 결혼인 듯 보인다. 내가 철학을 하는 부류의 인간이라면 아마 결혼 자체가 어떻게 대조인지, 다시 말해 서로 정반대인 두 사람이 결합해 기분 좋은 하나가 되는 일인지, 남과 여는 궁극적으로 대조라는 것(그리고 사랑과 결혼도 그렇다는 것)에 관해 뭔가 말을 좀 할 수 있겠다. 하

* 「핫 앤 콜드Hot N Cold」는 케이티 페리, 루카즈 고트왈드Lukasz Gottwald와 맥스 마틴Max Martin이 작사·작곡한 노래이다. 아직 21세기에 있을 법한 디킨스가 대조진행법을 구사한 사례는 알아내지 못했다.

지만 나는 철학을 하는 인간이 아니므로 여기서는 그저 이 정도 말만 해야겠다. "결혼은 고통이 많지만, 독신은 즐거움이라고는 없다."(새뮤얼 존슨Samuel Johnson), "입맞춤은 영원하지 않지만, 밥 짓기는 영원하다."(조지 메러디스George Meredith), 그리고 결혼 서약 때 하는 맹세인 "좋을 때나 나쁠 때나, 부유할 때나 가난할 때나, 병들거나 건강하거나…" 등이 있다. 아, 마지막 어구는 실제로는 양극 총칭법merism 사례이다.

전혀 필요 없고,
그래서 아름답지

양극총칭법 *Merism*

"신사 숙녀 여러분", 이 표현이 바로 양극총칭법이다. 대개 대조법처럼 보이지만 다르다. 양극총칭법은 말하는 내용이 무엇인지 명확히 짚지 않고 관련 내용 전체를 망라해 표현하는 수사법이다. 가령 **신사 숙녀**는 **사람들** 전체를 망라하는 양극총칭법이다. 모든 사람은 신사거나 숙녀 둘 중 하나이기 때문이다. 양극총칭법의 아름다움은 전혀 필요가 없다는 점이다. 그저 말을 위한 말일 뿐이라는 것. 명사, 명사, 또 명사로 가득 찬 말을 물밀듯 쏟아내지만, 의미는 하나도 없다. 딱히 그럴듯한 이유도 없이 재잘거리는 수사법이 왜 결혼식 중심을 차지해야 하는지 난 도저히 모르겠다.

자, 부부가 될 사람들은 이제 이런 방식으로 서로 서약할 것입니다. 목사님은 아버지나 친구의 손에서 신부를 받아다가 신랑에게 데려간 다음 신랑과 신부가 오른손을 잡게 하고 다음과 같은 말을 따라 하게 합니다.

나 누구누구는 당신 누구누구를 아내로 맞이하여 오늘부터 영원히 좋을 때나 나쁠 때나, 부유할 때나 가난할 때나, 아플 때나 건강할 때나, 하느님의 성스러운 법에 따라 죽음이 우리를 갈라놓을 때까지 사랑하고 아끼겠습니다. 이렇게 나는 그대에게 나의 혼인 서약을 바칩니다.

좋거나 나쁘거나, 부유하거나 가난하거나, 아프거나 건강하거나 둘 중 하나이다. 다른 선택지는 없다. 굳이 말이 필요하다면 그냥 '어떤 상황이 오건'이라고 하면 된다. 하지만 사실 무슨 말을 할 필요도 없다. '죽음이 우리를 갈라놓을 때까지'라는 말은 뭐 거의 완결이다. 이제 달아날 길은 없다. 어쨌거나, 지독히 적절하다. 서로 다른 두 존재가 하나의 총체를 형성하는 것이야말로 정확히 결혼의 본질이니까. 심지어 '사랑하고 아낀다'라는 표현은 옛 양극총칭법 대신 들어간 표현이다. 중세 시대 결혼식에서는 '아플 때나 건강할 때' 뒤에 '아리따울 때나 살집이 많을 때나bonny and buxom 잠자리에서나 일할 때나in bed and at board, 죽음이 우리를 갈라놓을 때까지'라는 말이 더 있었다.

현대인의 눈에 이런 서약 문구는 좀 괴상해 보인다. 아내가 자신이 살이 찔 걸 어떻게 알고 저런 서약을 한단 말인가? 마른 여자들은 교회에서 결혼도 못 한단 말인가? 그런 건 아니다. 사실 '살이 찐buxom'이라는 단어는 세월이 지나면서 의미가 변했다. 『옥스퍼드 영어 사전Oxford English Dictionary』의 첫 인용구는 12세기에서 온 것이고 그 당시에 이 단어는 '순종적인, 나긋나긋하고 얌

전하고 말을 잘 듣는'이라는 뜻이었다. 그런 다음 '행복한'이라는 뜻이었다가 '건강한'이라는 뜻이 되었다가, 다시 또 '살이 찐'이라는 뜻이 되었다.

한편 '아리따운bonny'이라는 낱말은 프랑스어 'bon'과 라틴어 'bonus'에서 왔다. 둘 다 '좋다'는 뜻이다. 따라서 'bonny and buxom wife'라는 말은 선하고 순종적인 아내라는 의미였다. 내 짐작에 이 구절은 불합리할 만큼 낙관적이라고 여겨져 빠진 모양이다.

양극총칭법은 명랑한 이혼의 가장 중요한 특징이기도 하다. 아니, 정확히 말해 「명랑한 이혼Gay Divorce」이라는, 1932년 콜 포터Cole Porter의 뮤지컬 특징이다. 이 뮤지컬 히트곡 「밤과 낮Night and Day」은 양극총칭법의 생생한 사례를 낳았다. 이름하여 영어에서 가장 흔한 표현 중 하나인 '밤과 낮night and day'이라는 어구이다. '밤과 낮'은 **'항상, 늘'**이라는 뜻의 양극총칭법이다. "밤이나 낮이나 당신뿐." 이제 노래는 하늘로 올라간다. "달빛 아래건 햇빛 아래건 오직 당신뿐." 역시 '늘, 항상'이라는 뜻이다(달이 뜨지 않은 밤은 제외하고). 심지어 이 노래는 양극총칭법이 얼마나 불필요한지까지 실토한다. "내 곁에 있건 멀리 있건 / 내 사랑 당신이 어디 있건 중요하지 않아."(멀지도 가깝지도 않은 중간 거리에 있을 때 감정은 이번에도 언급이 없다)

결혼 서약이거나, 사랑 노래거나. 이쯤 되면 양극총칭법이 언제나 사랑을 주제로 하고 있다고 주장하고 싶은 유혹이 들 수도 있겠다. 사랑은 상반된 두 존재를 한데 모아주니까. 꼭 그런 주장을 하고 싶다면(누가 말리겠어요?) 오지랖 넓게 축복의 대상을 **모두**로 넓힌 노래 한 곡을 읊어볼 수 있겠다. 「모두에게 축복을

Bless'Em All」이라는 군가이다.

그들 모두에게 축복을
그들 모두에게 축복을
길건 짧건 높건 모두에게
그 모든 중사랑 준위에게 축복을
그 모든 하사랑 그 빌어먹을 아들들에게 축복을…

이런 생각이 전쟁의 참상을 뚫고 살아남았다니 대단하다. 인간 정신의 고매한 승리, 정말이다. 뭐 마지막 두 줄의 어조가 이상하게 화가 나 있긴 하지만. 최소한 특이해 보이긴 한다. 1917년 원래 가사로 돌아가 보면 여기서 가사 전체의 '축복bless'이라는 단어는 '망해라fuck'라는 말로 바뀌었다.•

사실 양극총칭법은 사랑과 증오뿐 아니라 그사이의 온갖 것들을 묘사할 때도 효력을 발휘한다. 테니슨Tennyson은 「경기병대의 진격The Charge of the Light Brigade」이라는 시에서 가장 잊지 못할 양극총칭법을 남겼다.

육백 명의 기병은 달렸네.
포탄이 그들 오른쪽으로,
포탄이 그들 왼쪽으로,

• 프레드 고프리Fred Godfrey는 영국 대중지인 「데일리 미러Daily Mirror」에 1941년 쓴 편지에서 이 노래 작곡에 얽힌 이야기를 풀어놓았다. "1916년 프랑스에 있는 영국 해군 항공단Royal Navy Air Service에서 복무할 때 이 노래를 썼죠. 그때는 '축복Bless'이라는 낱말을 쓴 게 아니었어요."

포탄이 그들 앞으로…

(날아와 터졌네)

『옥스퍼드 영어 사전』에는 'quaquaversally'라는 낱말이 있다. '사방팔방에서'라는 뜻의 단어다. '포탄이 사방팔방에서'라는 표현 정도면 시간을 아낄 수 있었을 것이다. 하지만 그렇게 했다면 전혀 시적이지 않았을 것이다. 테니슨의 가장 유명한 이 시 속에 들어 있는 거의 모든 것들은 오로지 수사를 위한 수사로 존재한다. 심지어 테니슨은 이 시를 처음 출간하는 잡지 편집자에게 경기병대 소속 병사 숫자는 600명이 아니라 700명이었다고 지적했다. (내 생각이지만) 아마 여섯을 뜻하는 영어 단어 'six'가 700보다 운율상 훨씬 더 좋아서 600명을 고집했던 게 아닐까 싶다. 결국 의미는 무의미했던 셈이다.

그렇지만 양극총칭법의 진정한 고향은 법률 문서이다. 법률가란 사람들은 손에 온갖 것을 분쇄하는 블렌더를 든 콜 포터나 앨프리드 테니슨 경이다. 자기들만 아는 이유에서 전체를 부분으로 쪼갠 다음 무한히 상세하게 늘어놓지 않고는 전체가 보이지 않는 모양이기 때문이다. 아마 수임료 시스템 때문에 그런지도 모르겠다.

앞서 다룬 결혼과 이혼에 이어서, 현대인들의 애정을 다루는 양극총칭법은 접근 금지 명령으로 완성된다. 이 수사법은 다음과 같은 문구로 결혼 관련 양극총칭법과 거울 이미지를 형성한다. "피고는 앞으로 원고와 사적으로건 다른 사람들을 통하건, 전화건 문서건, 다른 어떤 수단으로건 연락을 금한다." 사실 '사적으로건 다른 사람들을 통하건…'부터는 완전히 사족이거나, 연락할 테면 어디 한번 해보라는 도전장이다. 필시 길이 있을 것이다. 허

점이 있을 수도 있다. 콜 포터도 그녀를 밤낮으로 사랑한다고 말하지 않았던가? 하지만 황혼 녘에는 도대체 뭘 한단 말인가? 결혼 서약에 나오는 부부 신의에 대한 맹세는 아플 때나 건강할 때라고 하는데, 그렇다면 가벼운 감기에 걸렸을 때는 한바탕 불륜을 저질러도 될까? '신사 숙녀 여러분'이라는 표현은 특정 젠더가 없는 사람들과 온갖 마찰을 빚을 소지가 다분한 표현이다. 뭐, 공정하게 하자면 이런 모호한 사람들은 대개 신사 숙녀 둘 다라고 여겨지긴 하지만.

다행인지, 이런 때를 대비해 쓸 수 있는 행운의 표현이 법률가에게는 있다. 양극총칭법 때문에 문제가 생길 위험이 있을 때마다 전가의 보도처럼 휘두를 수 있는 표현이다. '포함하되 이에 한정되지 않는'이라는 문구이다. 이 문구 하나면 아무 필요도 없는 양극총칭법이 일으킬 수 있는 불필요한 문제의 소지에서 벗어날 수 있다. 불행히도 이 족제비처럼 약아빠진 표현은 운율 문제 때문에 「낮과 밤」이라는 노래에 끼워 넣기는 어렵겠다. 운율도 문제이지만 결혼식에 관료주의 냄새를 폴폴 풍길 테니까.

양극총칭법은 전체를 지향하지만, 구멍을 남긴다. 따라서 조롱 대상이 되는 가장 서투른 시적 수사는 양극총칭법을 확장하는 것이다. 죽은 자식 불들고 우는 격이랄까. 이름하여 과시적 양극총칭법blazon이다.

초현실주의 해부학
교과서 같은 문구들

과시적 양극총칭법

The Blazon(A Merism Too Far)

미인 중의 미인을 묘사할 때는
그녀의 손과 발과 입술과 눈과 이마가 상찬을 받는다…

옮긴이 셰익스피어 소네트 106

건강한 사람들은 사랑에 빠지면 꽃다발이나 약혼반지를 사서 연인에게 찾아간 다음 '적극적으로 관계를 진전시킨다.' 그런데 시인이라는 작자들은 사랑에 빠지면 사랑하는 사람의 육신에 속하는 부위들을 목록으로 만든 다음 거기다 직유법을 하나하나 만들어 붙인다. 당신 입술은 선홍빛 체리 같고, 당신 머리칼은 황금 같고, 당신 두 눈은 내 마음의 통행을 좌우하는 신호등 같다는 거다. 이런 목록들은 하나같이 어색하다. 어색하긴 『성경』 구절도 마찬가지이다. 이건 뭐, 아예 미친 사람의 발광처럼 들린다.

> 내 사랑 너는 어여쁘고 어여쁘다. 네 머리채 속 네 두 눈은 비둘기와 같고, 머리칼은 길르앗 산기슭에서 내려온 염소 떼 같구나. 네 치아는 갓 목욕한 후 가지런히 털 깎은 암양, 새끼 없는 것 하나 없이 쌍둥이를 낳아놓은 암양 같구나. 네 입술은 홍색 실 같고 네 음색은 어여쁘구나. 네 관자놀이는 석류 같구나. 네 목은 다윗이 무기를 두려 지어놓은 망대, 천 개의 방패, 용사의 모든 방패가 달린 망대와 같구나. 네 가슴은 백합꽃 한가운데서 꿀을 먹는 쌍둥이 어린 사슴 같구나.

옮긴이 『구약성경』 「아가서」 4장 1~5절. 신부의 아름다움을 묘사한 구절

옛날에는 염소의 평판이 좋았던 모양이다. 양들도 그렇고. 그렇다고 해도 석류 같은 관자놀이라니, 그런 게 있을 턱이 없다. 그런 게 정말 있다면 당장 피부과 의사에게 갈 일이다. 하지만 이렇게 열거한 항목들을 이상하게 만드는 것은 직유의 종류뿐만이 아니라 직유법을 썼다는 사실 자체이다. 내가 독자 여러분에게 저런 과시적 양극총칭법에 근거해 대상을 그림으로 그려보라고 한다면 여러분이 그린 그림 속 사람(또는 사물)은 특이해질 수는 있겠지만 매력이라고는 찾아볼 수 없을 것이다.

이런데도 시인들은 수천 년 동안 멈추지 않고 초현실주의 해부학 교과서 같은 문구들을 계속 쏟아냈다. 다시 한번 스케치북을 들고 토머스 왓슨Thomas Watson이 자신의 소네트 모음집 『백 가지 사랑의 감정Hekatompathia』 옮긴이 욕망과 슬픔과 고통 등 사랑과 관련된 다양한 측면을 담은 100편의 소네트가 담긴 왓슨의 시집(1582년)에서 묘사한 여성을 한번 그려보라.

잘 들어보라, 내가 섬기는 성녀에 관해 말해줄 테니,
황금빛 머리칼은 빛나는 금박보다 빼어나며
반짝이는 눈은 천국에 자리 잡을 만하네.
이마는 높고 빼어나게 아름다우며
말은 은빛으로 빛나는 음악이라네.
재치는 남달리 예리하며
두 눈썹은 하늘에 걸린 무지개와 같지.
독수리의 부리를 닮은 코는 곧고 웅장하게 솟아 있다네.
양 볼에는 장미와 백합이 놓여 있고
숨결은 달콤한 향기나 신성한 불꽃을 내뿜는다네.
입술은 어느 산호보다 빨갛고
목은 슬픈 듯 신음하는 백조보다 희다네.
가슴은 수정처럼 투명하고
손가락은 아폴로의 류트를 켤 듯 길다네.
그녀가 신은 덧신은 조롱의 신 모모스조차 감히 놀리지 못할 만큼 어여쁘고
그녀의 미덕은 내 입을 다물게 할 만큼 크다네.
그녀의 다른 부분들은 말할 필요조차 없지.
이미 얼굴만으로도 나는 시름시름 시들어가기 때문이라네.

꽤 장담하건대 왓슨은 이 정도 쓰고 나서는 '그녀'의 다른 부분은 절대로 보지 않았을 것이다. 게다가 이 시는 왠지 익숙하다. 셰익스피어가 패러디했기 때문이다.

내 연인의 눈은 태양과 닮은 데가 하나도 없고
그녀의 입술보다 산호가 더 붉을 지경이며
가슴은 눈처럼 희기는커녕 거무죽죽하다네.

머리칼이 철사라면 그녀의 머리 위엔 시커먼 철사가 얹혀 있다네.
붉고 흰 장미는 본 적 있으나
그녀의 뺨에서 그런 장미를 본 적은 없지.
향수가 내는 향기는 기쁨을 주나
그녀가 뿜어대는 숨결에서 기쁨을 얻은 적은 없다네.
그녀의 음성을 사랑하지만
음악 소리가 훨씬 듣기 좋다는 건 부정할 수 없다네.
여신은 땅을 밟는 일이 없다는데
내 연인은 씩씩하게 땅을 밟고 걸어 다닌다네.
그러나 하늘에 맹세코 내 연인은 비할 데 없이 귀하다네.
거짓 비유로 그녀와 같다고 들먹인 다른 무엇보다 말이지.

옮긴이 셰익스피어 소네트 130

셰익스피어 소네트에 나오는 연인이 자신을 이렇게 묘사한 문구에 굉장히 매료되었으리라 생각할 수는 없을 것 같다. 누군가를 조각조각 잘라 그것들을 활기 없는 물체 더미로 대체하는 짓에는 뭔가 근본적이고 지독하게 잘못된 구석이 틀림없이 있다. 시를 통해 상징적으로 그런 짓을 벌여도 심란해지기는 마찬가지이다. 행여 이런 표현을 진지하게 받아들일라치면 더는 살아있는 인간으로는 알아볼 수 없는 무슨 물건에 관해 이야기하고 있는 꼴이 되기 때문이다. 위에 인용한 소네트 끝부분에서 셰익스피어가 한 말도 그런 것이다. 또 하나 가장 탁월한 과시적 양극총칭법은 익사한 사람을 위한 묘비문이다.

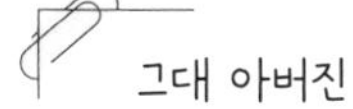

그대 아버진

다섯 길 물속에 누워 있지.

뼈는 산호가 되고

두 눈은 진주가 되었지.

그의 것은 아무것도 사라지지 않아.

바다 밑에서 변할 뿐.

풍요롭고 기이한 것으로.

옮긴이 셰익스피어의 희극 『폭풍우』

결국 저 문구의 발상이란 게, 바닷속에 사는 굴이 바다에 빠진 시체를 파먹은 다음 두 눈을 배설한다는 건데, 이런 게 과시적 양극총칭법을 만나면 꽤 낭만적으로 되긴 한다. 그렇다고 해도 변하는 건 없다. 사람은 더는 사람이 아니다. 이런 과시적 수사법을 만나면 인간은 스크랩북이 된다. 페트라르카가 묘사한 여인 라우라부터 돌리 파튼Dolly Parton의 노래 「졸린Jolene」에 나오는 졸린까지 예외는 없다. 참, 졸린은(피부와 눈과 목소리가) 상아, 에메랄드, 때아닌 비로 되어 있다. 하지만 "그녀의 미소만큼은 봄의 숨결her smile is like a breath of spring과 같다" 옮긴이 「졸린」의 가사 중 일부, 요 부분은 공감각synaesthesia의 사례이다.

잊지 못할 문구를 쓰는 쉬운 지름길

공감각 *Synaesthesia*

그녀가 풍기는 냄새는 달빛에 비친 타지마할 같았다.

- 레이먼드 챈들러Raymond Chandler의 소설 『시골 아가씨The Little Sister』

옮긴이 캔자스 출신의 시골 아가씨가 탐정 말로의 사무실로 찾아와 오빠를 찾아달라는 의뢰를 하면서 시작되는 탐정 소설

공감각은 색깔을 냄새로, 냄새를 소리로, 소리를 맛으로 느끼는 심리적 상태를 뜻하기도 하고, 한 가지 감각을 다른 감각으로 표현하는 수사법이기도 하다. 색깔이 하모니를 이룬다거나 목소리가 비단결 같다고 표현한다면 그런 걸 공감각적 표현이라고 한다(철자법은 다를 수도 있다). 옮긴이 영어 철자를 영국식은 synaesthesia, 미국식은 synesthesia로 표기한다

공감각은 흔히 쓰이는 수사 장치이다. 단짝을 이룰 수 있는 감각에 규칙이 있는 것 같기는 하다. 시각과 청각은 호환된다. 존 레논이 프로듀서 조지 마틴George Martin에게 자신이 쓴 곡 「스트로베리 필즈 포에버Strawberry Fields Forever」에 나오는 '스트로베리 필즈' 옮긴이 작곡자 존 레논이 유년기를 보낸 영국 리버풀에 있던 고아원 이름의 오케스트레이션이 '오렌지 빛깔'이어야 한다고 요구했던 것처럼, 색깔을 소리가 요란하거나 귀에 거슬리는 불협화음으로 표현할 수도 있고, 멜로디가 눈부시게 환하다고 표현하거나, 우르릉 울리는 굉음이 검다고 표현할 수도 있다. 심지어 톤Tone이라는 낱말 자체도 모호해서 음조로도 색조로도 쓸 수 있다(순전히 상징으로만 쓰이는 색깔을 빠뜨릴 뻔했다. 음악의 블루스blues는 파란색이 아니다. 파란 영화blue movie 옮긴이 포르노 영화를 뜻한다가 파란색이 아닌 것이나 마찬가지이다).

촉각은 청각에 쓸 수 있다. 자갈처럼 거친 목소리가 그런 사례이다. 촉각을 시각에도 쓸 수 있다. 그림의 따스한 색깔은 촉각을 시각에 적용한 표현이다. 하지만 그 역은 안 된다. 정말이다. 청각이나 시각을 촉각에 적용한 사례를 단 한 가지도 떠올릴 수가 없다.

미각 역시 청각이나 시각에 열심히 봉사한다. 긍정적인 느낌은 맛나다거나 입맛이 돈다는 말로 표현하고 부정적인 느낌은 무미건조하다거나 역겹다는 말로 표현하면 된다. 그렇지만 이번에도 역시 청각과 시각은 미각에 아무런 보답도 하지 않는다. 미각에 고마운 줄 모르다니 괘씸하다.

이번에는 후각. 냄새는 독립적이다. 자기 코는 알아서 푼다. 혐오스럽다는 의미를 지닌 odious라는 단어는 악취를 뜻하는 odour와는 아무런 상관이 없다. 고약하다는 의미의 rank 옮긴이 원래 냄새가 고약하다는 의미와 신랄하다는 의미의 pungent 옮긴이 원래 냄새가 톡 쏜다는 의미 또한 지난 수백 년 동안 다른 감각에 특사로 파견되어 활동해왔지만, 그것뿐이다. 이제 이 단어들은 원래 콧구멍 태생이었다는 사실 자체를 잊을 정도로 의미가 변해버렸다. 게다가 후각을 묘사할 때 다른 감각에 빗대어 표현하는 법은 아예 없다.

"그녀가 풍기는 냄새는 달빛에 비친 타지마할 같았다"라는 레이먼드 챈들러의 문구가 그토록 놀라움을 안기는 것은 바로 이런 이유에서이다. 후각과 시각을 연결해놓았다는 것은 알겠지만 막상 이런 표현을 보면 그대로 얼어붙게 된다. "그녀의 목소리는 달빛에 비친 타지마할 같았다"였다면 절대로 남기지 못했을 강력한 인상을 남기기 때문이다.

후각을 가미한 공감각적 표현은 거슬리긴 하지만 효과가 크기 때문에, 잊지 못할 문구를 쓰는 쉬운 지름길일 수 있다. 그러나 친애하는 독자여, 신중함을 기하시라. 차라리 사람들이 자기 문구를 잊어줬으면 하고 바라게 될 수도 있으니까. 많은 비평가는 틀린 비평을 해왔고, 그중 일부는 깜짝 놀랄 만큼 잊기 힘든 수사적 표현을 써가며 엉뚱한 평가를 했다. 하지만 그중에서도 단연 압권은 에두아르트 한슬리크Eduard hanslick 옮긴이 19세기에 활동했던 오스트리아의 음악 평론가. 빈에서 음악 평론가로 활약, 바그너와 브루크너 등의 낭만주의 음악에 반대하고 신고전주의를 지지, 감정과 감상을 배척한 형식주의를 주창해 음악의 절대성을 논하는 비평을 썼다이다. 그가 구사한 공감각 표현만큼 잊기 어려운 수사 표현이 다시 있을까 싶다. '귓전에 악취를 풍기는 음악'. 차이콥스키의 첫 바이올린 협주곡을 듣고 한슬리크가 쓴 공감각 표현이다.

그러나 뭐니 뭐니 해도 공감각이 가장 순수한 형태에 도달하는 순간은 따로 있다. 두 감각을 뒤섞을 때가 아니라 완전히 추상적인 무언가에 감각을 부여할 때이다. 승리는 눈에 보이지도 귀에 들리지도 맛이 나지도 않지만, 냄새는 있다. 영화 「지옥의 묵시록Apocalypse Now」에서 묘사한, 잊지 못할 냄새이다.

> 난 아침에 풍기는 네이팜탄 냄새가 좋아. 한 번은 열두 시간 내내 어느 능선을 폭격했던 적이 있거든… 그 냄새는 말이지. 그 휘발유 냄새. 온 능선이 그 냄새였어. 그건 말이야… 승리의 냄새였어. 언젠가 이 짓도 끝나겠지…
>
> 옮긴이 영화 「지옥의 묵시록」에서 전쟁광 킬고어 중령의 대사

위 대사 마지막 부분은 돈절법aposiopesis 옮긴이 문장을 도중에서 그치는 생략법의 하나의 사례이다.

신은 왜 문장을 끝내지 않았을까?

돈절법 *Aposiopesis*

돈절법은 언제 쓰느냐면…

돈절법이란…

돈절법…

위의 문구는 엄밀히 말해 전부 맞다. 돈절법을 영어에서 표기할 때는 점 세 개 '…'를 쓰기 때문이다. 이렇게…

돈절법頓絶法은 그리스어로 **입을 다물다, 고요해지다**라는 뜻이다. 뭔가 불완전함을 내포하는 표현인 셈이다. 우리가 낙원에 살지 못하는 이유이다.

에덴동산에는 중요한 나무가 두 그루 있었다. 선악을 구별하는 앎의 나무와 생명의 나무, 즉 선악과였다. 인간은 선택을 잘못했다. 생명의 나무에서 나오는 열매를 먹었다면 영생을 얻었을 것이다. 선악과를 먹은 탓에 우리는 자기가 발가벗은 모습이라는 사실 따위나 알게 되었다. 아주 나중에 알게 된 바에 따르면 인간이 나체라는 사실은 그 후 알아야 할 놀라운 사실들에 비하면 목록 저 아래쪽에 있어야 할 정도로 하찮은 지식에 불과했는데 말이다. 태곳적 내 할머니가 드실 열매만 잘 골랐다면, 아무도 모르게 나는 영생했을 텐데. 만약…

돈절법으로 돌아가야겠다. 신은 당신의 피조물이 누가 됐건 자신이 나체라는 것을 눈치채기를 바라지 않으셨다. 신이 그걸 원하지 않았던 이유에 대한 설명은 없지만, 내 가설로는 말이다… 일단 상황이 종료되자 신은 아담과 이브와 말하는 뱀에게 저주를 내리신 다음, 다음과 같이 말씀하신다.

> (자, 사람이 선과 악을 알아 우리 가운데 하나처럼 되었으니) 이제 그가 손을 내밀어 생명의 나무 열매까지 따 먹고 영원히 살게 되지 않도록… 그래서 주 하느님께서는 그를 에덴동산에서 내치시어, 그가 생겨 나온 흙을 일구게 하셨다.
>
> 옮긴이 「창세기」 3장 22~23절

주 하느님이 하시던 말씀을 끝내지 않았다는 것을 눈치챘을 것이다. 인류는 주요 동사도 없이 낙원을 떠난 셈이다. 신학적으로 이 사실은 몇 가지 이상한 의문을 제기한다. 첫째, 신은 혼자 중얼거리고 있었던 것 같다. 둘째, 신은 왜 문장을 끝내지 않았을까? 분명 끝낼 수 있었을 텐데. 전지전능하시니, 목이 아프지도 건망증에 시달리지도 않았을 텐데 말이다. 이런 이유는 돈절법을 쓰는 통상적인 이유 세 가지 중 어느 하나에도 들어맞지 않는다. 문장을 지속할 수 없거나, 지속할 필요가 없거나, 아니면 독자들을 기다리게 하고 싶어서라는 세 가지 이유 말이다.

돈절법을 쓰는 가장 간단한 이유는 죽음 때문이다. 사실 생명의 나무로 영생을 얻었다면, 인간은 기막힌 장면을 빼앗겼을 것이다. '누가 범인인가whodunit' 궁금해하는 장면. 어떤 사람이 어깨에 칼을 맞고 간신히 숨이 붙은 채 형사에게 '범인은… 범인은…'이라고 말하다 말고 숨이 멎어 자신이 태어난 흙으로 돌아가는 장면. 말은 중단되지만 죽어가는 사람의 손가락만은 살인의 결정적 단서를 가리키는 바로 그 장면 말이다. 셰익스피어는 『헨리 4세 제1부』에서 헨리 퍼시Henry Percy가 죽는 장면을 통해 돈절법을 기막히게 구사한다. 퍼시는 전사반복前辭反復anadiplosis 옮긴이 앞의 말이나 글의 중요 어구, 특히 끝말을 다음 글 앞에서 반복하는 수사법을 할 정도의 숨은 붙어 있는 상태이다.

> 그러나 생각은 목숨의 노예, 목숨은 시간에 좌우당하는 바보이다.
> 그리고 시간, 세상 만물을 주시하는 시간은 이제 멈추어야만 해.
> 아, 난 예언을 할 수 있지만, 죽음의 흙빛 차가운 손이
> 내 혀에 눕는구나. 안 돼, 퍼시, 그대 이제 먼지,
> 그리고 먹이가 되는구나…

옮긴이 『헨리 4세』 5막 4장, 헨리 4세의 아들 할 왕자가 헨리 퍼시를 죽이는 장면

죽어가는 우리의 영웅이 어떤 동물의 먹이가 될지 관객이 혹여 궁금해할까 봐 왕자의 설명이 보태진다. "벌레들의 먹이지, 용

감한 퍼시." 다른 사람이 한 말을 마음대로 마무리하다니 무례하기 짝이 없는 짓이다. 죽이고 난 다음이라면 또 모를까 아직 숨이 붙어 있는 사람인데 말이다.

그저 무슨 말을 해야 할지 몰라 돈절법을 쓸 때도 있다. 이쯤 되면 좀 멍청해 보일 수 있다. 자식들에게 뭔가 하도록 만들려 애쓰지만 적절한 협박거리가 딱 떠오르지 않는 부모처럼 되어버리는 것이다. 할 말을 잃은 리어왕, 가엾은 왕은 못된 두 딸에게 아래와 같이 말한다.

아니, 이 흉악한 마녀 같은 것들아,
내 반드시 너희 둘에게 복수할 테다,
온 세상이… 내가 꼭 그런 일을 할 테다…
그게 뭔지, 아직은 모른다만 세상이 벌벌 떨 복수가 될 것이다.

옮긴이 셰익스피어 비극 『리어왕』 2막 4장, 리어왕이 자신을 푸대접하는 두 딸 거너릴과 리건에게 분노에 떨며 퍼부어대는 말

"방 청소해, 그렇지 않으면…"처럼 흔한 돈절법보다 훨씬 더 수다스러운 버전이긴 하다. 돈절법은 위협을 더욱 인상적으로 만들어주기도 한다. 위협을 받는 쪽이 가장 두려워하는 내용이 '…'에 담기는 것이다. 사뮈엘 베케트Samuel Beckett가 소설 『머피Murphy』에 써놓은 문구를 보자.

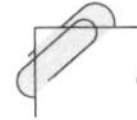

"밤이 되기 전에 이 방에 불을 들여놓게나. 안 그러면…"
머피는 더는 말을 잇지 못해 중단했다. 더할 나위 없이 순수한 돈절법의 사례였다. 티클페니는 머피가 하려다 만 말을 다양한 버전으로 채워 넣었다.

생각하는 족족 머피가 말했을 법한 것보다 더 고통스러운 말만 떠올랐다. 다 합치면 그야말로 무시무시했다.

옮긴이 위의 머피 대사는 기껏 구한 다락방에 난방을 할 수 없다는 것을 알고 격노한 상태를 표현한 것

리어왕은 다르다. 리어왕은 자신이 정확히 무슨 계획을 실행할지 구체적으로 풀어내기에는 너무 지치고 감정이 격해진 상태이다. 그는 자신이 말한 문장을 끝낼 능력이 **없다**. 물론 이런 감정 상태는 쉽게 조작할 수 있다. (그러니) 정말 문장을 끝낼 힘도 없을 정도로 감정에 압도된 상태라면 진심인 편이 좋을 거다. 정말, 진짜로 말을 하지도 못할 정도여야 한다. 정말… 죄송하다. 자판을 두드릴 수가 없다. 내 손가락이 울고 있다.

셰익스피어의 『줄리어스 시저Julius Caesar』에서 앤서니는 슬픔에 겨워 말조차 이어갈 수 없는 척을 한다. 로마인들을 선동해 반란으로 이끌기 위한, 고도로 계산된 전략적 행동이다.

여러분 모두는 한때 시저를 정말 사랑했고, 그럴 만한 이유도 분명 있었습니다. 그럼 무슨 이유로 그에 대한 애도를 망설이는 겁니까? 오, 판단력아, 넌 야수에게 달아났고 사람들은 이성을 잃었구나. 참고 들어주시오. 내 심장은 지금 시저와 함께 관 속에 있소. 심장이 내게 다시 돌아올 때까지 잠시 말을 멈춰야 하겠소. (흐느낀다)

하지만 에덴동산에서 돈절법을 썼던 신이라면 저것보다는 자

● 전지전능한 신이라는 존재가 자기 통제력이 있는지 없는지에 관한 신학적 질문을 제기하는 것이다.

기 통제력을 더 갖추고 있어야 한다.• 따라서 자연스러운 결론에 따르면, 신의 돈절법은 전혀 다른 형태의 것일 수밖에 없다. 문장의 뒷부분이 말할 필요도 없을 만큼 빤해 생략한다고조차 할 수 없는 종류의 돈절법 말이다.

로마에 가면…

악마도 제 말 하면…

아이답지 않게…

옮긴이 순서대로 생략된 내용을 채우면, "로마에 가면 로마법을 따르라", "호랑이도 제 말 하면 온다", "아이답지 않게 제법 철든 소리를 한다" 정도 된다. devil은 호랑이로 옮겼다

위의 표현들은 하도 익숙해 쓰는 사람이 뒷부분을 쓰느라 잉크를 낭비할 필요조차 없다. 로마에 가면 로마법을 따르라. 하지만 아니다. 「창세기」에 기록된, 인류와의 첫 대화에서 신은 이런 종류의 빤한 생략법을 쓴 게 아니다. 그랬을 리가 없다. 로마는 아직 지어지지도 않았고, 아기도 태어나지 않았으며, 악마는, 뱀 형상을 하고 이미 나타나 있었으니 제 말 한다고 나타난 것도 아니다. 자, 이제 결론은 하나다. 신은 그저 재미로 생략법을 쓴 것이다. 신은 그냥 해보고 싶었다. 최초로 중간에서 말을 끊는…

신의 침묵은 광고쟁이들의 침묵만큼이나 수수께끼투성이이다. 광고쟁이들도 '인생의 모든 일이 폭스바겐처럼 믿을 만하다면' 무슨 일이 벌어질지 절대로 이야기해주지 않으니까. 신은 신비롭게 움직이면서 행하신다 기적을. '행하신다 기적을'이라는 어구는 전치법轉置法hyperbaton 사례이다.

요다처럼 말하기

전치법 *Hyperbaton*

전치법轉置法이란 단어의 순서를 엉뚱하게 바꾸는 것이다. 영어에서는 이걸 하기가 아주, 아주, 어렵다. 영어라는 언어의 거의 모든 면이 제멋대로이고 태평스러운 데다 될 대로 되라는 식이지만 어순만큼은 놀라울 정도로 엄격하기 때문이다. 존 로널드 로웰 톨킨John Ronald Reuel Tolkien은 첫 이야기를 일곱 살 때 썼다. '녹색의 거대한 용'에 관한 이야기였다. 그는 지어낸 이야기를 어머니께 보여드렸는데 어머니는 아들에게 녹색의 거대한 용은 없으니, 거대한 녹색 용으로 바꾸어야 한다고 말씀하셨다. 톨킨은 몹시 낙담해 그 후 몇 년 동안 다시는 이야기를 쓰지 않았다.

녹색의 거대한 용이 왜 없냐고 물어보신다면 그건 어순 때문이다.

톨킨의 잘못은 영어 형용사 순서를 정확히 쓰지 않은 것이다. 명사를 앞에서 수식하는 형용사를 쓸 때는 의견, 크기, 나이, 형태, 색깔, 원산지, 재질, 목적 순서를 따라야 한다. 따라서 칼을 수식할 때는, 사랑스럽고 작고 오래된 사각형의 녹색 프랑스산 식칼이라고 표현해야 한다. 조금이라도 단어 순서가 바뀌면 미치광이가 하는 말처럼 들린다. 영어 사용자들이 그런 목록을 지키고 있다니 좀 기이하지만, 사실 그 정도로 형용사를 나열해가며 문장을 쓰는 사람은 없다. 뭐, 크기가 색깔보다 앞에 와야 하므로 어린 톨킨이 썼던 녹색의 거대한 용이 존재할 수 없는 건 맞다.

사람들이 부지불식간에 지키는데 눈치채지 못하는 다른 규칙도 있다. 작은 두 발로 닥타닥타patter-pitter 땅을 내딛는 소리를 들어본 적이 있는가? 옮긴이 타닥타닥pitter-patter을 바꾼 것 아니면 벨이 동딩동딩dong-ding 울리는 소리는? 옮긴이 딩동딩동ding-dong을 바꾼 것 아니면 합힙hop-hip 옮긴이 힙합hip-hop을 바꾼 것 음악은? 이런 소리를 들어본 적이 없는 이유는 모음이 들어 있는 단어를 되풀이할 때의 순서는 늘 I-A-O순이기 때문이다. 따라서 정치가들이 태도가 돌변하는 것을 표현하는 flip-flop은 flop-flip이라고는 절대로 쓰지 않는다. '눈에는 눈, 이에는 이' 혹은 '맞받아친다'라는 의미의 tit-for-tat도 tat-for-tit이라고는 쓰지 않는다.● 이런 표현을 **모음교체** 중복ablaut reduplication 옮긴이 chit-chat, criss-cross 같은 표현이 있다이라고 한다. 모음의 순서를 바꾸어버리면 정말, 진짜, 아주 괴상하게 들린다.

● 아주 싸구려 홍등가라면 또 모르겠다. 옮긴이 싸구려 홍등가를 남녀 사이에 돈과 성을 주고 받는 tit-for-tat 같은 일반적인 성적 친밀성조차 제대로 실행되지 않는 공간이라 상정해서 한 말인 듯하다

영어 어순의 중요성 때문에라도, 문장을 전치사로 끝낼 수 없다는 생각은 그야말로 터무니없다. 사실 전치사로 문장을 끝낼 수 없다는 생각은 꼭 어순을 들먹거리지 않아도 어차피 시시껄렁한 소리이다. 누가 됐건 문장을 전치사 up으로 끝내면 안 된다고 주장하는 사람은 그 입 닥치라는 말을 들어야 한다told up to shut. 옮긴이 told to shup up이 얼마든지 가능하다라는 말을 하려고 오히려 비꼬아서 told up to shut으로 바꾸었다 셰익스피어 말대로 말의 재료는 꿈의 재료와 같지만 이런 시시한 생각은 인간이 벗어날 수 없는, 영어에 대한 바보 같은 믿음 중 하나이다. 옮긴이 셰익스피어 희극 『폭풍우』에 나오는 "인간이라는 존재를 만드는 재료는 꿈을 만드는 재료와 같다"라는 표현을 변형한 것, 인간이 구사하는 언어도 인간처럼 꿈과 비슷한 재료로 만들어지는 만큼 실수도 오류도 인간이라서 하는 것이라는 의미

그런데도 문법 규칙을 철저하게 따져본 적 없는 영어 교사들은 이런 실없는 생각을 무슨 대사나 되는 듯 신나게 읊어댄다. 아무래도 사태가 이렇게 된 건 『영어 문법 간략 입문A Short Introduction to English Grammar』(1762)이라는 책을 쓴 로버트 로우스Robert Lowth라는 인물 탓이 크다. 하지만 정작 로우스의 책에서 말하는 내용은 아래가 전부이다.

전치사는 목적격을 통제하며, 영어에서는 전치사 뒤에 반드시 목적격 명사가 필요하다. 가령 "with him"(그와 함께), "from her"(그녀로부터), "to me"(나에게) 등으로 쓴다.

전치사는 대개 관계대명사 앞에서 떨어져 나와 관계대명사 절 속 문장의 끝이나 동사 뒤에 붙는다. 가령 "Horace is an author whom I am much delighted with"(호라티우스는 내가 매우 즐겨 읽는 작가이다), "The world is too well bred to shock authors with a truth, which generally their booksellers are the first to inform them of"(세상은 작가들에게 진실을 알려 주어 충격을 주기에는 너무 점잖다. 대개 작가들에게 진실을 알리는 최초의 사람들은 책방 주인들이다) 옮긴이 작가들의 작품 평을 노골적으로 해주는 것은 서점 책 판매량이라는 뜻 같은 문장이 그런 사례이다. 이것은 영어라는 언어의 관용구로, 일상 대화에서 많이 사용되며 글의 익숙한 문체에도 아주 잘 어울린다. 그렇지만 전치사는 관계대명사 앞에 위치시키는 것이 더 우아하고 명료하며, 격조 있는 문체에 더 맞다… 그러나 영어에서 전치사는 동사 뒤에 오는 경우가 더 많으며, 부사처럼 동사와 따로 배치되기도 한다. 이 경우에도 의미에 영향을 끼쳐 새로운 의미가 생겨난다. 이런 전치사는 동사 일부로 간주해야 한다. 가령 "to cast"는 "던지다"라는 뜻이지만 "to cast up"은 "계산하다, 합산하다"라는 뜻으로 전혀 다르다. "to fall on"(닥치다, 엄습하다), "to bear out"(입증하다, 확인하다), "to give over"(그만두다, 넘기다) 등도 마찬가지이다. 결국 동사의 의미와 동사구의 적절성은 옆에 있는 전치사에 달려 있다.

구동사는 다 전치사로 끝나야 한다. 그렇지 않으면 고함을 칠 때 "Out look!"("조심해!"라는 뜻으로 원래 look out), "Down get!"("내려!"라는 뜻으로 원래 "Get down!"), "On we are being fired!"("우린 지금 야단맞고 있다고!"라는 뜻으로 원래 "We are being fired on!")라고 해야 한다. 심판들은 "On play"("경기 속개"라는 뜻으로 원래 "Play on")라고 말해야 하고 비행기 이륙 때도 "take planes off" 대신 "off would take planes"라고 해야 한다. 그리고 sleep 뒤에 전치사 in을 붙이지 못해 아무도 늦잠을 못 자게 될 것이다. 옮긴이 영어로 늦잠은 'sleep in'이라고 한다

실제로 영어에서 가장 유명한 전치법 사례는 윈스턴 처칠Winston Churchill이라는 고위 공무원이 문장 끝에서 전치사를 떼어 버리기 위해 문장을 뒤바꾼 데서 왔다. 그게 실제로 어떤 문장이었는지는 아무도 모른다. 역사에 기록된 내용이라고는 처칠이 그

문장에 밑줄을 박박 그어놓은 다음 여백에 다음과 같이 써놓았다는 것뿐이다. "이런 건 내가 도저히 참을 수 없는 종류의 영어이다This is the kind of English **up with** which I will not **put**." 옮긴이 up with가 which 절 뒤의 put 뒤로 가야 하는데 앞으로 빼놓은 것을 전치법이라고 한 것이다

전치법은 영어 사용자에게는 뺨을 때리는 짓이나 마찬가지 충격을 주지만, 효과만 좋으면 곧바로 영어에 편입된다. 1642년 리처드 러블레이스Richard Lovelace라는 남성이 감옥에 갇혔을 때 애인이 그리워 그녀에게 시를 썼다. 자신이 정말은 감옥에 있지 않다는 것을 은유로 입증하는 시였다. 마지막 부분은 다음과 같다.

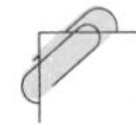

돌로 된 벽도 감옥이 되지 못하며,
철창도 새장이 되지 못한다오…

Stone walls do not **a prison make,**
Nor iron bars a cage…

위의 시구는 첫째 make가 not과 a 사이에 와야 하는데 자리가 바뀌었기 때문에 전치법이고, 둘째 엄밀히 말해 거짓이며, 셋째 그런데도 수도 없이 인용된 끝에 결국 영어의 일부가 되었다. 꼭 a prison make뿐 아니라 변형된 형태로도 얼마든지 쓸 수 있다. 가령 "형용명사는 명사가 되지 않는다adjective noun does not **a noun make**." 옮긴이 원래 adjective noun does not **make a noun**이 맞는데, 전치법을 썼다 그래서 원 문장이 등장한 지 무려 333년이 지난 후 미국의 텔레비전 연속극 「블루문 특급Moonlighting」• 에서 시빌 셰퍼드Cybill Shepherd가

• 글렌 고든 캐런Glenn Gordon Caron이 제작한 드라마

연기한 캐릭터 매들린 헤이즈가 이렇게 쏘아붙이기에 이른 것이다. "그럼, 다시 짚어드리죠, 애디슨Addison 씨. 옮긴이 탐정 데이비드 애디슨은 브루스 윌리스가 연기했다 사건 하나 해결했다고 탐정이 되는 건 아니라는 걸요Well, let me remind you, Mr Addison, that one case does not **a detective make**." 옮긴이 make a detective의 전치법 이 말에 애디슨이 다시 쏘아붙인다. "그럼, 다시 짚어볼까요, 헤이즈 양. 당신 단어 바꿔 말하는 거 정말 꼴불견이야."

이 모든 사달은 러블레이스 씨가 시의 운율을 맞추기 위해 애쓰다 벌어진 것이다.

사실 "왕관을 쓴 머리는 편안히 눕지 못한다"라는 표현을 할 때 "**Uneasy** lies the head that wears the crown"라고 전치법을 쓴 문구가 운율 덕분에 "The head that wears the crown lies **uneasily**"라고 올바른 어순으로 쓴 문구보다 훨씬 더 기억에 남는다. 옮긴이 해당 문구는 셰익스피어의 『헨리 4세』 대사이다 그러나 제대로 작동하지 않는 전치법은 그냥 괴상하다. 밀턴John Milton은 전치법이 좀 약한 시인이었다. "새로운 목초지pasture new" 옮긴이 「리시다스Lycidas」처럼, 효과가 좋은 전치법도 썼지만, 효과가 젬병인 전치법도 썼다. 가령 『실낙원Paradise Lost』에 나오는 다음 문구를 보자.

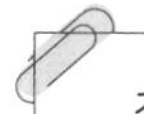

거역하는 그, 나를 거역한다.

Him who disobeys, me disobeys.

"엥? 이게 뭐지?" 하면서 고개를 갸우뚱한 다음 눈살을 찌푸리게 되는 문장이다. 뭐, 풀어놓으면, "누가 됐건 그를 거역하는 자는 내게도 거역한다"라는 뜻이지만, 그런 뜻으로 이해하려면 머리를 좀 굴려야 한다. 밀턴이 억울할까 싶어 짚어두자면, 이런 문장은 라틴어라면 뜻이 완벽히 통한다. 하지만 라틴어는 아주 오래전에 죽어버린 언어이다. 결국 영어에서 일관성 있게 전치법을 사용해온 유일한 존재는 아주 먼 옛날, 저 멀고 먼 은하계에 살고 있었다. 「스타워즈」에 나오는 은하계 대고바Dagobah 행성의 요다Yoda이다. 옮긴이 가령 요다는 "너는 아직 배울 게 많아"라고 말할 때 "Much to learn, you still have"라고 전치법을 쓴다 하지만 요다조차도 전사반복Anadiplosis을 효과적으로 쓸 수 있을 때는 전치법을 미련 없이 버렸다.

전사반복 *Anadiplosis*

요다Yoda•는 단어 순서를 바꾸어 쓰는 전치법으로 유명하지만 「스타워즈, 에피소드 1-보이지 않는 위험Star Wars, Episode 1: The Phantom Menace」을 통해 가장 많이 인용되는 그의 대사는 완전히 다른 수사법을 사용한 것이다. 먼저 요다는 두려움이 **분노**를 낳는다고 말한다. 그런 다음 앞 문장 마지막 단어를 가져다 그다음 문장 첫 단어로 삼아 다시 말한다. **분노**는 **증오**를 낳는다. 그런 다음 다시 앞 문장의 마지

• 요다는 영화 감독이자 각본가인 조지 루카스George Lucas가 영화 「스타워즈Star Wars」 시리즈에서 창조한 캐릭터이다.

막 단어를 세 번째 문장 첫 단어로 삼아 말을 이어간다. **증오는 고통**을 낳는다. 이것이 바로 전사반복前辭反復 사례이다. 전사반복은 요다를 먼 옛날의 영적 스승 성 바울과 직결시킨다.

우리는 환난도 자랑으로 여깁니다.
우리가 알고 있듯, 환난은 인내를 자아내고,
인내는 수양을, 수양은 희망을 자아냅니다.
그리고 희망은 우리를 부끄럽지 않게 해줍니다.

We glory in tribulations also, knowing that tribulation worketh patience, and patience, experience, and experience, hope, and hope maketh man not ashamed.

옮긴이 「로마서」 5장 3~5절

이것이 바로 전사반복이다. 한 구절의 마지막 단어를 다음 구절 첫 단어로 다시 씀으로써 두 어구 모두에 힘을 부여하는 수사법이다. 성인이 쓰건 작은 녹색 외계인이 말로 하건 상관없다.

내용은 크게 중요하지 않다. 사실, 전사반복은 말의 내용에 별로 신경 쓰지 않는다. 전사반복은 180도 다른 의견에도 진지함을 부여하는 기법이다. 요다는 고통이 나쁜 것으로 생각하는 것 같지만, 제시 잭슨Jesse Jackson이라는 또 다른 전설적 미국인의 의견은 좀 다르다. 옮긴이 제시 잭슨은 미국의 유명한 인권운동가이자 정치가

고통은 인격을 낳고 인격은 믿음을 낳습니다. 결국 믿음은 실망시키지 않습니다.

Suffering breeds character; character breeds faith; in the

end faith will not disappoint.

그건 그렇고 요다가 아까 한 말은 (셰익스피어가 창조한) 리처드 2세의 말과 비슷해 보인다.

악한들의 사랑은 두려움으로 변하며,
그 두려움은 증오로, 그 증오는 다시
관련된 한 사람, 또는 두 사람의
당연한 위험과 마땅한 죽음으로 변한다.

The love of wicked men converts to fear;
That fear to hate, and hate turns one or both
To worthy danger and deserved death

요다와 제시 잭슨과 셰익스피어 사이에 철학적 견해 차이가 좀 있다고 볼 수 있겠다. 뭐, 견해 차이가 반드시 나쁜 것은 아니니까. 맬컴 X는 다음과 같이 말했다.

철학을 바꾸면 사고 패턴이 바뀐다. 사고 패턴이 바뀌면 태도가 바뀐다. 태도가 바뀌면 행동 패턴이 바뀌고, 그러면 특정 행동을 하게 된다.

Once you change your philosophy, you change your thought pattern. Once you change your thought pattern, you change your attitude. Once you change your attitude, it changes your behavior pattern and then you go on into some action.

그리고 내 경험상 행동은 피로를 낳고 음주를 부른다. 음주는 취기를 낳고 취기는 다시 숙취를 낳는다. 숙취는 고통을 낳고, 고통이 낳는 것은….

어쨌거나 이 연쇄는 꽤 오랫동안 이어졌고, 어디서 시작되어 어디서 끝나는지 딱히 알 수 없다. 확실한 건, 이 연쇄가 근사하게 들리는 이유는 바로 전사반복 때문이라는 점이다. 전사반복이라는 수사법은 논리적이지 않은 것도 논리적이라고 착각하게 만드는 재주를 부린다. 마치 점령군 장군처럼 단어 속으로 들어와 그곳에 깃발을 꽂은 다음 다시 앞으로 진군하는 것이다. 두 번씩 반복하면 무엇이건 강력해지고 짜임새와 구조가 생기며 확실해진다. 그렇게 되지 않을 도리가 없다.

물론 전사반복을 쓴다고 해서 그 말이 **실제로** 강력하고 짜임새가 있고 확실해진다는 뜻은 아니다. **네 개념의 오류**quaternio terminorum or fallacy of four terms라는 것 옮긴이 틀린 삼단논법이라고도 한다. 삼단논법 같지만 제4항을 임의로 추가해 오류를 낳는 방식이 있다. 논리는 다음처럼 진행된다.

햄샌드위치ham sandwich는 아무것도 없는 것nothing보다 낫다. 아무것도 없는 것nothing은 영원한 행복보다 낫다. 따라서 햄샌드위치가 영원한 행복보다 낫다.

A ham sandwich is better than nothing. Nothing is better than eternal happiness. So eternal happiness is beaten by a ham sandwich.

옮긴이 영어의 nothing을 직역해 논리 관계를 보이게 번역했지만, 위의 논리는 사실 터무니없다. 위의 문구를 다시 의역하면, "햄샌드위치가 아무것도 없는 것보다는 낫다. 영원한 행복만 한 것은 없다. 따라서 영원한 행복은 햄샌드위치만 못하다"가 되어 터무니없는 말이 되기 때문이다 여기서 문제가 발생하는 이유는 **'아무것도 없는 것**nothing**'**이라는 낱말의 의미가 '먹을 게 없는 상태'라는 뜻에서 '불가능성'으로 바뀐다는 점 때문이다. 그럴듯한 논법이지만 결국 오류로 이어진다. 요다는 두려움이 도망을 낳고 도망이 안전을 낳는다고 말할 수도 있었다. 하지만 내용이야 어떻건, '두려움은 분노를 낳고, 그것은 미움을 낳고, 그것은 고통을 낳는다' 정도로 말을 했다고 하더라도 그 힘이나 확실성이 반감되지는 않았을 것이다. 전사반복을 통해 굳이 단어들을 두 번씩 강조함으로써 요다의 말은 필연적으로 그렇게 일이 진행될 것 같은 느낌을 준다.

물론 전사반복을 꼭 논리에만 써야 하는 것은 아니다. 전사반복은 하모니, 즉 조화의 느낌을 보태준다. 악구를 반복하면 두 섹션이 한데 모이는 느낌을 받을 수 있는 것이나 마찬가지이다. 그래서 밀턴은 친구의 죽음을 애도하는 전원풍 애가인 「리시다스」에서 이렇게 썼다.

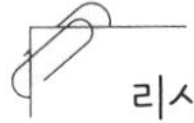

리시다스는 죽었다네. 죽었다네, 미처 피어나기도 전에.

For Lycidas is dead, dead ere his prime;

그리고 바로 이어진다.

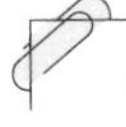

얼마나 커다란 변화인가, 그대가 떠나다니.
그대가 떠나 다시는 돌아오지 못하다니.

But O the heavy change now thou art gone,
Now thou art gone and never must return.

전사반복은 존 레논과 폴 매카트니의 「히어, 데어 앤 에브리웨어Here, There and Everywhere」라는 노래에서도 두 구절을 딱 붙여주는 접착제 같은 역할을 한다.

더 멋지게 살기 위해 내 사랑은 꼭 이곳에 있어야 해요.
이곳에서 하루하루를 엮어가고,

나의 삶을 바꾸어가요, 그녀의 손길로,
아무도 거기 뭔가 있다는 것을 부정하지 못해요.

거기, 내 손으로 그녀의 머리를 쓸어 넘기며,
우리 둘 다 그게 얼마나 좋을지 생각하죠,
누군가 말을 하고 있지만 그녀는 그가 거기 있는지도 몰라요.

To lead a better life, I need my love to be **here**.
Here, making each day of the year,

Changing my life with the wave of her hand, Nobody can deny that there's something **there**.

There, running my hands through her hair,
Both of us thinking how good it can be,
Someone is speaking but she doesn't know he's there.

같은 낱말이 한 구절 끝에 나타났다 다음 문장의 시작 부분에 다시 나타나는 것을 보면 논리와 아름다움이 절반씩 충족되어 흡족한 느낌이 든다. 그런 의미에서 전사반복은 진행이자 전진이다. 전진은 이야기 본질이다. 이야기는 클라이맥스로 이어진다.

이곳은 저곳으로 이어지고 저곳은 어느 곳으로나 이어진다. 영화 「글래디에이터Gladiator」에서 로마 황제 코모두스가 (사실은 완전히 가상의 인물인 주인공) 막시무스 데키무스 메리디우스 루셀루스 크로우스

옮긴이 마지막 루셀루스 크로우스Russellus Crowus는 주인공 배우가 러셀 크로인 것으로 장난친 것

에게 이야기하면서 말한 바대로이다(사실 코모두스는 이런 말을 한 적 없다).

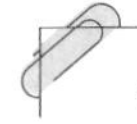

장군은 노예가 되었다. 노예는 검투사가 되었지. 검투사는 황제에게 반란을 일으켰네. 놀라운 이야기이지.

The general who became a slave. The slave who became a gladiator. The gladiator who defied an emperor. Striking story.

놀라운 이야기이다. 단, 이렇듯 놀라운 효과는 전사반복이 있을 때 비로소 발휘된다. **노예가 되었다가 검투사가 되었다가 황제에게 반란을 일으킨 장군**이라는 말로 같은 내용을 표현했다면 그저 뭔가 앞뒤가 맞지 않는 동요 가락처럼 들릴 것이다. 하지만, 뭐니 뭐니 해도 굉장한 전사반복은 『성경』도 셰익스피어 문구도 아닌, 어느 형편없는 식사를 묘사한 문구이다. 누가 썼는지는 아무도 모른다.

스프가 와인만큼 따뜻했더라면,
와인이 생선만큼 익었더라면,
생선이 가정부만큼 싱싱했더라면,
가정부가 집주인만큼 의지가 있었더라면,
아주 좋은 식사가 되었을 것이다.

If the soup had been as warm as the **wine**,
and the **wine** as old as the **fish**,
and the **fish** as young as the **maid**,
and the **maid** as willing as the hostess,
it would have been a very good meal.

위의 구절은 도미문Periodic Sentence 사례이다.

마침표를 발견할 때까지 눈을 떼지 말 것

도미문 *Periodic Sentence*

옮긴이 문장 끝에 이르러 비로소 뜻이 완성되도록 단어나 문구를 구축해 클라이맥스 효과를 내는 수사법. '도미掉尾'란 '꼬리를 흔들다', 즉 '끝에 가서야 요동치다'라는 의미

문장 끝에 찍는 작은 점은 '마침표 full stop' 또는 미국식으로 말해 '피리어드 period'라고 한다. 사실 미국인들은 'period'라는 단어를 구두점으로 쓰기보다 자기 말을 강조할 때 아예 입 밖으로 내뱉는다. 가령 "그건 안 돼. 피리어드period!(말도 꺼내지 마!)", 또는 "다 같이 좀 기다릴 거야. 피리어드!(딴소리 마!)" 같은 문장을 보면, 미국인들이 'period'라는 단어를 재론 금지의 뜻으로 쓴다는 것을 알 수 있다. 결국 이러한 쓰임들은 모두 한 가지 관념으로 귀결된다. 마침표는 시간의 순환을 종결짓는 것, 따라서 문장을 종결짓는 것이라는 관념이다.

마침표는 고전 수사학에서 가장 복잡하고 난해한 개념 중 하나이다. 고대 세계 사람들은 마침표가 정확히 무엇을 의미하는지 확정하지 못하면서도, 마침표가 지독히, 어마어마하게 중요하다는 점만큼은 다들 철석같이 믿었다. 다행히 영어에서는 도미문에 대해 크게 생각할 게 없다. 끝부분에 이르러서야 내용이 종결되는 아주 긴 문장이 도미문이다. 그게 다이다.

이쯤 되면, 독자 여러분은 문장이란 모조리 끝까지 가야 종결지어진다고 생각할지도 모르겠지만, 그렇지는 않다. 바로 앞의 문장의 경우 '모르겠지만'이라는 부분에서 쉼표(,)만 달고 끝날 수도 있다. '그렇지는 않다'라는 말이 구문상 꼭 필요하지 않을 수도 있다는 뜻이다. 여러분이 이 책을 읽다 중간에 지루해져 차 한 잔을 마시러 간다고 해도 머리 위에 구문의 그늘이 드리우거나 하지는 않는다. 그러나 러디어드 키플링Rudyard Kipling의 「만일If」이라는 시에 대해서는 그렇게 말할 수 없다.

「만일」이라는 시는 단 한 문장이다. 그 한 문장에 들어 있는 단어가 자그마치 294개인데 그중 273개는 '만일 ~라면'이라는 조건절로 되어 있다. 가령 '냉정함을 유지한다면, 자신을 신뢰한다면, 꿈을 잃지 않는다면, 생각한다면' 등의 수많은 조건절을 지나면 31번째 행이나 되어서야 문장의 주동사가 등장한다. "이 세상과 그 안에 있는 모든 것은 너의 것이며, 그리고 더욱이 너는 한 사람의 어른이 될 것이다. 내 아들아!"

도미문의 묘미는 끝부분에 도달할 때까지, 구문을 끝내는 어구나 동사를 찾을 때까지, 마침표 중의 마침표를 마침내 발견할 때까지, 멈출 수 없다는 것이다. 키플링은 클라이맥스까지 강제로 독자를 끌고 간다. 「만일」이라는 시 첫 행을 일단 읽으면 31행까지 읽어야 구문상 만족할 수 있다. 그때까지 읽었는데 중도 포기하기는 좀 아깝다. 거기까지 읽었으면 기왕 끝까지 읽는 편이 낫다. 그래야 시를 읽었다는 말이라도 해볼 테니까.

셰익스피어도 같은 묘기를 부렸지만 명사 위에 명사를 쌓는 방법을 사용했다. 『폭풍우』에서 프로스페로는 이렇게 말한다.

> 그리고 이 덧없는 환상처럼
> 구름을 이고 있는 탑, 아름다운 궁전,
> 장엄한 사원, 드넓은 대지 자체,
> 그래, 대지가 물려받은 모든 것들이 사라지겠지…

셰익스피어는 독자가 주요 동사를 볼 때까지 멈출 수 없다는 것을 알고 있었다. 사실 『폭풍우』에 나오는 도미문은 셰익스피어로서는 꽤 자제한 편이다. 『리처드 2세』에서 곤트의 존John of Gaunt이 죽는 장면을 보면 어이가 없다. 이 노인네는 죽기 직전 너무 아파서 말도 제대로 못 할 지경인데, 도대체 어떻게 저렇게 긴 문장을 줄줄 말할 만큼 숨을 길게 들이쉬는지 기가 막힐 뿐이다.

> 이 왕들의 왕좌, 이 왕홀의 섬,
> 이 장엄한 대지, 군신 마르스가 앉은 이 자리,
> 제2의 에덴동산, 제2의 낙원,
> 자연이 질병과 전쟁의 손길에서
> 자신을 보호하려 지은 이 요새,
> 이 즐거운 사람들, 이 작은 세계,
> 은빛 바다에 자리 잡은 이 보석 같은 땅,
> 땅을 지키는 방벽이 되어, 성을 지키는 해자가 되어
> 다른 불행한 땅의 시기에 맞서

땅을 보호해주는 바다에 둘러싸인
이 복된 땅, 이 대지, 이 영토, 이 잉글랜드,
이 유모, 보모, 고귀한 왕들을 낳은 비옥한 자궁,
혈통으로 두려움을 일으키고, 탄생으로 명성을 떨친 왕들의 탄생지,
세상의 죄를 대신 갚으시는 대속자이자 성모마리아의 복된 아들이 묻힌
완고한 유대인들의 무덤처럼
먼 곳에서도 그 위업으로 추앙받는 왕들의 땅,
기독교적 봉사와 진정한 기사도로 이름을 떨치는 왕들의 땅,
이렇듯 귀한 영혼들의 땅, 이 귀하디 귀한 땅,
온 세상에 떨친 이름으로 귀한 땅,
이 땅은 이제 그 왕들의 땅이 아니오.
이제, 나 죽는 자리에서 선언하노니,
이 위대한 땅은 다른 이들의 손에 넘어가 버렸소.
하잘것없는 소작인이나 작은 농장에 빌려주듯…

옮긴이 리처드 2세의 무능을 탓하는 삼촌 곤트의 존이 임종에서 잉글랜드를 걱정하면서 쏟아낸 말. 유대인들의 무덤은 기독교도인 왕들이 십자군 원정으로 갔던 예루살렘을 상징하며 대속자이자 마리아의 축복받은 아들은 예수를 가리킨다

앞의 저 긴 문장에서 핵심은 "잉글랜드는 이제 다른 이들의 손에 넘어가 버렸다"라는 것이다. 내용만 보면, 다른 모든 것은 사족에 불과하고 무의미하다. 그렇지만 "잉글랜드는 이제 그 왕들의 땅이 아니다"라는 문장은 너무 지루하다. 셰익스피어는 내용이 형식과 비교해 별게 아니라는 것을 알고 있었다. 리처드 2세에게 실제로 일어난 일을 알고 싶으면 역사책을 읽으면 된다. 셰익스피어가 이 역사를 다룬 것은 바로 이 마침표를 찍기 위함이었다.

주요 술부를 너무 일찍 내뱉지 않도록 유념만 한다면, **'~할 때'**, **'만일'**, **'비록'**, 혹은 **'~하는 동안'**, 아니면 **'~하는 한'**이라는 표현으로 문장을 시작하는 한, (임종을 맞이하고 있다 해도) 잉글랜드를 묘사할 적절한 구절 열네 개 정도를 줄줄 읊어댈 수 있을 만큼 폐활량이 아주 좋기만 하다면, 약간 인위적으로 보이는 걸 크게 괘념치 않는다면, 도미문은 식은 죽 먹기이다.

「에브리 브레스 유 테이크Every Breath You Take」라는 노래에서, 스팅Sting은 질투의 광기에 휘말린 가운데서도 주요 술부를 마지막까지 아껴둘 만큼의 자제력은 잃지 않는다.

네가 들이쉬고 내쉬는 숨결 하나하나,
너의 움직임 하나하나,
네가 깨는 관계 하나하나,
네가 내딛는 발걸음 하나하나
내가 다 지켜볼 거야.

Every breath you take,
Every move you make,
Every bond you break,
Every step you take,
I'll be watching you.●

마찬가지로, 포 탑스Four Tops 옮긴이 1960년대 미국 흑인 남성 보컬 그룹의

● 「에브리 브레스 유 테이크Every Breath You Take」(스팅의 멤버 고든 서머Gordon Summer가 쓴 노래)

「리치 아웃 아일 비 데어Reach Out I'll Be There」라는 노래에서도 '~할 때when'로 시작하는 길고 긴 시간 부사절이 이어지고 난 후에야 청자들은 안심하게 된다.

하지만 문장의 마무리를 중단시킬 때 다 똑같은 구조를 유지할 필요는 없다. 키플링은 조건 부사절을 썼고, 셰익스피어와 스팅은 명사를 나열했던 반면 존 밀턴은 『실낙원』의 첫 동사를 기막히게 지연시킨다. 먼저 어마어마한 구문상의 구멍을 판 다음 그 속에 진을 딱 쳐놓음으로써 주요 동사가 나올 자리를 마련해 둔 것이다. 그의 도미문은 아래와 같다.

인간이 한 처음에 하느님을 거역하고
죽음에 이르는 금단의 나무 열매를 맛봄으로써
죽음과 온갖 재앙이 세상에 들어왔고
에덴까지 잃게 되었으나,
이윽고 한 위대한 분이
우리를 회복시켜
복된 자리를 도로 얻게 하셨으니,
노래하라 이것을, 하늘의 뮤즈여…

Of man's first disobedience and the fruit
Of that forbidden tree, whose mortal taste
Brought death into the world, and all our woe,
With loss of Eden, till one greater Man
Restore us, and regain the blissful seat,
Sing Heav'nly Muse…

위의 문장은 접속법hypotax이라는 수사 전략의 사례이다.

11

야만적으로 짧게 쓸 것인가, 미로같이 길게 쓸 것인가

접속법과 연속문장 *Hypotaxis and Parataxis*
그리고 접속사 중첩 및 접속사 생략 *and Polysyndeton and Asyndeton*

접속법을 다루기 전에 먼저 연속문장Parataxis부터 봐야겠다. 연속문장이란 접속사 없이 이어지는 문장이다. 솔직하고 좋은 영어 표현이다. 한 문장이 온다. 그런 다음 다른 문장이 온다. 직접적이다. 농부가 쓰는 말이다. 당신은 내 소를 사고 싶지 않군. 좋은 소인데. 당신은 소를 몰라. 술이나 한잔해야겠군. 그런 다음 당신 턱을 부숴주겠어. 난 말이 짧아. 난 농부야. 내 소는 영국 최고란 말이야. 뭐, 이런 식이다.

연속문장은 영어를 구사하는 자연스러운 방식이다. 영어는 간결한 구사를 원하는 언어이다. 영어는 기본적으로 비굴절 언어이다.

옮긴이 옛 영어는 굴절어라고 분류했으나, 현대 영어는 비굴절어, 즉 고립어이다. 단어 자체가 문법적 기능에 따라 변화하는 굴절어나 단어에 접사가 결합해 문법적 기능을 나타내는 교착어와 달리, 고립어는 단어가 변화하지 않고 단어 순서로 단어의 문법적 기능을 나타내므로 어순이 바뀔 수 없는 언어라는 뜻 어순이 중요하다는 말이다. 주어, 동사, 목적어 순서를 지켜야 한다. 그 남자가 개를 발로 찼다The man kicked the dog. 고양이는 매트 위에 앉아 있다The cat sat on the mat. 천사들은 모두 전화 부스가 있다The angels have the phone box. 라틴어와 독일어는 영어와 다르다. 단어를 여기저기 옮겨 순서를 바꿀 수 있지만, 어미만 있으면 문장을 이해할 수 있다. 그래서 "Nauta amat puellam"과 "Puellam nauta amat"라는 문장은 단어의 순서를 앞뒤로 바꾸었지만, 둘 다 "선원이 소녀를 사랑한다"라는 뜻이다. 영어는 그렇지 않다. 영어는 연속적이다. 선형적이다. 영어는 기본적으로 한 문장이다. 그러곤 다음 문장이다.

연속문장은 반드시 문장이어야 할 필요도 없다. 콤마(,)로 나눌 수도 있고, 세미콜론(;)으로 나눌 수도 있다; 이런 구두법에 신경을 곤두세워 짜증을 부리는 사람들이 있다 —외로운 사람들이다— 정작 자신은 셔츠 앞자락에 얼룩이나 묻히고 다니면서 그런 줄도 모르는 사람들이다—대시(—)라는 구두점은 완전한 문장의 종속절에만 사용해야 한다고 말한다. 안됐다. 용서해주자.

접속사를 사용하면 이런 콤마나 대시나 세미콜론 같은 구두법 문제를 해결할 수 있으니 그냥 문장을 계속 이어가다가 몇 개의 '그러나but'를 넣되 너무 많이 넣지는 말고, 몇 개의 '그리고 혹은 그다음then'을 넣으면 되므로 사람들이 하는 이야기를 주의 깊게 들어보면, 보통 마침표가 없고 그냥 접속사만 몇 개 사용해 말이 줄곧 이어진다는 것을 알 수 있다.

접속사를 지나칠 정도로 많이 사용하는 것을 접속사 중첩

polysyndeton이라고 한다. 접속사를 사용하지 않는 것은 접속사 생략asyndeton이라고 한다.

> 예수께서 빵을 집으시고, 그리고 축사하시고, 그리고 빵을 떼어, 그리고 제자들에게 주시며 이르시되 "받아, 먹으라, 이것은 내 몸이니라" 하셨습니다.
>
> And Jesus took bread, and blessed it, and brake it, and gave it to his disciples saying "Take, eat, this is my body."
>
> 옮긴이 「마가복음」 14장 22절

위의 문장에서 알 수 있듯이 성 마가는 접속사 중첩을 대단히 즐기는 사람이어서 '그리고'가 계속 이어진다. 한편, 예수는 접속사 생략을 즐기는 쪽이어서 "받아, 먹으라, 이것은 내 몸이니라 Take, (and) eat, (because) this is my body"라는 문장 하나에 접속사가 둘이나 빠져 있다. 연속문장엔 아무런 문제가 없다. 좋다, 단순하고, 깔끔하고, 꾸밈없고, 근면하며, 바지런한 영어이다. 쿵. 쿵. 끝났소. 고맙소, 부인. 옮긴이 낭만이나 부드러움이라곤 없이 남성 만족만 추구하는 섹스에 대한 농담 오웰이 좋아했다. 헤밍웨이도 좋아했다. 다만 1650년에서 1850년 사이에 이런 연속문장을 좋아한 영국 작가는 거의 없다. 옮긴이 오웰과 헤밍웨이는 단순하고, 간결한 문체로 유명했다. 반면 18세기는 영문학에서 풍자가 유행했고, 화려한 스타일의 형식주의가 득세한 시대였다

독자 여러분이 혹은 어떤 작가가 연속법이 아닌 대안을 선택한다면 (누가 그걸 막을 수 있단 말인가?) 종속절에 종속절을 사용하는 것으로, 그 종속절 자체는 앞에 있는 혹은 뒤에 있는 절에 종속되어, 문법적으로 복잡하게 그지없는 미로 같은 문장을 만드는

데, 마치 테세우스가 어두운 미노스의 미로에서, 반은 황소이고 반은 인간인, 괴물을 찾던 것처럼, 아니 오히려 반은 인간, 다시 말해 남자가 아니라 여자라고도 볼 수 있는 존재, 왜냐하면 그 괴물은 파시파에Pasiphae 옮긴이 크레타 왕 미노스의 아내. 파시파에는 포세이돈이 보내준 아름다운 황소에 욕정을 느꼈고, 마침 크레타섬에 머물던 다이달로스Daedalus는 파시파에 왕비 부탁으로 실제와 똑같은 암소를 만들어준다. 왕비는 그 안에 들어가 황소와 관계를 맺어 반은 소이고 반은 인간인 괴물 미노타우로스를 낳는다로부터, 또는 파시파에 안에서 잉태되었기에, 그 파시파에 자신도 다이달로스의 도착적인 의도로 만들어진 장치 안에 들어가기도 했기 때문인데, 그래서 그런 존재를 찾던 것처럼, 여러분은 이 문장의 문법적 실을 잘 풀어내야만 미로 속에서 놀란 채로, 영원히 방황하며, 문장이 온전히 종결되는 부분을 찾아 영원 같은 어둠을 헤매지 않을 수 있을 것이다.

위에서 내가 쓴 문장이 바로 접속법Hypotaxis의 실례이다. 과거에는 곳곳에서 찾아볼 수 있던 문장이다. 누가 이런 문장을 처음 쓰기 시작했는지는 말하기 어렵지만, 제일 유력한 후보로 토머스 브라운 경Sir Thomas Browne이라는 인물이 있다.

1671년 찰스 2세는 잉글랜드 노리치Norwich를 방문하여 누군가에게 기사 작위를 수여하고 싶다는 마음이 들었다. 아무나 상관없었다. 찰스 2세는 원래 사람을 가리지 않고 즐겨 작위를 수여했던 인물이기 때문이다. 문제는 노리치에 기사 작위가 필요한 사람이 그다지 많지 않다는 점이었다. 누군가 시장을 추천했지만, 시장은 누가 보더라도 기사가 될 만한 위인은 못 됐다. 그래서 사람들은 하는 수 없이 토머스 브라운이라는 의사를 선택했다. 토머스 브라운은 의사로서는 대단치 않았지만, 영국 최초의 산문 작가였으니, 기사 작위를 받을 만하다고 해야겠다.

토머스 브라운 경이 최초의 영어 산문 작가가 아니라고 말하는 (어리석고 미친 데다 사악하기까지 한) 사람들이 있다. 이들은 (전혀 도움이 되지 않는 정보를 들먹이며) 브라운이 태어나기 무려 천 년 전에도 사람들은 영어 산문을 썼다고 지적한다. 이들은 앨프릭Aelfric, 옮긴이 1100년 이전의 영문학에서 가장 오래된 종교적 산문 작가로 알려진 인물 베이컨Bacon, 『킹 제임스 성경King James Bible』 등을 예로 든다. 심지어 이들은 셰익스피어도 때때로 산문을 썼다고 지적한다. 이들은 단순한 사실을 근거로, 내가 터무니없는 주장을 하고 있다는 걸 증명하려 들 것이다. 하지만 사실은 진실을 가린다. 산문을 쓴다고 해서 산문 작가가 되지는 않기 때문이다. 철학을 하는 척한다고 철학자가 되거나 바보 짓거리를 한다고 바보가 되지 않는 것이나 마찬가지이다. 또 달리 말해보자면 이렇다.

> 많은 사람은 격언에 대한 무지와 진리를 향한 무모한 열정에 사로잡혀 지나치게 성급히 거짓의 군대를 공격하다, 진리의 적들에게 포획되어 전리품으로 남는다: 한 사람이 도시 하나만큼 큰 진리를 소유하고 있더라도 거짓에 패배할 수 있다.
>
> 옮긴이 토머스 브라운의 가장 유명한 경구

이제 여러분도 알게 되었으리라. 브라운 이전까지 사람들은 세 가지 이유로 산문을 썼다. 첫째, 시 쓰기가 귀찮았다(앨프릭). 둘째, 텍스트를 번역해야 했기 때문에 정확성을 기해야 했다(『성경』). 셋째, 보통 사람들이 말하는 식으로 글을 쓰려 했다(셰익스피어). 토머스 브라운 경은 산문을 잘 썼기 때문에 산문을 썼던 최초의 인물이다. 그는 아무것도 번역하지 않았다. 브라운 경과 같은 문장을 쓰는 보통 사람은 없었기 때문에, 보통 사람을 흉내 낸 것도 아니었다. 시 쓰기가 귀찮아서 산문을 쓴 것도 아니다. 브라운의 산문은 시보다 훨씬 더 복잡했기 때문이다. 접속법을 이용한 그의 글에는, 러시아의 마트료시카 인형처럼 문장 안에 문장, 절 안에 절이 숨겨져 있었으며, 전치사는 이쪽과 저쪽 다 걸리는 바람에, 이토록 복잡한 글에 당황한 독자가 주동사가 어디 있는지 알아내기 위해 도표를 그려야 할 지경이었다. 브라운은 접속법을 좋아해서, 함정 문과 비밀 통로, 춤추는 작은 종속절로 가득 찬 거대한 로코코rococo 양식 옮긴이 화려한 장식으로 유명한 18세기 스타일 문장을 만들었다. 다음 글은 『성경』이 문자 그대로 사실인지 하는 문제를 주제로 다룬 것이다.

…이처럼 인간은 위대하고 참된 양서 동물로서, 그 본성은 다른 피조물들처럼 다양한 물리적 환경에서 살 뿐 아니라, 이 세계와 다른 세계, 따로 구별되는 세계에서도 살도록 설계되어 있다; 왜냐하면 감각으로 느낄 수는 없지만, 이성으로 추론할 수 있는 세계가 둘 있는데; 하나는 보이는 세계, 다른 하나는 보이지 않는 세계로서, 하나에 관해서는 모세가 설명을 남긴 것 같지만, 다른 하나에 관해서는 너무 모호하게 설명해서, 아직 논란의 여지가 있는 듯 보인다; 그리고 진정 「창세기」 첫 장에 대해서도 모호함이 상당히 많다고 실토해야겠다; 신학자들이 인간이 지닌 이성의 힘으로 이해할 수 있도록 모든 것을 문자 그대로의 의미로 만들어보려 노력했지만, 여전히 은유적으로 해석할 가능성이 있으며, 아마 이집트인들의 상형 문자 학교에서 배우고 자란 모세의 신비주의적인 방법을 쓸 수도 있을 것이다.

옮긴이 『의사의 신앙Religio Medici』

브라운은 영어에 터무니없이 긴 문장이라는 영광을 안겨주었다. 제정신인 사람이라면 누구도 말하지 않을 문장, 복잡한 게임 같은 문장, 화려한 미사여구와 섬세한 장식과 기발한 합성어로 가득 찬 문장. 이러한 문장들은 놀라운 특징 하나를 공유하고 있다. 교양과 세련미이다.

접속법은 영어에서는 아무래도 부자연스럽다. 누구도 위와 같은 문장을 말하려 하지 않는다. 접속법을 사용하면서 좋은 문장을 만들려면 오랫동안 차분하게 생각해야 하므로, 접속법이 사용된 좋은 문장은 글쓴이가 오랫동안 차분하게 생각했다는 사실 정도는 알려준다. 화가 난 주정꾼은 연속문장을 사용해 고래고래 소리칠 수 있다. 접속법은 공정하고 친절한 교양인들만 쓴다.

누군가 변호사가 아첨해대는 족속이라고 화를 내면, 변호사는 이렇게 말할지도 모른다. "원래 변호사는 돈에만 관심이 있어요. 그래요, 변호사는 당신을 칭찬하죠. 칭찬은 돈이 안 드니까요." 하지만 찰스 디킨스는 똑같은 말을 하면서도, 다음과 같이 표현했다.

> 칭찬하는 습관은 아무런 비용 없이 사람의 혀에 기름칠해준다는 게 브라스 씨의 좌우명이었다; 유용한 몸 일부가 녹슬거나, 법을 실행할 때 삐걱거리지 않도록, 항상 유창하고 막힘 없이 말할 수 있도록 그는 근사한 말과 찬사로 자신을 발전시킬 기회란 기회는 거의 놓치지 않았다.

옮긴이 디킨스의 『오래된 골동품 상점The Old Curiosity Shop』 중에서

무수한 단어로 이루어진 이 접속법 문장은 재미있다. 전혀 무례하지 않게 보이지만 또 무례하지 않다고 할 수도 없다. 실제로

브라스 씨가 자신을 묘사한 디킨스의 글을 읽을 수 있었다면 아마 킥킥대고 웃어버렸을 것 같다. 하지만 접속법은 무례함을 막아줄 뿐 아니라 지나친 열정 또한 차단한다. 접속법으로는 감정을 분출시키는 문장을 도저히 쓸 수 없다. 만약 내가 이렇게 말한다고 해보자. "그녀는 예쁘고, 똑똑하고, 부자예요. 근사한 집도 있죠. 인간이 가질 수 있는 것이라면 다 가지고 있어요. 그것도 최고로요. 스물한 살이죠. 나쁜 일이라고는 겪은 적이 없는 여자예요." 여러분은 내가 아마 세상에서 가장 지루한 사랑에 걸려들어 괴로워한다고 생각할 것이다. 아니, 아예 내 말을 믿지도 않을 것이다. 그러나 제인 오스틴Jane Austin은 『엠마Emma』의 도입부에 이와 똑같은 내용을 접속법으로 썼다.

엠마 우드하우스는 아름답고 영리하며 부유한 데다, 안락한 집과 행복한 성향으로 세상 최고의 축복을 받은 듯 보였고, 거의 21년 동안 세상에서 슬프거나 괴로운 일이라곤 없이 살았다.

오스틴이 차 한 잔을 앞에 놓고 나를 보며 "졌지?" 하듯 윙크하는 모습이 눈에 선하다.

접속법을 사용하여 정말 복잡한 구문을 대단하다 싶을 정도로 구사한다면 어떤 말이건 사려 깊고 교양 있게 들릴 것이다. 그래서 1650년부터 1850년까지 모든 사람은 교양 넘치고 현명한 사람으로 보였다. 심지어 포르노그래피조차도 신중하며 차분한 분위기가 깃들어 있었지만, 이제 이런 글은 영영 사라져버렸다. 이를 알아볼 수 있는 변태들에 따르면 그렇다. 『패니 힐Fanny Hill』(1748)은 대체로 영문학에서 가장 위대한 음란 소설로 여겨진다.

내용은 여느 야한 이야기와 흡사하게, 인간 본성이란 원래 그렇고 그런 것이고, 인간 육체는 들어갈 곳과 나올 곳이 너무도 많다는 이야기이지만, 영원히 이어질 듯한 음탕한 행위가 이 미친 문법가인 작가의 환상과 뒤얽혀 만들어진 결과물은 대단히 훌륭하다.

> 내 방에 들어와서, 빛을 피해 얼굴을 돌려 침대 안쪽을 보며 홀로 누워 있는 나를 보고, 그는, 조금도 주저하지 않고, 알몸이 주는 촉감을 더 편안하고 즐겁게 느끼겠다는 듯, 바지를 벗고, 부드럽게 내 페티코트를 들어 올리고 뒤쪽에 서서는, 따듯한 쾌락의 자리로 향하는 뒷길을 지긋이 들여다보았다; 나는 옆으로 누워, 머리를 아래로 숙이며, 그가 편히 들어올 수 있도록 자세를 만들었다. 그는 내 옆으로 부드럽게 누워, 뒤에서 들어왔다, 허벅지와 배를 내 몸에 가까이 대어, 따듯한 온기를 느끼게 해주었고, 그 촉감이 너무나 절묘하게 독특했던 그 기계는, 내 안으로 쑥 들어왔다.

이 글을 연속문장 스타일로 다시 쓴다면, 매력은 다 사라진 채 그저 음란하고 저속한 산문이 되어버릴 것이다.

영어 산문이 그토록 지독스럽게, 조금 끔찍할 만큼 교양과 세련미를 갖게 된 것은 접속법 덕분이었다. 접속법은 여전히 유효하다. 분통을 터뜨리는 불만 편지, 정리해고 통지서, 납치 후 몸값 요구문 등을 신중한 접속법을 사용해 작성하면, 계몽주의 시대 포르노그래피처럼 합리적이고 사려 깊고 상냥한 느낌을 줄 수 있다.

하지만 (이성과 더불어) 접속법은 지난 100년 동안 계속 감소하는 추세이다. 새뮤얼 존슨 옮긴이 18세기를 대표하는 영국 작가, 찰스 디킨스,

제인 오스틴의 난해하고 골치 지끈거리는 문장은 사라지고, 그저 사람들을 흥분시키고 고통이나 주는 잔인하고 야만적인 연속문장이 그 자리를 차지하고 있다. 긴 문장은 이제 조롱거리가 되어 이용 약관에나 숨겨져 연명하고 있고, 쉼표와 콜론, 절과 주석들은 읽히지도 않고 사랑도 받지 못한 채 시들어가고 있다.

그래도 이 길고 긴 문장은 자신을 하얗게 불태우다 쓰러지기 직전 다시 한번 영광의 순간을 맞이한다. 제임스 조이스James Joyce의 『율리시스Ulysses』에 나오는 마지막 문장은 4,391단어에 달하며, 첫 낱말부터 마지막 낱말까지 대시나 세미콜론은 물론 구두점 하나 없다.

> 그리고 그때 저는 눈으로 다시 한번 예스냐고 그에게 물었고 그는 저에게 예스냐고 물었고 … 그의 심장은 터질 것 같았고 나는 예스라고 계속 예스일 것이라고 대답했다.
>
> and then I asked him with my eyes to ask again yes and then he asked me would I yes to say yes … and his heart was going like mad and yes I said yes I will Yes.

옮긴이 마지막 문장의 일부를 확장해 첨가했다

여기서 "나는 예스라고 계속 예스일 것이라고 대답했다yes I said yes I will Yes"라는 부분은 띄어 반복하기diacope의 예이다.

12

본드, (한 박자 쉬고)
제임스 본드

띄어 반복하기 *Diacope*

1962년 영화 관객들은 새로 등장한 영웅을 만나는 동시에 새로운 종류의 대사를 접하게 된다. 관객이 영화에서 그를 처음 만난 장소는 르 세르클 카지노였지만, 아직 그의 얼굴은 보이지 않는다. 카메라는 그가 아니라 바카라에서 왕창 돈을 잃고 있는 빨간 드레스 차림의 아름다운 여성에게 포커스를 맞추고 있기 때문이다. 그녀는 잃고, 잃고, 또 잃다 결국 천 파운드를 더 빌려야겠다고 말한다. 이제 드디어 관객은 카메라 앵글 밖에서 새로운 영웅의 목소리를 듣는다. 다소 비꼬는 듯한 말투다. "배짱이 두둑하군요, 아가씨 이름…"

"트렌치." 여성이 신경질적으로 대답한다. 그런 다음 말한 사람이 누군지 본다. 그가 매력적인 남자라는 것을 발견한 그녀는 이름을 덧붙인다. "실비아 트렌치."

이제 그녀는 누가 봐도 발끈한 것 같다. "당신은 운이 대단한가 보네요. 이름이…."

카메라는 수수께끼의 남성을 향한다. 그는 여전히 그녀를 희롱하듯, 그녀의 다소 우스꽝스러운 자기소개를 흉내 내듯 말한다. **"본드, 제임스 본드."**•

이 정도면 선수들이 주고받는 추파이다. 둘은 상대방 말투를 흉내 내고, 결국 그 여성은 본드의 집으로 가서 옷을 벗고 골프를 치게 된다. 사실 대단한 대사로 의도하고 쓴 것도 아니다. 그런데도 미국영화연구소American Film Institute는 이 대사를 모든 영화 대사 중 22번째로 위대한 대사라고 평가했다(어떻게 딱 22번째라고 정확히 짚을 수 있는지 나로서는 정확히 알 길이 없다). 또 다른 설문 조사에서는 영화 역사상 가장 사랑받는 한 줄짜리 대사로 선정되기도 했다. 생각해보면 참 희한한 일이다. 엄청난 가치가 있다는 대사의 내용이란 것이… 음… 그저 자기 이름이 제임스 본드라는 거다. 그리고 제임스 본드는 정말, 정말 지루한 이름이다. 처음부터 아예 재미없으라고 의도적으로 선택한 이름이다. 작가 이언 플레밍의 설명을 보자.

가장 단순하고 지루하고 평범하게 들리는 이름을 원했어요. 제임스 본드는 '페레그린 캐러더스'처럼 흥미를 자아내는 이름보다 평범했죠. 그에게나 그

• 「007 살인번호Dr. No, 1962」(리처드 마이바움Richard Maibaum, 요한나 하우드Johanna Harwood, 버클리 매더Berkely Mather 각본, 이언 플레밍Ian Fleming 소설이 원작인 영화)

의 주변에서는 이색적인 일들이 벌어지지만, 그는 중립적인 인물이 될 거예요. 정부의 어느 부서가 휘두르는 익명의 뭉툭한 도구가 되는 거죠.●●

요컨대, 영화 역사상 가장 위대한 대사 중 하나는 저자가 의도적으로 재미없으라고 만든 이름을 입 밖으로 내뱉은 말인 셈이다. 이 대사가 인기를 끈 이유는 아무래도 하나밖에 없다. 그 표현 방식 덕분이다. "내 이름은 제임스 본드입니다", 혹은 "본드, 이름은 제임스", 아니면 "본드, 하지만 제임스라고 불러도 돼요" 또는 "제임스 본드"라고 했다면 이 대사가 기억에 남았겠는가?

핵심은 단어 배열이다. 다른 이유는 없다.

'띄어 반복하기'(영어 발음은 '디-애크-코피 die-ACK-oh-pee'이다) 기법은 말의 샌드위치라고 할 수 있다. 어떤 말을 하고 다음에 또 같은 말을 되풀이하기 전, 그사이에 잠깐 쉬고 다른 말을 끼워 넣으면 된다. 예컨대 앞뒤에 '본드'를 배치하고, 가운데 '제임스'를 끼워 넣으면 완성된다. **"본드,** 제임스 **본드."** 만세. 멋진 대사를 만들었다. 혹은 원한다면 앞뒤 양쪽에 불burn을 배치하고, 가운데 사랑하는 사람을 집어넣으면, 정치적 슬로건과 동시에 디스코 히트곡을 만들 수 있다. 옮긴이 "**번**, 베이비, **번**burn, baby, burn"은 1970년대 디스코 시대를 대표하는 밴드 트램프스The Trammps의 「디스코 인페르노Disco Inferno」의 노랫말이자, 1965년 와츠 폭동Watts Rebellion 당시 흑인들의 대표적인 슬로건이기도 했다

영화 「대부 2」 최고의 대사는 "바로 형이었어" 두 개와 가운데 집어넣을 "프레도, 난 알고 있어"만 있으면 된다. **"바로 형이**

●● 『맨체스터 가디언Manchester Guardian』지와 했던 인터뷰, 1958년.

없어, 프레도, 난 알고 있어, **바로 형이었어**." 띄어 반복하기는 굳이 의도를 가지고 사용할 필요도 없다. 이 개념은 마치 날개 달린 원숭이처럼 날뛰다 자기를 원하지도 않는 곳까지 마구 들어가기 때문이다. 아이들이라면 누구나, 『오즈의 마법사The Wizard of Oz』에서 사악한 서쪽 마녀가 도로시와 친구들을 잡으려고 원숭이들에게 "날아, **예쁜이들아**, 날아"라고 소리치는 장면을 기억한다.

하지만 서쪽 마녀는 이렇게 말하지 않는다.

실제 영화에서 하늘을 나는 원숭이들은 "날아라! 날아라! 날아라! 날아라"라는 명령은 듣지만, "예쁜이들아"라는 말은 듣지 못한다. 그런데 왜 다들 이 대사에 "예쁜이들아"를 넣어 엉뚱하게 기억하는 걸까? 이 영화에 띄어 반복하기가 워낙 많이 등장하기 때문이다. "달려, 토토, 달려!", 그리고 "무서워요, 이모, 무서워요!"도 있다.• 게다가 띄어 반복하기는 강력하다. 워낙 강력하다 보니, 우리의 기억 속까지 비집고 들어와, 마녀가 하는 반복 어구마다 **'예쁜이들아'**가 파고 들어가 자리를 잡아버린 것이다.

영국인들 상상 속에서 영국 총리란 사람들은 늘 띄어 반복하기를 즐기는 사람이다. 유명한 일화 하나가 있다. 한 기자가 해럴드 맥밀런Harold Macmillan 총리에게 정부의 가장 큰 문제가 무엇인지 물었다. 맥밀런은 "사건이죠, 친애하는 청년, 사건이죠" 옮긴이 1950년대 말 맥밀런 총리는 당시 영국이 당면한 경제 위기를 해결해야 했는데, 예기치 않은 사건들이 벌어져 정부 경제 계획이 망가지곤 했다 라고 대답했다. 물론 맥밀런이 실제로 이런

• 노엘 랭글리Noel Langley, 플로렌스 라이어슨Florence Ryerson, 에드거 앨런 울프Edgar Allan Woolf 각본, L. 프랭크 바움L. Frank Baum 소설 각색. 영화 「오즈의 마법사」에서 발췌한 내용은 모두 워너브라더스 엔터테인먼트에서 제공했다. 판권 소유, ©1939.

말을 했다는 기록은 없다. '사건 막기'에 관해 이야기한 적이 있긴 하지만 그걸로 끝이었다. 다른 말은 없었다. 맥밀런 총리의 가장 유명한 대사는 그가 한 말이 아닌 셈이다. 그래도 띄어 반복하기 기법이 사용된 말임은 분명하다.

1979년 영국은 추웠고, 국민은 불만이 가득했다. 인플레이션은 10퍼센트에 달했고, 청소원부터 무덤 파는 인부까지 영국인이라면 누구나 파업에 참여했다. 당시 총리였던 제임스 캘러헌James Callaghan은 카리브해에서 열렸던 무역 회의에 참석했다. 그가 건강하게 그을린 모습으로 돌아오자, 공항에 나와 있던 기자들은 혼란이 가중되는 상황에 어떻게 대처할 작정이냐고 물었다. 그는 "세계의 다른 사람들은 혼란이 가중되고 있다고 생각할 것 같지 않습니다"라고 대답했다. 사람들은 그가 이런 말을 한 것으로 기억하긴 하지만 정확히 앞의 표현은 아니다. 총리의 말을 보도한 「더 선The Sun」이 띄어 반복하기 기법을 슬그머니 끌어들인 탓이다. 다음 날 이 신문의 머리기사는 "위기요? 무슨 위기요?"였다.

자신이 하지도 않은 말로 유명해지다니 참 망신이다. 여러 명언 사전도 이 말을 캘러헌이 한 것으로 등재했지만, 실제로 「더 선」 기자의 말이었다는 점도 함께 지적해놓았다. 하지만 이들도 틀렸다. 「위기요? 무슨 위기요?Crisis? What Crisis?」는 이미 1975년 발매된 록밴드 슈퍼트램프Supertramp의 앨범 제목이었다. 슈퍼트램프는 이 대사를 영화 「자칼의 날The Day of Jackal」에서 차용한 것으로 보인다.

띄어 반복하기라는 이 수사적 기교를 의도해서 쓰느냐 여부는 중요하지 않다. 이건 마치 제임스 휘슬러James Whistler 옮긴이 19세기 영국에서 활동했던 미국 화가와 오스카 와일드에 얽힌 일화와 비슷하다. 휘슬러가 뭔가 아주 재치 있는 말을 했는데 와일드는 "내가 그 말을 했다면 얼마나 좋았을까"라며 안타까워했다고 한다. 휘슬러는 와일드의 유명한 말을 모조리 자기 말을 훔친 것으로 생각하며 그런 생각을 넌지시 드러내곤 했던 터라 이렇게 대답했다. "하게 될 겁니다, 오스카. 하게 될 겁니다." 독자 여러분도 띄어 반복하기를 꼭 쓸 작정이 아닐 수 있겠지만, 사용하게 될 것이다, 친애하는 독자여, 사용하게 될 것이다.

띄어 반복하기 기법에는 다양한 형태가 있다. 가장 간단한 것은 호격 띄어 반복하기이다. **"죽지 마. 내 사랑, 죽지 마." "알았어, 자기야, 알았어." "난 죽어가고 있어, 이집트, 죽어가고 있어." "끝났어, 이젠, 끝났어." "제드가 죽었어, 자기야, 제드가 죽었어."**● 누군가의 이름이나 직함을 가운데 넣고 양쪽에서 같은 말을 반복만 하면 된다. 이런 기법은 두 번째 단어를 약간 강조하는 동시에 문장 전체에 어떤 결정적인 느낌, 변경은 가능하지 않다고 느끼게 하는 효과가 있다. 띄어 반복하기를 이용하면 농담이나 즉흥적인 발언이 갑자기 엄정한 심판으로 변해버릴 수 있다.

띄어 반복하기는 문구를 반복하거나 (**그들이 말했어요, 헤라클레이토스, 그들이 당신이 죽었다고 말했어요**They told me, Heraclitus, they told me you were dead) 옮긴이 윌리엄 존슨 코리William Johnson Cory의 시 「헤라클레이토스Heraclitus」, 혹은 문장 전체를 반복하는 형태(**여관을 기억하나요? 미란다, 여관을 기억하나요?** Do you remember an inn, Miranda, do you remember an inn?) 옮긴이 힐레어 벨록Hilaire Belloc

---

● 궁금하신 분들을 위해 말하자면 순서대로 오스트레일리아 록 밴드 인엑시스INXS의 노랫말, 영화 「오스틴 파워스 Austin Powers」, 「안토니와 클레오파트라Antony and Cleopatra」, 「에일리언Aliens」, 「펄프 픽션Pulp Fiction」에 나오는 대사들이다.

의 시 「타란텔라Tarantella」로도 사용할 수 있다.

띄어 반복하기의 또 하나 주요 형태는 형용사를 추가해 정교함을 더하는 방법이다. **바다에서 빛나는 바다까지**From sea to shining sea, 옮긴이 캐서린 리 베이츠Katharine Lee Bates, 「America the Beautiful」 **일요일 피의 일요일**Sunday bloody Sunday, 옮긴이 U2의 노래 「Sunday bloody Sunday」 **오 캡틴! 나의 캡틴!**O Captain! My Captain! 옮긴이 월트 휘트먼Walt Whitman, 『O Captain! My Captain!』 **인간적인, 너무도 인간적인**Human, all too human, 옮긴이 프리드리히 니체Friedrich Nietzsche, 『인간적인 너무도 인간적인』 **조화에서, 천상의 조화에서**From harmony, from heavenly harmony…, 옮긴이 존 드라이든John Dryden의 「성 세실리아의 날을 위한 노래A Song for St. Cecilia's Day」 혹은 **아름다움, 진정한 아름다움은 지적인 표현이 시작되는 곳에서 끝난다**Beauty, real beauty, ends where intellectual expression begins. 옮긴이 오스카 와일드, 『도리안 그레이의 초상The Picture of Dorian Gray』 이 형태에서 우리는 정밀함(가짜 아름다움을 이야기하는 게 아니다)과 절정을 향해가는 고조(단순한 바다가 아니라 빛나는 바다)를 모두 느낄 수 있다.

아니면 호칭과 형용사를 둘 다 써서 띄어 반복하기 기법을 쓸 수도 있다. 새뮤얼 존슨 박사는 말에 관심이 아주 많은 여성을 만난 적이 있다. 그녀는 존슨 박사에게 왜 박사가 편찬한 사전에 옮긴이 존슨 박사는 최초의 영어 사전을 만든 인물이다 'pastern'이라는 낱말을 말의 무릎으로 정의했느냐고 물었다. 사실 'pastern' 옮긴이 말 발목으로 발굽과 구절 사이은 '구절fetlock(말굽 바로 윗부분 뒤쪽 돌기)' 아래에 있는 부분이라는 지적이었다. 존슨 박사는 대답했다. "무지 때문입니다, 부인. 순전한 무지 때문입니다."

마지막으로 확장된 띄어 반복하기가 있다. 앞서서 제시한 예문은 죄다 ABA 구조를 사용했다. 이를 AABA로 확장할 수도 있다. 리처드 3세는 전투 중 자기 말을 잃고 죽어가며 "말을 줘!

말을 줘! 내 왕국을 줄 테니, 말을 줘!"라고 외친다. 셰익스피어는 어떻게 써야 대사가 강력한 효과를 발휘할지 알고 있었다. 그래서 『로미오와 줄리엣』의 유명한 발코니 장면에서도 줄리엣을 위해 "로미오, 로미오, 왜 당신은 그 이름인가요, 로미오?Romeo, Romeo, wherefore art thou Romeo"라는 대사를 썼다(이 대사에서 줄리엣은 로미오가 어디에where 있냐고 묻는 게 아니라는 점을 지적하고 싶다. wherefore는 '어디'가 아니라 '왜'라는 의미이다. 줄리엣은 이름도 묻지 않고 한 남자와 사랑에 빠지고는, 곧 그 남자 이름이 로미오이고 베로나에서 자신이 사랑에 빠져서는 안 되는 유일한 남자임을 알게 되어 속이 상한다).

그 이후로도 이 기교는 몇 번이고 반복해서 사용된다. 다음을 비교해보라.

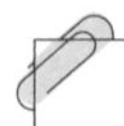

"악당아, 악당아, 웃고 있는, 저주받은 악당아!"
- 셰익스피어, 『햄릿』

"혼자, 혼자, 완벽히 혼자"
- 콜리지Coleridge, 『노수부의 노래The Rime of the Ancient Mariner』

"죽은, 죽은, 오래전에 죽은, / 내 마음은 한 줌의 먼지가 되었네."
- 테니슨Tennyson, 「모드Maud」

"진흙! 진흙! 영광스러운 진흙!"
- 플랜더스와 스완Flanders and Swann, 옮긴이 1950~1960년대에 활약했던 영국 코미디 듀오 「하마의 노래The Hippopotamus Song」

"드디어 자유를 얻었습니다. 드디어 자유를 얻었습니다. 전능하신 하느님, 감사합니다, 드디어 자유를 얻었습니다."
- 마틴 루터 킹 비문, 오래된 영가에서 가져온 내용

"사랑해. 사랑해. 말해줘요, 사랑해라고."

- 카디건스Cardigans, 옮긴이 스웨덴 록 밴드 「러브풀Lovefool」

하지만 이 확장된 띄어 반복하기의 가장 좋은 예는 「클레오파트라의 음모Carry on Cleo」 옮긴이 영화 「클레오파트라」를 패러디한 영국 코미디 영화에서 줄리어스 시저가 한 불명의 대사 "이런 파렴치! 이런 파렴치! 모조리 나를 해치려드는 파렴치함이라니"일 것이다. 옮긴이 영어로는 **Infamy! Infamy!** They've all got it **in for me**여서 맨 마지막 in for me와 infamy가 발음이 같으므로 띄어 반복하기의 예가 된다. ●

띄어 반복하고, 띄어 반복하고, 모두 띄어 반복했다. 효과가 좋기 때문이다. 햄릿이 "존재할까 말까?"라거나 "존재 아니면 비존재?", 혹은 "존재할 것인가, 아니면 죽을 것인가"라고 중얼거렸다면 아무도 그 말을 기억하지 않았을 것이다. 영문학에서 가장 유명하다는 이 대사는 내용이 아니라 단어를 나열한 방식 때문에 유명한 것이다. **"존재할 것인가, 아니 존재할 것인가**To be or not to be."

수사적 질문rhetorical question의 사례이기도 하다.

● 사실 이 대사는 라디오 시리즈 「테이크 잇 프롬 히어Take It From Here」에서 처음 사용되고, 「클레오파트라의 음모」에서 재활용된 것이다.

이 질문에 답하지 말아줘요, 부디…

수사적 질문 *Rhetorical Questions*

아, 수사적 질문이란 무엇인가? 그저 대답이 필요 없는 질문인가? 아니다. 너무 뻔하다 보니 말할 필요도 없는 질문인가? 아니면 답이 없는 질문인가? 그것도 아니면 총을 쏴 상대를 날려버리기 직전, 싸늘하게 던지는 한마디인가?

솔직히, 우리 대부분은 잘 모른다. 나도 마찬가지이다. 그리스인들과 로마인들은 수사법을 즐겨 썼고 수사법에 능했지만 '수사적 질문'처럼 모호하고 막연한 용어를 사용하지는 않았다. 그들은 모든 종류의 수사적 질문을 구분해 이름을 붙였다. 에로테시스erotesis(응원질문), 하이포포라hypophora(자문자답), 에피플렉시스epiplexis(강조질문), 안티포포라anthypophora(즉답법), 안티포라antiphora, 아포크라시스apocrisis, 인터로가티오interrogatio, 로가티오rogatio, 서브젝티오subjectio(해답제시질문), 라티오키나티오ratiocinatio, 디아노이아dianoea, 에로테마erotema, 에피테메시스epitemesis, 페르콘타티오percontatio, 아포리아aporia(논리적 난관), 피스마pysma가 있었다. 지독하게 많지 않은가? 게다가 각 용어는 조금씩 다르면서도 매우 구체적인 의미가 있었다. 불행히도 이들은 이 용어들의 의미가 무엇인지, 서로 어떻게 다른지 결코 합의하지 못했고, 그나마 합의에 도달하는 데까지 가까이 갈 무렵 쇠퇴했고 몰락했고 야만인들에게 정복당했다.

수사적 질문들이 얼마나 복잡한지 어렴풋이나마 알 수 있도록 사례 하나만 들어보겠다. 같은 수사적 질문이라도 질문하는 장소에 따라 답이 완전히 달라질 수 있다. "영국을 위해 무엇이 최선인지 고민하는 정당은 어디인가?"라는 질문을 예로 들어보자. 노동당 지지자 집회에서 노동당 지도자가 이 질문을 하면 '노동당'이라는 대답이 나올 수 있다. 보수당 지지자 집회에서 보수당 지도자가 같은 질문을 하면 '보수당!'이라는 대답을 얻을 수 있다(이 둘 모두가 선수질문先手質問anacoenosis의 예이다). 또는 텔레비전에 나오는 엄숙하고 합리적인 사람이 각각의 장단점을 따져가며 던지는 질문일 수도 있고(즉답법anthypophora), 투표소 안에서 누구에게 투표해야 할지 혼란스러워 어쩔 줄 모르는 사람이 던지는 질문(논리적 난관aporia)일 수도 있다. 더 나아가 질문을 맥락에서 떼어다 쓰면 누구에게 던지는 질문인지 알 수 없기에, 상황은 더 혼란스러워진다.

응원질문erotesis부터 시작해볼까? 응원질문이란 실제로는 질문이 아닌 질문을 가리키는 말이다. 셰익스피어는 소네트 18에서 "당신을 여름날에 비유할까요?"라고 물었지만, 대답을 기대하지는 않았다. 셰익스피어가 사랑하는 사람에게 이 소네트의 첫 행을 보내고, 며칠 후 "계속해보시죠"라는 대답을 받는 상상을 하면 재미있긴 하지만, 실제로 그런 일이 일어났을 리는 없다. 이 시행은 그냥 이렇게 쓰일 수도 있었다. "나는 당신을 여름날에 비유하겠어요. / 당신이 더 사랑스럽고 온화하긴 하지만요." 하지만 응원질문을 쓸 때만큼 듣기 좋지는 않다. 예수가 사역을 시작하기 전에 영국에서 갭이어gap year 옮긴이 흔히 고교 졸업 후 대학 생활을 시작하기 전 일을 하거나 여행을 하면서 보내는 1년를 가졌다는 고대의 터무니없는 믿음을 소재로 한 윌리엄 블레이크William Blake의 시 역시 마찬가지이다.

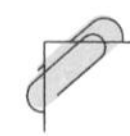

그리고 그 두 발이 정말 고대에
영국의 산 위 초원을 걸었나요?

이번에도, 아니라고 대답하고 싶은 마음이 들 수도 있겠다. 하지만, 그런 대답은 핵심을 놓친다. 의문문 어순으로 된 'And did those feet'이라는 표현이 평서문 어순인 'And those feet did'라는 표현보다 듣기가 더 좋다. 옮긴이 뒤에 나오듯 시의 운율 때문이다. 우리말로도 마찬가지이다. 21장 참조

이것은 그저 낱말 몇 개 위치를 바꾸고 마지막에 물음표를 붙인 가장 순수한 형태의 수사적 질문이다. 오스트레일리아 사람이 즐겨 사용하는 형식이기도 하다. 옮긴이 실제 오스트레일리아 사람이 즐겨 사용하는 표현이라기보다는 antipode라는 낱말의 의미가 반의법도 있지만, 지구 반대편이라는 의미의 '대척점'도 있기에, 영국의 대척점인 오스트레일리아 사람이라면 이런 표현을 즐겨 쓸 수도 있다는 의미의 말장난이다

"태양은 얼마나 밝은가?", "저 코알라는 얼마나 귀여운가?", "저 백상아리는 얼마나 가까이 있는지?"와 같은 반의법antipode 형

태의 질문을 받아도 대답은 필요 없다. 이 질문들은 진술을 뒤집은 형태에 불과하기 때문이다.

강조질문epiplexis은 질문을 통해 한탄이나 모욕을 전달하는 좀 더 구체적인 형태이다. **요점이 도대체 뭔데? 왜 이걸 계속해야 하는 거지? 여자가 뭘 할 수 있겠어요? 당신이 어떻게 그럴 수 있어? 도대체 뭐 때문에 그렇게 힘든 건데?** 『성경』에서 욥이 "어찌하여 내가 모태에서 죽지 않았던가? 어찌하여 어머니 배에서 나오는 그 순간에 숨이 끊어지지 않았던가?"라고 한 말은 이유를 진짜 몰라서 하는 질문이 아니라, 강조질문이다. 강조질문은 뮤지컬 「미스 사이공」에서 "이유가 뭐죠, 신이시여, 이유가 뭐죠?"라고 울부짖는 여주인공 킴Kim이 세상의 무지막지한 폭력을 이해하지 못해 토해내는 슬픔이며, 영화 「헤더스Heathers」에서 "아침 식사로 뇌종양 먹었어?"라고 던지는 조롱 또는 경멸이다.

강조질문에는 대답이 없지만, 적어도 의미와 목적은 있다.

앞서 본 것처럼 선수질문은 특정 청자가 특정한 방식으로 대답할 수 있도록 먼저 질문을 던지는 형식이다. 비틀스는 「왜 우리는 길에서 안 하는 거죠?Why Don't We Do It In The Road?」[•]라는 노래를 불렀는데, 총 18행의 노랫말 중 15행의 가사는 모두 "왜 우리는 길에서 안 하는 거죠?"이다.

폴 매카트니가 저 질문을 **나**한테 던졌다면, 난 산더미처럼 많은 이유를 댈 수 있다. 하지만 우리는 저 질문이 나를 대상으로 한 것이 아니라고 가정해야 한다. 사실 매카트니는 그녀(그녀가 누

• 레논/맥카트니

구든)에게 묻고 있다. 그녀는 그럴듯한 이유를 하나도 생각해내지 못한다. 글쎄, 기껏해야 하나겠지. 누군가 자신들을 지켜볼 수도 있다는 이유 정도 댈 수도 있겠다. 다행히 매카트니는 벌써 이런 대답을 예견하고 나머지 세 줄에서 아무도 보지 않으리라고 안심시킨다(이렇게 가능한 응답을 예견하고 다시 해답을 제시하는 것은 선수반박 procatalepsis이라는 수사적 장치이다). 옮긴이 따라서 상대방의 반박에 대한 대응이 미리 준비되어 있으면 미리 반박한다고 해서 선수반박, 반박에 대한 대응을 묵시적으로 내포하고는 있지만 실제로는 반박을 다루지 않으면 선수질문이다

선수질문은 우리가 얼마나 많은 공통점을 가졌는지 깨닫게 해준다는 장점이 있다. 우리는 모두 길에서 하고 싶다(비틀스). 둘 다 길에서 하는 데 심각한 현실적인 장애물은 없다고 생각한다. 우리가 얼마나 가까운지는 말하지 않아도 알 수 있다. 질문만 던져도 서로 같은 답을 가지고 있다는 사실을 알고 있기 때문이다.●

사람들, 특히 정치인들이 선수질문을 좋아하는 이유도 바로 관심사 공유 때문이다. 유권자는 질문을 듣는 순간 정치인이 원하는 대답에 자동으로 도달한다. **누구에게 경제를 믿고 맡기시겠습니까? 이 사람에게서 중고차를 사시겠습니까? 음탕한 리버풀 놈들** 옮긴이 비틀스는 리버풀 출신이다 **이 거리에서 그 짓을 하다 교통 체증을 일으키지 못하도록 거리 성교를 금지하는 법을 왜 통과시키면 안 된단 말입니까?** 이 질문들은 우리가 공유하는 가치를 끌어내기 때문에, 선수질문에 속하는 예들이다. 선수질문이라면 마땅히 그래야 한다.

● 솔직히 공정하기 위해, 아스팔트는 불편하고 지나가는 차량 때문에 위험하다고 맥카트니의 선수반박법이 놓치고 있는 반대의견 두 개를 추가하고 싶다.

영국의 코미디 그룹 몬티 파이선Monty Python ●●은 1979년에 나온 코미디 영화 「라이프 오브 브라이언Life of Brian」에서 "로마인이 우리를 위해 무엇을 해준 적이 있는가"라는 실패한 선수질문으로 큰 재미를 선사하기도 했다. 원래 의도가 빤한 선수질문들을 던졌는데, 다행인지 불행인지 청중이 질문에 계속 답을 하는 바람에 질문을 계속 고쳐야만 하는 상황이 벌어지면서 웃음을 유발한 것이다. "좋아요, 위생, 의학, 교육, 와인, 공공질서, 관개, 도로, 담수 시스템 및 공중 보건 말고, 헉헉, 로마인들이 우리를 위해 무엇을 해준 적이 있습니까?" 자문자답hypophora을 조금만 동원했어도 문제를 쉽사리 해결할 수 있었을 텐데, 아쉽다.

자문자답은 보통 질문한 사람이 즉시 큰 소리로 대답하는 수사적 질문을 가리킨다. 어 트라이브 콜드 퀘스트A Tribe Called Quest라는 그룹은 「캔 아이 킥 잇Can I Kick It?」이라는 곡을 녹음하며 대답을 기다리지 않았다. 코러스가 바로 등장해 대답을 제시하며 관객을 안심시켜주기 때문이다. **그럼, 할 수 있고말고.** 질문자의 다리가 과연 (그것이 무엇이건) 그것을 찰 능력이 있는지, 그것을 차도 되는지 따위에 관해 듣는 사람의 마음속에 일말의 의심이라도 들어갈 틈이 없다. 적어도 "내가 어떻게 그대를 사랑할까요? 방법을 세어볼게요"라고 물은 후 13행이나 되는 답을 나열한 엘리자베스 배럿 브라우닝Elizabeth Barrett Browning에 비하면 훨씬 간결하다.

옮긴이 「내가 어떻게 그대를 사랑할까요How do I love thee」라는 시

●● 그레이엄 채프먼Graham Chapman, 존 클리즈John Cleese, 테리 길리엄Terry Gilliam, 에릭 아이들Eric Idle, 테리 존스Terry Jones, 마이클 페일린Michael Palin을 의미한다.

자문자답보다 더 나아간 게 있을까? 물론이다. 뭘까? 즉답법anthypophora이다. 어디에 사용되었는가? 동요 「누가 울새를 죽였지?Who Killed Cock Robin」에서이다. 옮긴이 예를 들어 1절만 보면, 누가 울새를 죽였지Who killed Cock Robin? / "나야", 제비가 말했지"I," said the Sparrow / "내 활과 화살로 울새를 죽였어With my bow and arrow" / "내가 울새를 죽였어I killed Cock Robin"이다. 이런 식으로 노래는 계속 질문과 대답으로 이어진다 다른 곳은? 윈스턴 처칠은 위기를 맞았을 때 이 수사법을 즐겨 사용했다. 1940년 5월 13일, 영국군이 프랑스에서 패배를 거듭하며 독일에 항복할 것인지에 관한 질문이 계속되는 상황에서, 처칠은 의회 연설에서 스스로 질문을 던지고 스스로 답해가며 모든 질문을 피했다.

> 여러분은 묻습니다, 우리 정책이 무엇이냐고? 저는 우리가 가진 모든 힘과 더불어 신이 주실 수 있는 모든 힘을 다해 바다 육지 공중에서 전쟁을 벌이는 것, 어둡고 개탄스러운 인간 범죄의 목록 어디서도 결코 찾아볼 수 없는 극악한 폭정에 맞서 전쟁을 벌이는 것이라고 답할 것입니다. 이것이 우리의 정책입니다.
> 여러분은 묻습니다, 우리 목표가 무엇이냐고? 한마디로 답할 수 있습니다. 승리라고. 어떤 대가를 치르더라도 승리, 모든 공포에도 불구하고 승리, 아무리 길고 험난한 길일지라도 승리입니다. 승리 없이는 생존할 수 없기 때문입니다.

『헨리 4세 제1부』에서 폴스타프Falstaff는 이보다는 비겁한 태도로 전투에 임한다. 그는 전투에서 죽음이 과연 가치가 있을까 궁금해하며 다음과 같이 생각한다.

글쎄, 상관없어. 명예가 나를 자극하니까. 그렇지, 하지만 명예가 나를 찌르면 어떻게 하지? 그럼 어떻게 하지? 명예가 다리를 살릴 수 있을까? 아니. 팔을 살릴 수 있을까? 아니. 상처의 슬픔을 달랠 수 있을까? 아니. 그럼, 명예는 수술할 수도 없나? 없어. 명예가 뭐지? 낱말 하나에 불과하지. 명예라는 낱말에는 무엇이 들어 있지? 그 명예에? 공기밖에 없지. 깔끔하군! 누가 가지고 있나? 수요일에 죽은 사람. 그는 그것을 느끼나? 아니. 그는 그 말을 들을 수 있나? 아니. 그럼 지각할 수 없단 말이군. 할 수 있어, 죽은 자는. 하지만 명예란 산 자들과 함께하지 않을까? 아니. 왜? 악의적인 비방이 허용하지 않을 테니까. 그러니 난 명예를 원치 않아. 명예는 한낱 허울에 불과하니. 내 교리문답은 이걸로 끝.

교리문답이란 종교에 관한 일련의 질문과 답변으로, 반드시 외워야 한다. 내용을 모조리 암기하고 나면 근엄하고 엄격한 신부가 시험을 치르게 한다. 신부가 질문을 읽으면 신자들은 답을 암송해야 한다. 물론 신부는 이미 답을 알고 있지만, 상대의 대답을 굳이 듣고 싶어 한다.

그 이유 중 하나는 하느님의 참된 본성과 그밖에 모든 것을 신자가 정말 알아야 하기 때문이다. 자칫 실수로 이단자가 되어버린다면 정말 끔찍한 일이다. 하지만 둘 다 이미 답을 알고 있는데도 불구하고, 굳이 상대에게 답을 강요하는 행위는 과대망상적이고 자기중심적인 방식으로 자신의 만족감을 충족시키는 강력한 방법이다. 교사들이 이런 방법을 사용하는 데는 다 이유가 있다. 경찰도 마찬가지이다. 교통경찰은 항상 이렇게 말한다. 젠장. "시속 200킬로미터로 달린 특별한 이유가 있으신가요?"

그러곤 답변을 기다린다.

"속도 제한이 적용되지 않는다고 생각하셨나요?"

기타 등등, 기타 등등. 요점은 문제의 경찰관은 여러분의 동기나 신념에 관심이 있어서 이런 질문을 하는 것이 아니라는 것이다. 그들은 그런 정신 분석학적인 호기심이라곤 없는 사람들이다. 그러니 교통경찰이나 하고 있는 것이다. 그들은 이미 답을 알고 있는 질문에 대답하게 만들어 자신의 권위를 내세우고 우리의 권위는 우스꽝스러운 것으로 내팽개친다. 그들이 괜히 교통경찰인 것이 아니다. 이러한 일련의 질문을 괜히 해답제시질문subjectio이라고 부르는 것도 아니다. 옮긴이 subjectio의 subject가 "~을 종속시키다"라는 뜻을 지닌 것을 경찰이 권위를 내세우는 것과 연관시켰다

해답제시질문은 쿠엔틴 타란티노Quentin Tarantino가 특히 좋아하는 장치로 그의 영화 「펄프 픽션」에 여러 번 등장한다. 발 마사지, 콘칩, 운전에 관련된 해답제시질문들이 있다. 가장 유명한 두 장면의 핵심에도 해답제시질문이 있다. 먼저, "마르셀러스 월리스는 어떻게 생겼을까"로 시작되는 멋진 해답제시질문이 있다. 약간의 총질과 더듬거림 끝에 우리는 그가 흑인이라는 대답을 듣게 된다. 대머리라는 대답도 듣는다. 그리고 유명한 질문이 등장한다. "마르셀러스 월리스가 모자란 놈이란 거야? Does Marsellus Wallace look like a bitch?" 옮긴이 원래 직역하면 "마르셀러스 월리스가 암캐란 거야?"이다 대머리와 일반적인 맥락을 보더라도 마르셀러스 월리스가 암캐bitch가 아니라는 점은 분명하다. 옮긴이 bitch는 원래 '암캐'라는 의미이기 때문에, 여기서 맥락은 월리스가 여자가 아니라 형편없이 생긴 녀석이라는 의미이다. 영어 단어의 중의적 의미 때문에 생긴 재미있는 긴장이다 영화를 보지 않은 사람이라도 갱스터와 암캐가 잘 어울리지 않는 조합이라는 의심은 당연히 할 것이다. 또 그 방에 있는 모든 사람이 이미 월리스가 어떻게 생겼는지 정확히 알고 있는 것도 분

명하다. 하지만 총질을 몇 번 더 한 뒤, 그 불쌍한 녀석은 모른다고 대답할 수밖에 없다. 이제 드디어 해답제시질문의 절정이 다가왔다. "근데 왜 넌 그 모자란 놈을 못 잡아먹어 안달인 거야? Then why you trying to fuck him like a bitch?" 옮긴이 bitch와 fuck의 중의법이다

모든 유형의 수사적 질문을 촘촘히 분류할 수 있을까? 불가능하다. 그래서 고대인들이 그렇게 많은 용어를 생각해내고도 별 효과를 보지 못한 것인지도 모른다. (씻지 않아 더러운) 해리 캘러핸 경감이 내뱉은 복잡한 질문을 생각해보자. 옮긴이 괄호 안의 '씻지 않아 더러운 unwashed'이라는 표현은 영화 「더티 해리Dirty Harry」 주인공인 해리 경감을 겨냥해 놀리는 표현이다

이봐, 네놈이 무슨 생각하는지 알아. "여섯 발 쐈을까, 다섯 발만 쐈을까"라고 생각하겠지? 솔직히 말하자면 신나게 쏘다 보니 나도 까먹었어. 하지만 이건 세상에서 가장 강력한 권총 44구경 매그넘이잖아, 이걸로 네 머릴 쏴서 깨끗하게 날려버리면 넌 "내가 운이 좋은 건가?"라고 자문하게 되겠지. 그렇지 않아?

캘러핸 경감은 수사학적인 질문을 마구 섞어 쓰는 수사법의 달인이다. 즉답법도 있어 보이지만, 답이 없는 상태이므로 응원질문이라고 생각하기로 하자. 게다가 그의 말은 관객의 관심사에도 호소한다(관객은 자기 머리가 날아가지 않을까 조마조마하다). 그렇다면 이는 기이하지만, 일종의 선수질문이라고 할 수 있다. 그러고 나서 이미 나와 있는 대답을 요구하는 해답제시질문으로 끝나는 것 같다. 그렇지만 마지막까지도 모호하다. 운이 좋은지 자문해보라는 마지막 대사는 영화의 시작 부분과 끝부분에서 두 번 사용된다.

영화가 시작되면 은행 강도 사건이 발생하고 흥미진진한 총

격전 끝에 해리 캘러핸은 (아마도) 장전된 44구경 매그넘을 손에 쥐고 있고, 은행 강도는 장전된 게 틀림없는 산탄총을 가까이 둔 채 잡을까 말까 한 상황에서 서로 대치하고 있다. 캘러핸은 복잡하게 짠 일련의 질문을 던지고, 불쌍한 은행 강도는 당연히 자기 운이 나쁘다고 판단한다. 따라서 캘러핸이 던지는 말은 해답제시 질문이다.

영화 마지막 장면에서도 캘러핸은 거의 같은 상황에 직면한다. 하지만 이번 은행 강도 역할은 쉴 새 없이 낄낄대는 사이코패스가 맡고 있다. 캘러핸은 자기 대사를 똑같이 한마디 한마디씩 반복하고, 범인은 총을 향해 달려든다. 따라서 이 상황의 질문은 또한 논리적 난관aphoria에 속할 수도 있다. 때로 사람들은 정말 답을 몰라서 질문을 던지기도 한다. 수사학적으로 효과가 있는 방법이다. 햄릿이 "사느냐, 죽느냐To be or not to be"라고 물을 때 그는 "살아야지!"라는 자문자답식 해답을 내리지 않는다. 대신 그는 멈추고 생각한다. 돌과 화살을 맞을 것인지 무기를 들 것인지에 대한 선택으로 질문을 다시 만들어 자기에게 던지는 것이다. 그런 다음 죽음의 장점들(마음의 고통과 자연스러운 충격을 끝낼 수 있다는 점)을 나열한다. 그러곤 죽음의 단점 한 가지(사후 세계, 사후의 무언가에 대한 두려움)를 본다. 그런 다음 그는 죽으면 어떤 일이 일어날지 모르기에, 위험을 감수할 가치가 없다는 일종의 결론에 도달하게 된다.•

• 사실은, 1막에서 이미 사망한 햄릿의 아버지가 나타나 죽음 이후에 일어나는 일을 햄릿에게 정확히 설명했기 때문에, 햄릿의 위대한 대사는 극 줄거리와 완벽히 일치하지는 않는다. 그런 점에서 이 대사는 좀 기이하긴 하다.

정말 답을 모를 때 하는 질문을 논리적 난관이라고 한다. 사느냐 죽느냐 하는 문제는 결코 결론을 내릴 수 없는 순간, 의심과 번민의 순간이다.

엘비스 프레슬리Elvis Presley가 멜로디 섹션이 수사적으로 구성된 노래 「오늘 밤 외롭나요?Are You Lonesome Tonight」를 부를 때 가엾은 프레슬리를 사로잡는 것은 이런 논리적 난관과 관련된 의심이다.●● 여기서 우리는 그가 정말로 대답을 원한다고 가정해야 한다. 오늘 밤 그녀가 정말 외롭고 그녀의 기억이 함께 키스를 나누었던 화사한 여름날까지 흘러간다면 그는 행복한 사람이다. 하지만 그녀가 오늘 밤 많은 친구에 둘러싸여 즐거워하고 있다면 그는 불쌍한 사람이다. 어느 쪽인지 답이 될 만한 힌트는 많지만, 정확히 어떤 상황인지는 알 수 없다. 다음 중 하나를 선택해보라. **어쩌다 내 마음을 가져가 버렸나요? 내일도 날 사랑할 건가요? 당신과 함께 다니는 저 여자는 누구인가요?** 옮긴이 「How do you do what you do to me?」, 「Will you still love me tomorrow?」, 「Who's that girl running around with you?」는 모두 유명한 팝송이거나 팝송 가사이다

마지막으로 밥 딜런Bob Dylan이 「바람만이 아는 대답Blowing in the Wind」에서 사용했던 수사학적 질문이 있다. 답이 없는 질문, 질문자도 답을 모르고, 다른 사람 누구도 답을 알고 있으리라 생각하지 않으며, 답을 기대하지도 않는 질문이다. 밥 딜런은 답이 바람에 날려가리라는 것을 알고 있지만, 그래도 묻는다. 그는 "사람이

●● 1927년 본 딜리스Vaughan Deleath가 부른 오리지널 녹음에는 답이 될 만한 몇 가지 설명이 포함되어 있다. 하지만 엘비스는 이 부분을 잘라내고 전적으로 질문으로만 노래를 불렀다. 게다가 원곡에는 형편없는 독백 섹션이 포함되어 있지 않다.

얼마나 많은 길을 걸어야 알 수 있는지" 대답을 기대하지 않는다. 옮긴이 인용구 안 문구 the answer, my friend, is blowing in the wind. how many roads a man must walk down은 모두 노랫말 일부이다 어쨌든, 답은 아마 길이 얼마나 길고 험한지, 위치는 어디인지, 도로, 골목길, 샛길도 길이라고 생각해야 하는지 등 이런저런 여부에 따라 달라질 것이다.

윌리엄 블레이크의 「호랑이Panthera tigris」에 대한 사색도 마찬가지이다. 이 시는 자연 애호가들의 사색을 훨씬 뛰어넘는다. 시에는 마침표가 없다. 처음부터 끝까지 모두 질문이다. 하지만 우리가 하느님께 드리는 기도가 "예" 또는 "아니오"라는 대답을 기대하지 않는 요청이듯, 블레이크 역시 호랑이가 자신의 질문에 답하리라 진지하게 기대하지 않는다.

호랑이여, 호랑이여,
밤의 숲에서 눈부시게 타오르는 그대,
어떤 불멸의 손, 어떤 불멸의 눈이
감히 그대의 무시무시한 대칭을 만들었나요?

Tiger, tiger, burning bright
In the forests of the night,
What immortal hand or eye
Dare frame thy fearful symmetry?

그건 그렇고, '밤의 숲forests of the night'이라는 표현은 이사일의二詞一意hendiadys의 좋은 예이다. 십중팔구 그렇다.

14 혼동이 주는 여운을 즐기기

이사일의 *Hendiadys*

이사일의二詞一意는 수사적 기교 중 가장 포착하기 힘들고 까다로운 방법이다. 대개 이사일의가 실제로 사용되었는지조차 확신할 수 없기 때문이다.

이사일의 원리는 간단하다. 형용사와 명사를 하나씩 선택한 다음, 그 형용사를 다른 명사로 바꾸면 된다. 예를 들어 "나는 **시끄러운 도시**에 간다"라고 말하는 대신 "나는 **소음과 도시**에 간다"라고 말하면 된다. "나는 비 오는 아침에 걸었다"라고 말하는 대신 "나는 비와 아침에 걸었다"라고 말한다. 이해했는가? 형용사-명사의 시끄러운 도시는 명사-명사인 소음과 도시가 된다. "나는 당신의 **아름다운 눈**을 사랑해요"라고 말하는 대신 "나는 당신의 **아름다움과 눈**을 사랑해요"

라고 말하는 것이다. 그런데 문제가 있다. 글을 쓰는 사람은 아름다움과 눈이라는 표현이 아름다운 눈을 의미한다는 걸 알지만, 독자는 모른다는 것이다. 우리 가엾은 독자는 "나는 당신의 아름다움과 눈을 사랑합니다"를 "나는 일반적으로는 당신의 아름다움을 사랑하고, 구체적으로는 당신 눈을 사랑합니다"라는 의미로 생각할 수도 있다. 따라서 성 바울이 빌립보 지역 교인들에게 "두려움과 떨림으로 with fear and trembling 너희 구원을 이루라"라고 했을 때, 그 말은 **두려움 가득한 떨림** fearful trembling을 뜻하는 이사일의일 수도 있지만, **떨리는 두려움** trembling fear을 뜻하는 이사일의일 수도 있다. 또 바울이 사실 **두려움과 떨림 둘 다** both with fear and with trembling를 의미했을 가능성도 있으며, 그렇다면 이사일의를 전혀 사용하지 않았다고도 볼 수 있다.

법과 질서 law and order는 이사일의일까? 그런 것 같지만 확실하게 판단하긴 어렵다. '소란'이나 '난투'를 뜻하는 **러프 앤 텀블** rough and tumble은 어떤가? '가정' 혹은 '집'을 의미하는 **하우스 앤 홈** House and home은? 어떤 표현이 이사일의가 확실하다고 말할 수 있으려면, 애초에 작가가 어떻게 생각했는지부터 분명해야 한다. 하느님은 '영광스럽고 강력한 나라 glorious powerful kingdom'를 가지고 계실지 모르지만, 예수가 실제로 한 말은 "나라와 권세와 영광이 the kingdom, and the power, and the glory 아버지께 있사옵나이다"라는 것이다.●

● 『신약성경』의 「마태복음」은 그리스어로 되어 있고, 예수님은 고대 히브리어인 아람어Aram로 말씀하셨을 것이다. 하지만 이사일의는 원래 그리스어로 '원 플러스 원two-for-one'을 의미하는 단어로, 고대 히브리어에서도 흔히 사용되던 수사 기교였다. 따라서 이사일의 가능성은 분명히 존재한다.

여름살이가 겨우살이보다 쉬운 건 맞다Summertime living is easy. 하지만 **"여름이라는 계절, 살기는 쉽다**Summertime and the living is easy" 옮긴이 조지 거슈윈의 「Summertime」의 노랫말 라는 표현이 반드시 이사일의인 것은 아니다. 이사일의일 가능성은 아주아주 높긴 하다.

부사-형용사를 형용사-형용사로 만드는 변종 이사일의도 있다. "당신 차가 멋지고 뜨겁고your tea is nice and hot, 내 샴페인이 멋지고 차갑다면my champagne is nice and chilled", 그건 "차는 적당히 뜨겁고nicely hot 샴페인은 적당히 차갑다nicely chilled"는 의미의 이사일의로 보인다. 하지만 샴페인이 '멋지다nice'는 말은 '적당하게 차갑다'라기보다는 '품질이 좋다'는 의미로 사용되어, '품질도 좋고 적당히 차갑다'라는 의미일 수도 있다.

무언가를 '하려고 노력하다'라는 표현을 try to do보다는 try and do의 형태로, '누군가를 보러 가다'라는 말을 go to see보다는 go and see 형태로, 이중 동사를 사용하는 예도 있다. 따라서 앞에서 언급했던 윌리엄 블레이크의 '밤의 숲forests of the night'은 '야간의 숲forests at night'의 이사일의라고 할 수 있다.●● 물론 세상을 떠난 블레이크 씨를 소환하지 않고서는 확실히 증명할 수 없긴 하다.

●● 나와 의견이 다른 일부 사람들은 이를 대치법antiptosis 옮긴이 예를 들어 "펜이 칼보다 강하다The pen is mightier than the sword"에서 '글' 대신 '펜pen'을, '무력' 대신 '칼sword'을 사용하며, 한 단어를 다른 단어, 한 구를 다른 구로 대치하는 문학적 표현 기법 의 예라고 한다. 나는 개의치 않는다. 영국인이라면 누구나 이 구절을 들으면 이사일의로 느끼기 때문이다. "그녀는 밤처럼 아름답게 걷는다She walks in beauty, like the night" 옮긴이 낭만주의 시인 바이런의 대표적인 시, '아름다움 속에서 걷는다walks in beauty'를 '아름답게 걷는다walks beautifully'로 이해할 것이라는 뜻 를 이사일의로 느끼는 것이나 마찬가지이다.

이사일의 특이점을 또 한 가지 들자면 먼지처럼 흔한데 황금처럼 희귀하다는 점이다. 일상적으로 지나쳐버릴 만큼 많은 일상의 표현들이 이사일의를 사용한다(Be a good fellow and close the door는 "좋은 사람이 되어라. 문을 닫아라"라는 두 가지 명령이 아니라, "친구야, 문 좀 닫아줘"라는 의미이다). 하지만 위대한 작가들은 셰익스피어를 제외하고는 이사일의를 사용하는 사람이 전혀 없다. 앞에서 언급한 문구들은 셰익스피어를 빼면 영어에서 찾아볼 수 있는 많지 않은 예이다. 게다가 셰익스피어가 이사일의를 사용한 것도 실제로는 몇 년뿐이었다. 하지만 그 시기는 『햄릿』, 『오셀로』, 『맥베스』, 『안토니우스와 클레오파트라』, 『리어왕』이 나왔던 몇 년간이었다. 그야말로 위대한 시기였다.

셰익스피어 초기 작품에서 이사일의는 거의 등장하지 않는다. 한 연극에 한두 번씩 튀어나오는 정도였다. 그러다 1599년경 셰익스피어는 무슨 계시라도 받은 듯, 갑자기 이사일의를 가장 선호하는 형식으로 사용하기 시작한다. 빈도 그래프를 그려보면 이사일의의 이용이 갑자기 뛰어오르다가 정점을 찍고, 한참 고원지대에 머문 다음, 보통 그의 말기라고 불리는 (작품이 별 볼 일 없는) 시기에 빈도가 줄어드는 것을 볼 수 있다.[•] 이사일의라는 요인 하나 덕분에 비극 다섯 편이 위대해졌다는 말은 아니지만, 셰익스피어가 이사일의라는 수사 형식을 사용한 시기가 바로 그 시

[•] 나도 그려보았다. 외로운 사람들이 그러하듯이. 조지 T. 라이트George T. Wright 에세이 「이사일의와 햄릿」만 있으면 여러분도 직접 해볼 수 있다. 『현대영어영문학회지PMLA』, 1981년 96권 2호에 실려 있는 글이다. 부록 II에 있는 셰익스피어의 모든 희곡 등장인물 표를 이용하라. 가상의 친구들에게 깊은 인상을 남기는 데도 사용할 수 있다. 슐츠Schulze의 목록(1908)이나 케를Kerl의 목록(1922)도 사용할 수도 있지만, 이는 독일어를 구사할 줄 아는 경우로 한정된다.

기와 겹친다는 점은 주목할 만한 가치가 있다. 『햄릿』은 평균 60행마다 이사일의가 등장하는 최고의 희곡이다. 햄릿이 외치는 "천사와 은총의 사제들이 우리를 지켜준다! Angels and ministers of grace defend us"라는 대사는 실제로는 '천사 같은 은총의 사제들 Angelic ministers of grace'이라는 의미이다. 햄릿은 이 이사일의를 너무 즐겼던 나머지 죽은 아버지의 유령을 보자마자 가장 먼저 튀어나오는 반응에까지 이사일의를 썼다. 햄릿의 아버지는 아들이 이사일의를 쓰는지 쓰지 않는지 개의치 않는다. 그 자신이 연옥의 '유황과 고통스러운 불길 sulphurous and tormenting flames'('고통스러울 정도로 유독하다 tormentingly sulphurous'는 뜻)을 감당하느라 너무 바쁘기 때문이다. 햄릿은 아버지와의 모든 대화를 머릿속의 '책과 양 book and volume'에 기록한다. 이는 **'방대한 책** voluminous book'일 수도 있고, **'책을 만들 수 있을 정도의 양** bookish volume'일 수도 있다. 이것이 바로 이사일의의 경이로운 점이다. 이사일의는 혼동을 부른다. 봄날의 푸르고 맑은 호수였을 법한 것에서 뭔가를 앗아가는 것이다. 영어 교사는 **형용사의 목적은 명사 수식**이라고 말한다. 형용사는 명사를 위해 일한다. 이사일의와 셰익스피어에서는 그렇지 않다. 명사들이 나란히 서서 손을 잡고 있지만 누가 누구를 수식하는지 알 수 없다. '젊음의 아침과 이슬 The morn and liquid dew of youth' 옮긴이 『햄릿』, 보통 '아침 이슬처럼 싱그러운 청춘' 정도로 번역한다 은 아름답지만 혼란스럽다. '정숙함의 우아함과 홍조 the grace and blush of modesty' 옮긴이 『햄릿』 도, '죽은 듯한 광활함과 한밤중 the dead vast and middle of the night' 옮긴이 『햄릿』, 보통 '밤의 죽음같이 고요하고 한적한 시간'이라고 옮긴다도 당황스럽기는 마찬가지이다.

물론 이사일의인지 아닌지조차 판단하기 힘든 경우도 많다. 햄릿은 터무니없는 운명이 던진 '돌과 화살 the slings and arrows'을 맞은 것이라고 해야 더 숭고한 느낌이 나는 것일까, 아니면 그 돌과 화살이란 것이 사실은 운명이 아무렇게나 홱 던진 화살the slung arrows이었던 것일까? 옮긴이 sling이 명사냐 동사의 변형이냐에 따라 느낌이 달라진다는 뜻 육신은 '가슴 아픈 고통과 천 개의 자연스러운 충격the heartache and the thousand natural shocks'의 상속자인가, 아니면 천 개의 자연스럽고 가슴 아픈 충격 a thousand natural and heart-aching shocks의 상속자인가? 우리는 '시간의 채찍과 비웃음the whips and scorns of time'을 견뎌야 하는가, 아니면 비웃으며 때려대는 채찍the scornful whips을 견뎌야 하는가? 『햄릿』을 쓸 당시 셰익스피어는 이사일의에 열광한 나머지 작품 곳곳에 이 수사법을 숨겨놓았다.

이사일의는 셰익스피어의 위대한 희곡마다 숨어 있다. 『리어왕』에서 에드먼드가 형인 에드거에게 "내가 보고 들은 것을 형에게 말했지만, 희미할 뿐이야. 내가 본 것의 상과 공포에 필적할 만한 건 하나도 없어nothing like the **image and horror** of it"라고 말하는 장면이나, 그 유명한 『맥베스』에 등장하는, 인생이란 '음향과 분노로 가득 찬, 바보가 들려주는 이야기a tale told by an idiot, full of **sound and fury**'라는 대사도 이사일의이다. 옮긴이 훗날 미국 작가 윌리엄 포크너 William Faulkners는 여기에 착안해 소설 『음향과 분노The Sound and Fury』를 썼다 셰익스피어가 분노로 가득 찬 소리 furious sound를 생각했는지, 들려오는 분노souding fury를 생각했는지는 중요하지 않다. 이사일의의 정수와 아름다움 point and beauty은 낱말을 나란히 놓고, 문법과 관계성the grammar and relation을 없애며, 단어를 두 배로 늘려, 숨결과 아름다움breadth and beauty을 부여하는 것이기 때문이다. 옮긴이 이 문장에서만도 이사일의가 '정수와 아름다움', '문법과 관계성', '숨결과 아름다움'에서 세 번 사용되었다 걸작들을 쓴 후 셰익스피어는 이사일의를 더는 사용하지 않았다. 이유는 알 수 없지만, 어꽸거나 후기 희곡에는 이사일의가 거의 등장하지 않는다. 아마 더 나은 방법을 생각했을 수도 있고, 지겨워졌을 수도 있다. 아니면 이사일의를 너무 많이 썼다며 후회했을 수도 있다. 이 사소한 수사적 기교가 문학사상 가장 위대한 작가가 걸작을 쏟아내던 시기 가장 즐겨 사용한 기교였다는 사실만으로도 이사일의가 반짝 스타의 위상 정도는 누렸음을 알 수 있다.

하지만, 나는 이사일의를 가장 잘 사용한 사람으로 셰익스피어보다 레너드 코헨Leonard Cohen 옮긴이 캐나다 출신 싱어송라이터, 밥 딜런과 더불어 노벨 문학상을 다툴 정도로 문학성 높은 노랫말로 유명하다 을 꼽고 싶다. 특히 그의 노래 「할렐루야Hallelujah」가 떠오른다.

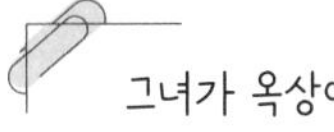

그녀가 옥상에서 목욕하는 것을 보셨죠?
그녀의 **아름다움과 달빛**이 당신의 넋을 빼놓았죠.

You saw her bathing on the roof.
Her **beauty and the moonlight** overthrew you.

청자가 'in'을 예상하는 곳에 'and'가 들어와 이사일의가 발생한다. '달빛 속 그녀의 아름다움Her beauty in the moonlight' 대신 '그녀의 아름다움과 달빛her beauty and the moonlight'으로 표현했기 때문이다. 게다가 이 노래 전체는 다른 많은 노래와 마찬가지로 결구반복epistrophe이 확장된 사례이다.

15

어떻게 문장을 시작하든 똑같이 끝낼 것

결구반복 *Epistrophe*

문장을 계속 같은 낱말로 끝내는 것을 결구반복結句反復이라 한다. 모든 구절이 같은 단어로 끝날 때도 결구반복이다. 각 단락이 같은 단어로 끝날 때도 결구반복이다. 표현 전체 또는 문장 전체를 반복해도, 반복이 마지막에 나온다면 그 역시 결구반복이다.

그렇다면 이제까지 만들어진 노래의 절반은 확장된 결구반복의 예라고 할 수 있다. 레너드 코헨이 쓴 「할렐루야」의 모든 절verse 옮긴이 노래의 인트로 부분 다음 노래의 분위기를 결정하는 부분을 가리키는 말 마지막이 '할렐루야'로 끝나는 것, 조지 거슈윈의 「내가 사랑하는 사람The Man I Love」의 모든 악구樂句가 '내가 사랑하는 사람'으로 끝나는 것, 돈 맥클린Don McLean이 「아메리칸 파이American Pie」의 후렴구마다 '바이, 바이, 미스 아메리칸 파이Bye, bye, Miss American Pie'로 마무리하는 것 모두 결구반복이다. '달이 커다란 피자 파이처럼 눈에 들어오면When the moon hits your eye like a big pizza pie' 이 역시 결말부는 항상 '아무르'이기 때문에 역시 결구반복이다. 옮긴이 딘 마틴Dean Martin이 부른 「그것이 사랑이에요That's Amore」 가사에 "When the moon hits your eye like a big pizza pie"라는 구절이 있다

음악에서 결구반복이 하도 흔하다 보니, 우리는 노래를 들어도 이 수사 기교를 알아차리지 못하고 지나가거나 굳이 생각해 보려 들지 않는다. 노래 진행 방식에 너무 익숙하다 보니 노래가 특정한 방식으로 작동한다는 사실마저 깨닫지 못하는 셈이다. 사실 결구반복은 어떤 감정을 불러일으킨다. 어디서 시작하든 항상 같은 곳으로 돌아오는 느낌이다. 밥 딜런은 어디서 시작하든 항상 61번 고속도로에서 끝을 맺는다. 옮긴이 밥 딜런의 대표적인 블루스 「61번 고속도로Highway 61」를 가리킨다 절 부분에 무슨 말이 나오든, 후렴구가 나오면 감방 안 모든 사람이 감방 록에 맞춰 춤을 추게 된다. 옮긴이 엘비스 프레슬리의 대표곡 「제일하우스 록Jailhouse Rock」을 가리킨다

결구반복은 집착과 강박의 수사법이다. 특정 지점을 되풀이해 강조하는 수사법이다. 한 가지 결론에서 벗어날 수 없음을 강조하는 수사법이다. 그래서 강박적인 사랑, 정치적 확신, 그 밖에도 건강에 해로운 여러 생각에 꽤 잘 어울리는 비유법이다. 결구반복이 등장하는 노래에 토를 달면 안 된다. 다른 대안이 없을까 진지하게 고민하지도 말라. 그러다 보면 결국 같은 지점에서 맴돌게 된다. 일단 노래에 빠지면, 구조상 한 소녀를 계속 생각하거나, 세계 평화를 이뤄야 한다는 생각에서 빠져나올 길이 없다. 당신이 전 세계 어디에 있든, 밥이 어떤 질문을 던지든, 그 대답이 바람에 날리는 동안 당신은 길거리에서 춤을 출 수밖에 없게 될

것이다. 옮긴이 밥 딜런의 유명한 노래 「바람만이 아는 대답」의 한 부분 이미 구조에 꼼짝할 도리 없이 장착된 것, 그것이 결구반복이다.

음악이 멈추면, 결구반복은 좀 더 미묘해질 수 있다. 음악이 없는 결구반복은 단순한 강조에 지나지 않게 된다. 탁자를 두드리거나 허공을 찌르는 것과 같은 일종의 제스처가 될 수 있다는 말이다.

에이브러햄 링컨이 "국민의, 국민에 의한, 국민을 위한 정부는 government of the people, by the people, for the people 이 땅에서 사라지지 않을 것입니다"라고 말했을 때 사용한 방식이다. 나는 링컨이 이 '국민'이라는 소리를 반복할 때마다 어떤 제스처를 반복했으리라 확신한다. 오셀로가 "훌륭한 여인! 아름다운 여인! 달콤한 여인! A fine woman! a fair woman! a sweet woman"이라고 말하거나, 샤일록 Shylock 옮긴이 셰익스피어의 『베니스의 상인 The Merchant of Venice』에 등장하는 탐욕스러운 장사꾼 이 "내 채권을 가지겠어! 내 채권에 대한 권리는 내 것이야! / 내 채권을 가지겠다고 맹세했어 I'll have my bond! Speak not against my bond!/ I have sworn an oath that I will have my bond"라고 고함질렀을 때도 같은 제스처를 취했을 것이다.

결구반복은 증인이 진실을, 모든 진실을, 오직 진실만을 말하겠다는 약속에서도 사용된다. 영화 「시에라 마드레의 보석 The Treasure Of The Sierra Madre」에서 산적 두목이 자신이 경찰임을 증명하기를 거부하며 "배지? 우린 배지 같은 거 없어. 배지는 필요 없어요! 냄새나는 배지를 보여줄 필요도 없다고요!"라고 엄포를 놓을 때도 결구반복이 사용된다.

앞에 있는 것들은 오셀로, 샤일록, 두목의 순서로 각각 빠른 결구반복, 단일 절 결구반복, 강조 결구반복의 예들이다. 결구반복은 뒤로 미룰수록 더 크고 강력한 효과를 낸다. 현대 수사학에서 가장 유명한 예를 들자면 버락 오바마 전 대통령의 다양한 결구반복 연설일 것이다. 오바마 전 대통령은 연설에서 항상 **"예, 우리는 할 수 있습니다**Yes we can"라는 말로 끝을 맺는다. 그는 미국 역사를 단락마다 나열하고, 항상 같은 대답으로 끝낸다. 장애가 무엇이건, 반대 의견이 무엇이건, 대답은 항상 똑같다. 우리는 할 수 있습니다.•

1939년 존 스타인벡John Steinbeck 소설 『분노의 포도The Grapes of Wrath』에 등장하는 위대한 연설에서 이주 노동자들에게 희망을 주고 기운을 북돋아주는 공식도 결구반복이다.

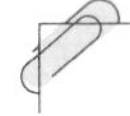

배고픈 사람들이 먹을 것을 놓고 싸우는 현장마다, 제가 거기 있겠습니다. 경찰이 사람을 때리는 곳마다, 제가 거기 있겠습니다.
사람들이 화가 나 고함을 지를 때, 배고픈 아이들이 저녁밥이 준비되었다고 웃음꽃을 피울 때도, 제가 거기 있겠습니다.
그리고 우리 농민들이 직접 키운 농산물을 먹고 자기가 지은 집에서 살 때도, 그럼요, 제가 거기 있겠습니다.

하지만 사실 이제껏 언급한 예들은 결구반복의 핵심과는 멀다. 앞선 예들은 결구반복을 사용하긴 했지만, 결구반복이 제대로 장착되어 있다는 느낌은 들지 않는다. 결구반복은 그 형태 자체에 **'안 된다'**라는 불가능의 의미가 담겨 있기 때문이다. 앞의 노래

• 이런 건 어린아이에겐 절대 가르쳐서는 안 되는 원칙이자 수사적 기교이다.

들에서 보았듯이, 무엇을 하려고 하든, 어떻게 시작하든, 항상 같은 장소, 시작한 곳으로 다시 돌아갈 수밖에 없는 운명이라는 게 결구반복이 암시하는 가정이다. 다행히 오바마 전 대통령이 했던 연설의 출발점이 '할 수 있다'였으니 망정이지, 아니면 다른 뉘앙스가 생길 뻔했다는 말이다. 사실 결구반복은 난관이 등장할 때 훨씬 더 자연스럽게 쓸 수 있는 기교이다. 헨리 5세는 반역자들을 앞에 두고 이렇게 말한다.

내게 신하로서 해야 할 바를 했는가?
왜 그랬는가 넌, 진지하고 학식 있다는 사람이?
왜 그랬는가 넌, 고귀한 가문 출신이?
왜 그랬는가 넌, 종교를 믿는 사람이?
왜 그랬는가 넌.

이제 우리는 왕이 화가 났다는 걸 알게 된다. 이 상황에서 아무도 벗어나지 못하리라는 것도 안다. 실제로 반역자들은 헨리 5세의 분노를 피하지 못한다. 헨리는 이들을 하나하나 처형한다. 어디서 시작하든 결국은 **"왜 그랬는가 넌"**이 되어버린다. 그리고 무슨 말을 하든, 그들의 목은 모조리 처형대에서 잘린다.

사실 결구반복은 죽음이라는 결말과 특히 잘 어울린다. 죽음은 모든 인간의 거대한 결구반복이고, 모든 전기는 결국 같은 방식으로 끝나기 때문인지도 모르겠다. 따라서 이 기법은 「시편」 118편에서 나라들과 사람들을 쭉 열거한 다음, 매번 "여호와의 이름으로 이들을 멸하리라"라고 끝맺을 때 아주 잘 어울린다는 느낌을 준다. 결구반복은 영화 「록, 스탁, 앤 투 스모킹 배럴스Lock,

Stock and Two Smoking Barrels」[●]에서 우연히 자신을 잘못 건드린 불행한 범인에게 성난 갱단 보스가 자신의 조건을 설명하는 장면에서도 아주 자연스럽다.

> 뭐라도 숨기면, 죽여버릴 거야. 진실을 왜곡하거나 왜곡하고 있다는 생각이 들면, 죽여버릴 거야. 뭐 하나라도 잊어버리면 죽여버릴 거야. 사실, 살아남으려면 미친 듯 열심히 해야 할 거다, 닉, 내 말 다 알아들었냐? 만일 이해하지 못했다면, 죽여버릴 거거든.

죽음은 결구반복이고 결구반복은 죽음이다. 하지만…

결구반복은 **'하지만'**이라는 낱말과 같이 사용될 때 훌륭한 효과를 거두는 경우가 많다. 이미 모든 문이 닫혀 있음을 알린다. 이 문도 닫혔다. 저 문도 닫혔다. 다른 문도 닫혔다. 그러곤 화재용 비상구를 가리키는 것이다. 이게 결구반복이다.

영화 「반지의 제왕: 왕의 귀환The Lord of the Rings: The Return of the King」에서 아라곤은 조금 어설프긴 하나, '하지만'을 효과적으로 삽입한 결구반복을 사용했다. 그는 동행들에게 전투를 독려하며 말한다.

> 인간의 용기가 실패하고, 우리가 친구를 버리고, 모든 유대를 끊는 날이 올지도 모릅니다. 하지만 오늘은 아닙니다. 고통과 부서진 방패의 시간, 인간의 시대가 무너지는 시간! 하지만 오늘은 아닙니다! 오늘 우리는 싸울 것입니다!

● 1998년 개봉한 영화로 가이 리치Guy Ritchie 감독의 작품이다.

사도 바울은 결구반복에 빠진 자신을 발견하지만, 열심히 탈출구를 찾아 결국 성공했다는 점에서 아라곤보다 좀 더 낫다고 할 수 있다.

> 내가 어릴 때는, 말하는 것이 어린아이와 같고, 깨닫는 것이 어린아이와 같고, 생각하는 것이 어린아이와 같았습니다. **그러나** 어른이 되어서는, 어린아이의 일을 버렸습니다. 지금은 우리가 거울로 영상을 보듯이 희미하게 봅니다. **그러나** 그때는 얼굴과 얼굴을 마주하여 볼 것입니다. 지금은 내가 부분밖에 알지 못합니다. **그러나** 그때는 하느님께서 나를 아신 것과 같이, 내가 온전히 알게 될 것입니다. 그러므로 믿음, 소망, 사랑, 이 세 가지는 항상 있을 것인데, 그 가운데서 으뜸은 사랑입니다.

믿음, 소망, 사랑은 삼항구tricolon의 좋은 실례이다.

마법의 낱말 세 개

삼항구 *Tricolon*

왔노라, 보았노라, 정복했노라

I came; I saw; I conquered.

옮긴이 카이사르가 갈리아 전쟁에서 원로원에 보낸 승전보

태양, 바다 그리고 섹스

Sun, sea and sex

옮긴이 낭만적인 여행을 부추기는 관광지 광고 문구

3은 문학에서 마법의 숫자로 통하지만, 그 이유를 설명하려면 훨씬 더 지루한 숫자 2를 먼저 살펴보아야 한다.

보통 사람들은 두 가지가 함께 있는 것을 볼 때마다 그 둘을 연결하려든다. 그래서 내가 **먹고 마신다**고 말하면, 좀 괴상한 사람이 아닌 다음에야, 그 둘을 영양분 섭취의 주요 형태 두 가지라고 생각한다.• 먹고 마시기를 고체와 액체라는 반대 개념으로 보기도 한다. 아버지와 아들, 선과 악, 진리와 정의라고 말해도 같은 생각이 들 수 있다.

심지어 서로 어울리지도 않는 두 항목을 들이대도, 둘을 연결 짓는 걸 뭐든 찾아내려 드는 게 인간의 속성이다. 생쥐와 인간? 옮긴이 존 스타인벡의 유명한 소설 『생쥐와 인간Mice and Man』을 가리킨다 글쎄, 이 둘은… 작고 크다는 얘긴가? 양배추와 왕이라고? 옮긴이 오 헨리O. Henry 단편소설집 『양배추와 왕Cabbages and Kings』을 가리키며, 이 표현은 원래 루이스 캐럴의 『이상한 나라의 앨리스』에서 등장해, 혼란스럽고 무질서한 상황을 가리키는 관용구가 되었다 하나는 친숙하고 일상적인 것이고 다른 하나는 근사하고 먼 것인가? 인간의 두뇌는 이런 식으로 생각하도록 만들어졌다. 모두 신과 다윈 잘못이다. 옮긴이 신은 선천적인 성향, 다윈은 후천적인 성향을 가리킨다 우리는 한 쌍을 보면 무조건 패턴을 본다.

여러분은 언제나, 언제나 두 점을 직선으로 연결할 수 있다. 하지만 여기에 한 단어를 더 추가하면 삼항구三項句가 된다. "먹고, 마시고 즐거워하라 Eat, drink and be merry." 옮긴이 「전도서」 8장 15절 성부, 성자, 성령. 좋은 놈, 나쁜 놈, 이상한 놈. 옮긴이 「좋은 놈, 나쁜 놈, 이상

• 19세기에 음식을 엉덩이로 먹는 방법이 잠깐 유행한 적이 있다. 제임스 가필드James Garfield 대통령은 한 달 동안 이런 식으로 음식을 먹었다고 한다. 그리고 그는 죽었다. 자세한 내용은 윌리엄 블리스William Bliss 박사(1882)의 『직장으로 먹이기Feeding Per Rectum』를 참조하라. 몸속 직장을 의미하는 콜론colon과 삼항구를 의미하는 트라이콜론tricolon은, 안타깝게도 어원적으로도 아무런 관련이 없다.

한 놈The Good, the Bad and the Ugly」. 세르지오 레오네Sergio Leone의 대표적인 스파게티 웨스턴, 우리나라에선 「석양의 무법자」라는 이름으로 개봉했다. 김지운 감독, 정우성, 이병헌, 송강호 주연의 동명 영화 「좋은 놈, 나쁜 놈, 이상한 놈」도 있다 진실, 정의 그리고 미국식Truth, justice and the American way. 옮긴이 만화 주인공 슈퍼맨의 캐치프레이즈

삼항구를 사용하면 어떤 패턴을 설정한 다음 깨뜨릴 수 있다. '거짓말, 빌어먹을 거짓말, 통계'가 간단한 예이다. 첫 두 단어는 말이 나아갈 방향을 설정한다. 세 번째 낱말은 유머라는 목적을 위해 상황을 비튼다. 이러한 구조는 특정 농담에 흔히 이용된다. 특이한 상황에 당면한 세 사람에 관한 농담을 들어보았는가? 처음 두 사람은 합리적인 행동을 하지만 세 번째 사람은 정말 이상한 행동을 한다! 사제와 랍비든, 영국인, 아일랜드인, 스코틀랜드인이든 상관없이 항상 같은 농담이다. 옮긴이 예를 들어 이런 식이다. 각 종교의 사제 A와 B와 C가 탄 비행기가 고장이 나, 무게를 줄여야 했다. 먼저 A가 "하느님, 용서하소서"라며 뛰어내렸다. 그래도 무게를 더 줄여야 하자 B도 "하느님, 용서하소서"라며 뛰어내렸다. 그래도 무게가 줄지 않자, C는 "하느님, 용서하소서" 하며 비행기 조종사를 떨어뜨렸다

삼항구는 소리 패턴만으로도 놀라움을 줄 수 있다. '와인과 여인과 노래**W**ine, **w**omen and song'에서는 두운alliteration이 갑자기 중단된 반전 버전이고, '제자리, 준비, 출발Rea**dy**, stea**dy**, go'는 각운rhyme 옮긴이 시행 끝의 압운 이 갑자기 중단된 버전이다.

삼항구는 놀라움을 위한 놀라움을 지향할 수도 있다. 「슈퍼맨」의 유명한 오프닝은 "새다! 비행기다! 슈퍼맨이다!It's a bird! It's a plane! It's Superman!"라는 삼항구로, 자세히 보면 삼항구 안에 다시 삼항구가 있는, 삼항구의 소용돌이라 할 수 있다. 옮긴이 문장도 셋이지만, 한 문장도 세 음절로 이루어져 있다 이 영화는 이렇게 깜짝 놀랄 만한 삼항구

로 시작되어 진실, 정의, 미국식이라는 확장 삼항구로 끝난다.•

세 번째 항이 더 길면 삼항구는 더 근사하게 들린다. 미국식, 즉 미국의 방식은 (독립을 쟁취한 독립 선언문에 명시된 것처럼) 생명, 자유, 행복 추구로 구성되어 있다. 행복 추구는, 생각해보면, 세 항목 중 가장 작은 약속이다. 행복은 얼마든지 추구할 수 있고, 우리 대부분은 행복을 추구한다. 문제는 행복을 낚아채는 경우가 많지 않다는 것이다. 어쨌든 생명과 자유는 더 중요한 보장 대상이다. 하지만 듣는 편에서는 행복 추구가 마지막에 올 때 훨씬 좋다. '친구들, 로마인들, 동포 여러분Friends, Romans, countrymen' 옮긴이 셰익스피어의 『안토니와 클레오파트라』 마지막 부분에서 시저(카이사르)의 죽음을 안 안토니가 로마인에게 하는 유명한 연설 도입부 도 그렇다.

내용적인 측면에서 보자면, 안토니우스는 모두가 같은 국적을 갖고 있다는 사실로 시작한 다음 그들이 로마인이라는 점을 지적하고 마지막으로 감정을 쏟아부으며 그와 군중이 정말 친구라는 점을 지적하는 편이 훨씬 더 나았을 것이다. 하지만 삼항구의 가장 긴 부분은 중요성이 제일 떨어지더라도 마지막까지 남겨두어야 했다. 바이런을 '미친, 나쁜, 알면 위험한Mad, bad and dangerous to know' 사람이라고 불렀던 캐럴라인 램Caroline Lamb도 이 점을 충분히 알고 있었다. 옮긴이 램과 바이런은 불륜 관계였다. 자신에 무관심했던 바이런을 이렇게 비난하며 램은 정신병에 걸린다 '우리 소수, 우리 행복한 소수, 우리 형제들로 뭉친 군대We few, we happy few, we band of brothers', 옮긴이 셰익스피어의 『헨리 5세』에

• 정치적으로 적극적이고 성실하며 지루한 사람들은 이걸 깜짝 삼항구로 분류할 수도 있을 것 같다. 옮긴이 슈퍼맨을 좋아하는 미국인들에 대한 약간의 풍자

등장하는 대사, 나중에 HBO가 제작한 드라마 「밴드 오브 브라더스Band of Brothers」의 제목도 된다 '무덤, 벌레, 그리고 묘비명of graves, of worms and epitaphs' 옮긴이 셰익스피어의 『리처드 2세』에 등장하는 대사 이라고 썼던 셰익스피어 역시 마찬가지였다. 셰익스피어는 삼항구에 이미 도가 튼 사람이었다. 옮긴이 원어로는 he had been there, done that, and bought the T-shirt이다. 삼항구로 된 관용어로, 다 해봐서 익숙하다는 뜻이다

사실, 삼항구는 고작 낱말 세 개로 효과를 내야 하다 보니 어떤 건 뭔가 불쾌하고 잔인하며 부족하다고 느끼게 한다.•• 프랑스혁명이 **"자유, 평등, 박애**Liberté, Egalité, Fraternité**"**라는 모토를 얻었을 때 프랑스인들은 혁명의 귀결을 짐작했어야 했다. 독재이다. 혁명은 독재자 한 명을 향해 나아가고 있었다. 독일의 **"하나의 제국! 하나의 민족! 하나의 지도자!**Ein Reich! Ein Volk! Ein Führer!**"**라는 모토는 결말이 더 훤했다. 결국 독일 젊은 여성들은 모조리 **'어린이, 부엌, 교회'**를 돌보도록 강요당했다. 옮긴이 나치 독일 시대 여성들은 정치, 사회, 경제 분야에서 활동을 금지당했다. 나치 독일 여성 정책은 여성 권리를 심각하게 제한했다

삼항구가 정확히 예상했던 방향으로 흘러갈 때도 있지만, 실제로 그런 일은 극히 드물다. 영화 「카사블랑카」에서 릭은 '모든 술집, 모든 도시, 모든 세상'에서 사랑하는 그녀를 찾을 수 없다고 투덜대고, 더글러스 애덤스Douglas Adams는 '인생, 우주, 모든 것'에 대한 거대한 질문을 던져댄다. 옮긴이 『은하수를 여행하는 히치하이커들을 위한 안내서』 3권의 제목 하지만 "길고 놀라울수록 훨씬 더 중요하고 훨씬 더 강력하다lengthening and surprise are much more important and much more

---

•• 홉스의 원래 글은 "인간의 삶은 고독하고, 가난하고, 지저분하고, 잔인하고, 짧다"였지만 사람들의 기억에 온전히 자리 잡지 못하고 세 개로 줄었다. 옮긴이 "the life of man, solitary, poor, nasty, brutish and short." 토머스 홉스Thomas Hobbes가 『리바이어던Leviathan』에서 했던 말

powerful." 옮긴이 이사일의의 예이다. 전쟁에서 흔히 사용되는 말로, 전쟁에서 승리하기 위해서는 적의 예상을 뛰어넘는 장기적인 전략이 중요하다는 의미이다. 삼항구도 독자 예상을 뛰어넘는 전략과 전술이 필요하다는 말이다. 릭은 결국 자신의 술집으로 걸어 들어오는 연인을 만나고, 인생과 우주와 모든 것에 관한 질문에는 결국 답변이 주어진다

상승 삼항구의 또 다른 문제는 끝까지 올라가 봐야 한다는 점이다. 중간에 멈출 수는 없다. 그런 까닭에 릭은 세계의 현실적인 상한선까지는 가야 하고, 은하수를 여행하는 히치하이커도 '모든 것'이라는 터무니없는 상한선에 도달해야 한다. 둘이면 동반자이지만, 셋이 되면 이미 목록이다. 목록은 완성되어야 한다.

목록과 완성이라는 측면, 이것이 삼항구에서 가장 중요한 마지막 측면이다. 선과 악은 도덕적 동전의 양면이다. 하지만 좋은 놈, 나쁜 놈, 이상한 놈은 영화 속 주요 등장인물 목록이다. 먹고 마시기는 양분을 섭취하는 두 가지 방법이다. 먹고, 마시고, 즐겁게 지내는 것은 오늘 저녁에 해야 할 일 목록이다. 아버지와 아들은 세대 쌍이다. 하지만 성부, 성자, 성신은 하느님의 모든 측면을 열거한 목록이다. 삼항구를 마치면 더는 할 말이 없다. 해야 할 모든 것을 말했다. 목록이 완성되었다. 최종적이고 결정적인 말이다.

이렇게 완결성을 부여하는 느낌 덕분에 삼항구는 웅장한 연설에 완벽하게 어울린다. 버락 오바마가 짧은 당선 연설에 삼항구 21개를 넣은 것도 바로 이 때문이다. 삼항구를 이용하면 마치 대단한 정치가의 말처럼 들린다. 국민의, 국민에 의한, 국민을 위한 정부입니다. '국민의of the people'와 '국민에 의한by the people'의 차이를 알아차릴 수 있는 사람은 귀를 쫑긋 세우고 듣는 사람뿐이겠지만, 그리 중요하지 않다. 어쨌든 셋으로 되어 있고, 셋은 근

사한 말로 들린다.

2는 한 쌍에 불과하고, 4는 효과가 있었던 적이 없다. 처칠은 4를 시도한 적이 있다(사항구tetracolon라고 한다). 의회를 앞에 두고 첫 총리 연설에서 그는 "피, 수고, 눈물, 땀 외에는 아무것도 드릴 것이 없다"라고 말했다. 하지만 이 사항구는 아무 효과가 없었고, 지금은 모든 사람이 그 연설 어구를 '피, 땀, 눈물'로 기억하고 있다.●

언제나 세 개이다. 네 개는 안 된다. 부동산 중개업자가 입지가 중요하다는 것을 안다고 해서 입지, 입지, 입지, 입지를 네 번이나 반복하지는 않는다. 어쨌거나 이는 반복법epizeuxis의 예이긴 하다.

● 이 표현의 기원은 다소 복잡하다. 처칠은 '피와 땀과 눈물'이라고 말한 적이 없지만, 시어도어 루스벨트Theodore Roosevelt는 1897년에, 알프레드 더글러스 Alfred Douglas 경은 1919년에 이 말을 했다. 하지만, 내가 하고픈 말은 모든 사람이 이 말을 처칠의 말로 기억하고 있거나, 더 정확하게는 처칠 연설 문구를 삼항구로 만들어 잘못 기억하고 있다는 것이다. 또한 일반적으로 알고 있는 것처럼 처칠은 '럼, 남색, 채찍Rum, sodomy, and the lash' 옮긴이 해군 병사들이 일상적으로 경험하는 것들을 묘사하는 말, 버나드 쇼Bernard Shaw 논문에 등장한다 이라는 말도 한 적이 없다.

리어왕의 극적인 임종을 위하여

반복법 *Epizeuxis*

이 책은 수사학 중 작디작은 측면이라 할 수 있는 수사적 표현 figure of speech을 다루고 있다. 사실 수사학에는 논쟁, 증명, 새로운 개념 발명, 암기, 연설을 통한 전달 등 다양한 요소가 있다. 고대 그리스에서 수사학을 배우는 학생들이라면 연설의 여러 시점에 사용해야 하는 올바른 손동작 또는 **행동**까지 배워야 했다. 위대한 웅변가 데모스테네스는 수사학에서 가장 중요한 세 가지가 무엇이냐는 질문을 받고는 '행동, 행동, 행동'이라고 대답한 적도 있다.

그가 이 말을 하며 어떤 동작을 취했는지는 기록되어 있지 않다. 허공에 주먹을 날리거나 하품을 참느라 두 손을 깍지 낀 채 엄지손가락을 번갈아 돌리고 있었을 수도 있다. 우리가 아는 것이란 그저,

그가 무슨 말을, 어떻게 했는지뿐이다. 그 '어떻게'에 대한 답은 '반복법을 써서'라는 것이다.

반복법反復法은 정확히 같은 의미로 한 낱말을 바로 반복하는 방법이다. 간단하고, 간단하고, 간단하다. 하지만, 반복법은 인용문 사전에서 흔히 찾아볼 수 있는 훌륭한 표현법은 아니다. 이 어법은 마치 핵폭탄 같아서 당장은 매우 효과적이지만, 5분마다 사용하면 좀 괴이한 느낌을 준다.

데모스테네스는 똑같은 것을 나열하는 아주 오래된 농담 방식으로 반복법을 사용했다. 2300년이 지난 후, 다음과 같은 대사에도 같은 방식의 반복법이 사용되고 있다. "파이트 클럽의 첫 번째 규칙, 파이트 클럽에 관해 이야기하지 않는다. 파이트 클럽의 두 번째 규칙, 파이트 클럽에 관해 이야기하지 않는다."• 순수한 반복법 형식은 여전히 우리 주변에 넘쳐흐른다. 1920년대 이후로 미국 부동산 중개업자들에게 부동산에서 가장 중요한 요소 세 가지는, '입지, 입지, 입지'라는 격언이었다. 1996년 토니 블레어 총리는 노동당 전당대회에서 "정부의 우선순위 세 가지를 묻는다면 교육, 교육, 교육이라고 답하겠다"라고 말했다. 블레어 총리는 미국 부동산 중개업자에게서 이 농담을 훔쳤겠지만, 사실 원조는 데모스테네스였다.

'교육, 교육, 교육'은 전당대회에서 가장 큰 박수를 받았고, 가장 훌륭한 표현이라며 신문 표제를 장식하기도 했다. 아마도 블

• 영화 「파이트 클럽Fight Club」(1999)에 등장한 대사이다. 놀랍게도 척 팔라닉Chuck Palahniuk 소설과 짐 울스Jim Uhls 각본에 전부 사용되었다.

레어가 3개월 후 총리 대정부질문에서 다시 반복법을 시도한 이유도 그 때문이었을 것이다. 당시 그는 총리가 아니었고, 대신 불쌍한 존 메이저가 총리를 맡아 보수당이라는 거칠고 피에 굶주린 동물들을 통제하려 애쓰고 있었다. 토니 블레어는 이렇게 말했다. "이 나라 총리가 자기 당에 자기 입장을 지지해달라고 촉구조차 못 하고 있다니 정말 대단하지 않습니까? 약해빠졌어요! 약해빠졌어요! 약해빠졌어요!" 블레어는 다시금 헤드라인을 장식했다. 하지만 이번의 세 단어는 데모스테네스적 농담이라기보다는 강화를 위한 반복법이었다.

1994년으로 다시 돌아가, 토니 블레어는 한 인터뷰어에게 "리더십이란 거절하는 기술이죠"라고 말한 적이 있다. 이 말은 아마 전 총리 마거릿 대처Margaret Thatcher에게 배웠을 것이다. 대처는 하원에서 유럽연합에 관한 자신의 견해를 세 단어로 요약한 적이 있다. "안 됩니다. 안 됩니다. 안 됩니다." 한창 토론이 벌어지는 중 유럽연합 집행위원회 위원장 자크 들로르Jacques Delors의 다소 정확한 지적 세 가지에 대처가 한 답변이었다. 전체 내용은 다음과 같다.

"들로르 집행위원회 위원장은 얼마 전 기자 회견에서 유럽 의회가 유럽 공동체의 민주적 기구가 되기를 원한다고 말했습니다. 집행위원회는 행정부가 되고, 유럽연합 이사회는 상원이 되어야 한다고요. 안 됩니다. 안 됩니다. 안 됩니다."

하지만 이 토론에서 남은 건 "안 됩니다. 안 됩니다. 안 됩니다"라는 반복법뿐이다. 이 반복은 데모스테네스의 농담이라기보다는, 감정, 확신, 강조의 신호이다. 『맥베스』의 '오 공포, 공포, 공포'나, 『리어왕』의 '울어라! 울어라! 울어라! 울어라!'도 마찬가지이다. 리어왕은 여기서 숫자 3이라는 황금률을 깨고 있는데, 이는 아마도 그의 광기를 나타내는 징후라고 볼 수 있다. 리어왕의 마지막 대사는 반복법의 향연이다.

> 내 불쌍한 광대가 교수형을 당했어! 죽어, 죽어, 죽었어!
> 개, 말, 쥐가 왜 생명을 가져야 하지?
> 너는 숨도 안 쉬는데? 넌 다시는 돌아오지 않겠지,
> 절대, 절대, 절대, 절대, 절대!
> 제발, 이 단추를 풀어주세요. 감사합니다. 선생님.
> 이게 보여요? 그녀를 봐요, 봐요. 그 아이의 입술을,
> 저기를 봐요, 저기를 봐요!
> [죽는다]

헨리 8세가 반복법을 사용하며 죽었다는 민담도 있다. 그가 어두운 방구석을 응시하며 '수사들! 수사들! 수사들!'이라고 고통스러운 비명을 외치며 죽었다는 이야기이다. 옮긴이 헨리 8세가 수도원 소유지를 국영화하고 종교 개혁을 추진하여, 성직자들과 충돌하면서 만들어진 이야기 19세기 중반에 지어낸, 터무니없는 이야기 같지만, 그래도 이 이야기가 살아남은 이유는 그 말이 결국 어느 정도 그럴듯하게 들리기 때문이다. 실제로 헨리 8세는 임종할 때 말을 할 수 없어서, 신을 믿느냐는 캔터베리 대주교 질문에 간신히 손을 꽉 쥐며 긍정의 뜻을 표시한 것이 전부였다고 한다. 하지만 웅얼거리는 정도라도 수도사들을 언급했다면 훨씬 더 극적인 임종이었을 것이다.

반복법은 막연하다. 때로는 격렬한 감정의 순간을 의미하기도 하고, 때로는 피할 수 없는 운명을 의미하기도 한다. 리어왕을 연기하는 배우는 '절대, 절대, 절대, 절대, 절대!'를 큰소리로 외칠 수도 있고, 혼잣말로 중얼거릴 수도 있다. 하지만 그 둘 중 하나이지, 둘 사이 중간 지점이나 어딘가에서 뭔가 할 수 있는 일은 많지 않다. 반복은… 반복, 반복, 반복, 계속, 계속, 계속을 영원히 영원히 반복한다는 뜻이 될 수 있다. "내일, 내일, 또 내일, / 하루하루 소름 끼치도록 보잘것없는 속도로 지나간다Tomorrow and tomorrow and tomorrow / Creeps in this petty pace from day to day"라는 대사는 지루하고 피할 수 없는 미래에 체념한 남자의 속마음을 드러낸다. 옮긴이 셰익스피어의 『맥베스』 중 맥베스가 천천히 흐르는 시간 앞에서 인생의 허무함을 토로하는 대목 앨프리드 로드 테니슨Alfred Lord Tennyson이 파도를 바라보며 "부서져라, 부서져라, 부서져라, / 그대의 차가운 회색 돌 위로, 오 바다여! Break, break, break / On thy cold grey stones, O Sea!"라고 말할 때와 같은 체념이다. 옮긴이 비가悲歌elegy 『Break, Break, Break』의 첫 행

이렇듯 조용한 형태의 반복법은 심지어 무시를 나타낼 수도 있다. 폴로니우스가 햄릿에게 무엇을 읽고 있느냐고 묻자, 햄릿은 그냥 별것 아니라는 말투로 '말, 말, 말Words, Words, Words'이라고 대답한다. 물론 책이 너무 길다는 뜻일 수도 있다. 글로스터 공작 윌리엄 왕자가 에드워드 기번Edward Gibbon의 『로마제국 쇠망사Decline and Fall of the Roman Empire』 제2권을 선물 받았을 때 보였던 반응과 같다고나 할까. "또 빌어먹게 두꺼운 책이군! 항상, 휘갈겨 쓴 잡스러운 글, 잡스러운 글, 잡스러운 글! 이봐요, 그렇지 않아, 기번 씨?"

다른 형태의 반복법들은 힘이 더 약하다. 3의 법칙이 적용되

지 않는 반복법은 결정타를 날리지 못한다. 두 낱말로 이루어진 반복 중 훌륭한 게 딱 하나 있다면, 조지프 콘래드Joseph Conrad의 『암흑의 핵심Heart of Darkness』에서 커츠가 죽어가며 외치는 '끔찍해! 끔찍해!Horror! Horror!'라는 외침이다. 문장 중간에 나오는 두 낱말의 반복은 "여기서 도박이 벌어지고 있다는 사실에 충격을, **충격을 받았어요**"와 같이 약간의 강조 이상의 역할은 못한다. 옮긴이 영화 「카사블랑카」에서 주인공 릭의 대사 하지만 두 번만 강조하는 표현은 지극히, 지극히 드물다.

문장의 시작 부분에 두 낱말 반복법을 쓰면 좀 더 힘이 생기긴 한다. '호랑이, 호랑이, 밝게 타오르네Tiger, tiger, burning bright', 옮긴이 윌리엄 블레이크의 「호랑이」 '분노, 분노 죽어가는 빛을 향한Rage, rage against the dying of the light', 옮긴이 딜런 토머스Dylan Thomas의 「순순히 어두운 밤을 받아들이지 마세요Do not Go Gentle into That Good Night」 '사라졌다, 사라졌다 다시Gone, gone again.' 옮긴이 에드워드 토머스Edward Thomas의 「애들스트롭Adlestrop」

"나의 하느님, 나의 하느님, 어찌하여 나를 버리셨나이까?" 십자가에 못 박힌 예수는 묻는다. 몇 년 후, 그 효과에 충분히 만족했는지, 예수는 다마스쿠스로 가는 사울을 쓰러뜨려 눈멀게 하고는 "사울아, 사울아, 네가 어찌하여 나를 핍박하느냐"라고 묻는다. 눈이 보이지 않아 쓰러진 사람에게 그렇게 만든 사람이 던지는 질문치고는 이상해 보이지만, 어쨌든 그렇다.

그런데, '쓰러져 실명한striking down and blind'은 겸용법syllepsis의 예이다.

루이스 캐럴을 매료시킨 수사법

겸용법 *Syllepsis*

겸용법兼用法은 한 낱말을 어울리지 않는 두 가지 방식으로 사용하는 수사법이다. 사실 두 가지 방식을 넘어갈 수도 있다. 내가 찾은 가장 긴 예는 한 낱말을 아홉 가지 방식으로 쓴 문장이다. 거기서 시작해보자. 아주 오래된 (그리고 틀림없이 사실로부터 거리가 먼) 이야기에 따르면 한 젊은 기자가 기사가 간결하지 못하다는 이유로 편집장에게 꾸중을 들었다. 기사에 단어가 너무 많다는 것이었다. 다음 날 기자는 다음과 같은 기사를 제출했다.

어젯밤 충격적인 일이 일어났다. 팬모어 부인이 주최한 무도회에 참석한 에드워드 호프리스 경은 몸이 아프다고 호소하며 하이볼 옮긴이 술의 일종, 모자, 코트, 출발, 친구 무시, 택시, 주머니에서 권총, 그리고 마침내 목숨을 **앗아갔다**. 좋은 분이었다. 유감을 표한다.

> A shocking affair occurred last night. Sir Edward Hopeless, as guest at Lady Panmore's ball, complained of feeling ill, **took** a highball, his hat, his coat, his departure, no notice of his friends, a taxi, a pistol from his pocket, and finally his life. Nice chap. Regrets and all that.

기사에서 took는 하이볼, 모자, 코트, 출발, 친구 무시, 택시, 주머니, 권총, 목숨까지 총 아홉 개 명사를 서술하는 동사로 쓰였다. 좀 어처구니없다. 우리는 사물을 주목하고take notice of, 때로는 택시를 타고take a taxi, 정말 이따금 스스로 목숨을 끊기take a life도 하지만, 일반적으로 한 문장에 이런 단어들을 몽땅 끼워 넣지는 않는다. 한 문장에 그 많은 행동을 몰아넣으니 'take'라는 낱말이 좀 우스꽝스러워 보인다. 아니면 이 동사를 이렇게 요모조모 사용할 수 있구나, 다시 생각하는 계기가 될 수도 있겠다. 또 **모자**처럼 흔해빠진 명사가 **생명** 같은 명사와 문법적으로 동등한 대접을 받으니 재미를 주는 효과도 있다.

가장 단순한 형태의 겸용법은 그냥 말장난pun 옮긴이 다의어나 동음이의어를 이용한 말재간이다. 미국 작가 도로시 파커Dorothy Parker는 자신의 아파트가 작다는 것에 관해 다음과 같이 표현한 적이 있다. **"모자와 친구 몇 명을 눕힐** 수 있는 공간이 겨우 있을 뿐이다I've barely room enough to **lay my hat and a few friends**." 옮긴이 lay는 '모자를 놓다'의 의미와 '친구를 눕히다'라는 겸용의 뜻이 있다. 친구가 찾아와도 머물 공간이 없다는 의미이지, lay라는 낱말에 흔히 동반되는 성적인 뉘앙스는 없다

겸용법이 작동하는 방식은 다양하다. 일단 구동사phrasal verb라는 멋진 용법이 있다. 기본적으로 동사와 전치사가 합쳐져 완전히 새로운 의미를 만들어내는 구로, 예를 들어 do에 up을 더하여 **'수선하다, 고치다'**의 의미를 만든다. 영어를 잘 모르는 외국인이라면 do라는 단어와 up이라는 단어는 알지만 'do up a house'가 집을 하늘 위로 올리는 것이 아니라 집을 수선한다는 의미인지 모를 수도 있다. 또 당신이 적을 'do in'했다가는 당신은 'done for'될 수 있다는 사실도 모를 수 있다. 옮긴이 do in은 '죽이다'는 의미, done for는 '망하다'의 의미로 사용된다

'muck out'은 마구간을 청소한다는 뜻이고, 'muck in'은 돕다, 'muck about'은 쓸데없이 놀다, 'muck up'은 망친다는 뜻이다. 따라서 게으르고 무능한 마구간지기는 계속 놀며muck about, 어쩌다 한 번 마구간을 청소하고 일을 돕는 둥 마는 둥 하다가muck out과 muck in, 결국 모든 걸 망친다muck up라고 할 수 있다. 이 원칙에 따라 로저먼드 레이먼Rosamond Lehmann은 007을 쓴 동료 소설가 이언 플레밍에 대해 '이언의 문제는 여자들과 잘 어울리지get on 못하기 때문에 여자들과 헤어진다는get off 것'이라고 투덜댔다. 옮긴이 로저먼드 레이먼은 친구였던 이언 플레밍이 여성을 성적으로만 보고, 진정 이해하지 못하기 때문에 여성과 진지하게 사귀지 못한다고 말했다. 또 레이먼은 플레밍의 여성 묘사를 비판하기도 했다

평범한 동사와 구동사를 한 문장에 사용할 수도 있다. 「메이드라 와인 좀 들지 그래요Have Som Madeira M'Dear」라는 노래에는 "그녀는 아무 대답도 없이, 마음을 다잡고she made no reply, up her mind, 옮긴이 made reply와 made up one's mind의 겸용 문을 향해 돌진했다"라는 가사가 있는데 동사와 구동사를 겸용해서 쓴 것이다.

그렇지만 겸용법의 가장 일반적인 형태는 구상과 추상의 단

순한 대조이다. 예언자 요엘은 이스라엘 백성에게 "옷이 아니라 마음을 찢으라"라고 말했다. 믹 재거Mick Jagger 역시 어느 노래에서 자신의 "코뿐 아니라 마음까지 날린blow not only his nose but his mind" 여인에 관해 이야기할 때 같은 기교를 썼다. 옮긴이 「요엘 예언서」에서 요엘은 유대인들의 옷을 찢는 관습을 비판하며 진정한 변화와 회개를 위해 옷이 아닌 마음을 찢으라 한다. 믹 재거는 롤링 스톤스 밴드의 보컬이다● 물론 목적은 달랐지만. 실제로 믹 재거는 blow의 목적어를 다른 것으로 생각했었고, 그랬다면 노래는 라디오에서 금지되었으리라고 생각하는 사람도 있다. 옮긴이 blow와 관련된 외설스러운 표현이다

겸용법에는 터무니없는 면이 있다. 아마 루이스 캐럴이 겸용법에 매료된 이유도 이런 면 때문일 것이다. 다음의 대사를 보자.

> 골무를 가지고 그걸 찾을 수도 있어, 살살 잘 찾아봐
> 포크와 희망으로 그것 옮긴이 스나크(정체불명의 괴물이나 짐승)을 찾을 수도 있지
> 철도 주식으로 그것의 생명을 위협할 수도 있고
> 미소와 비누로 그것을 매료시킬 수도 있지
>
> You may seek it with thimbles – and seek it with care;
> You may hunt it with forks and hope;
> You may threaten its life with a railway-share;
> You may charm it with smiles and soap
>
> 옮긴이 루이스 캐럴의 난센스 시집 『스나크 사냥The Hunting of the Snark』에서

● 「홍키 통크 우먼Honky Tonk Women」은 믹 재거/키스 리처드Keith Richard의 곡이다.

겸용법을 쓰면 남들 눈에 아주 영리해 보일 수도 있다(보통 남들은 바보가 된다는 단점이 있다). 18세기 시인 알렉산더 포프Alexander Pope는 겸용법을 즐겨 사용했다. 그는 추상적인 표현과 구체적인 표현을 결합하여 다른 사람을 바보로 만들어버리곤 했다. 한 소녀가 "무도회에서 그녀의 마음이나 명예를 뺏긴다lose her heart or honour"라거나 "그녀의 명예나 좋은 새 옷에 얼룩을 남긴다Stain her honour or her new brocade"라는 식이다. 심지어 겸용법을 사용해 앤 여왕을 조롱하기도 했다.

여기 있나이다, 위대한 안나! 세 왕국이 복종하는 당신은
때때로 조언을 받기도 하고, 차를 마시기도 합니다.

Here Thou, great Anna! whom three Realms obey,
Dost sometimes Counsel take – and sometimes Tea.

(포프가 이 글을 썼을 때 '차tea'는 '테이'로 발음되어 '복종하다obey'와 각운rhyme을 이루었다는 점도 지적해 두는 바이다) 찰스 디킨스도 겸용법을 좋아해 다음과 같은 글을 썼다. "픽윅 씨는 모자를 쓰고 휴가를 떠났다took his hat and his leave." 혹은 "그는 무덤에 빠져 깊이 잠들었다fell into a barrow, and fast asleep." 옮긴이 fall이 양쪽에 걸리는 동사이다. fall asleep '잠이 들다' 사실 내 생각에 디킨스는 영국에서 가장 훌륭한 겸용법 문장을 썼다. "볼로 양은 상당히 동요한 표정으로 테이블 앞에서 일어나더니 눈물범벅이 되어 가마 의자를 타고in a flood of tears, and (in) a sedan chair 옮긴이 가마 의자 앞에 in이 생략되어 있다 곧장 집으로 돌아갔다."

겸용법의 장점은 곧 단점도 된다. 겸용법은 독자를 깜짝 놀라게 만들어, 독자가 다시 앞으로 돌아가 겸용법에 쓰인 낱말이 무

엇이었는지, 어떻게 작동하는지 다시 확인하게 만든다. 재치가 상당하지만, 억지로 자신의 재치를 확인시키려는, 불쾌감을 줄 수도 있는 종류의 기교이다. 어떤 의미에서 보자면 싸구려 긴장을 제공한다고 할 수 있다. 캐나다 가수 앨라니스 모리세트Alanis Morissette가 "숨을 참으며 나를 위해 문을 잡아준hold your breath and the door 당신"이라는 부분을 부를 때 그녀의 수사적 기교에 감탄할 수도 있지만, 거부감을 느끼고 라디오를 꺼버릴 수도 있다.● 겸용법이 지나치면 통제 불능이 되어, 사람들에게 거부감을 느끼게 하고, 역겨움을 유발할 수도 있다Syllepsis can get out of hand, up your nose, on your nerves and used too much. 옮긴이 get out of hand, get up one's nose, get on one's nerves, get used의 겸용법

미묘하고 재미있는 겸용법도 있다. "전쟁 말고 사랑을 하라Make love not war"는 알아차리기 힘든 겸용법이다. 겸용법이 있어 톡 쏘는 문장이 되지만, 오래 곱씹어보지 않으면 그 참된 맛을 알아차릴 수 없다. 옮긴이 make는 love와 war를 모두 목적어로 취하므로 겸용법이다. 그리고 일종의 대조법이다. make라는 동사의 의미를 확장하여 사랑과 평화는 우리가 만들 수 있는 것임을 강조하고 있는 미묘한 겸용법이다 앞서 말한 '차와 동정tea and sympathy' 옮긴이 압운 차원의 겸용법 이나 『톰 소여의 모험』에서 톰과 허클베리 핀이 '먼지와 영광을 뒤집어쓴covered themselves in dust and glory' 옮긴이 in 다음에 dust와 glory가 이어지는 겸용법이다. dust와 glory도 반대되는 의미에 가까우므로, 열심히 노력하여 거두는 성공을 더욱 부각하고 있는 미묘한 겸용법이다 것도 마찬가지이다. 이 소소한 겸용법은 곳곳에 숨어 있다. 독자들은 이런 대사를 좋아하고 기억하지만, 왜 기억하

● 앨라니스 모리세트와 글렌 발라드Glen Ballard의 「헤드 오버 피트Head Over Feet」, 1996년.

는지 그 이유는 정확히 모른다.

전능하면서 무시무시한 존재가 고작 새장 때문에 화를 낸다고 진지하게 믿는 사람은 아무도 없다. 그렇게 믿었다면, 새장이란 게 남아나지도 못했을 테니까. 말도 안 되는 생각이다. 그런데도 윌리엄 블레이크는 이렇게 말했다.

새장에 갇힌 로빈의 붉은 가슴은
온 천국을 분노에 휩싸이게 한다.

A robin redbreast in a cage
Puts all Heaven in a rage.

옮긴이 시 「순수의 전조Auguries of Innocence」

왜 그럴까? 행마다 세 번째 강세가 들어가는 음절이 'in'이기 때문이다. 앞의 'in'은 물리적이지만 두 번째 'in'은 추상적이다. 그 결과 신학적이거나 논리적인 구석이라고는 찾아볼 수 없는 이행연구二行聯句couplet가 탄생했지만, 이 구절은 수백 년 동안 살아남았다. 겸용법의 미묘한 방향 감각 상실과 깔끔한 각운은 동물권 운동가가 다른 방식으로 표현했다면 비웃음이나 샀을 만한 무언가를 믿게 만드는 힘이 있다. 옮긴이 시에서 in은 처음에는 새장이라는 물리적인 장소였다가, 다음에는 감정의 상태를 가리키는데, 이 감정은 새의 감정인지, 천국heaven의 감정인지 모호하므로 '미묘한 감각 상실'이라 표현했고, 새를 새장에 가두는 일은 물리적으로도 도덕적으로도 잘못된 행동임을 암시하고 있다. 그래서 동물권 운동가보다 훨씬 더 미묘한 방식으로 생각을 잘 전달하고 있다는 말이다

록밴드 이글스Eagles에 따르면 캘리포니아의 한 호텔 어딘가에는 **천장에**on the ceiling 거울이 있다. 옮긴이 그룹 이글스의 「호텔 캘리포니아Hotel

California」의 한 구절 **얼음에 재운**on ice 핑크빛 샴페인도 있다mirrors on the ceiling and pink champagne on ice. 첫 번째 'on'은 일반적으로 어디에 붙어 있다는 의미이지만, 두 번째 'on'은 특별한 구어체 용법이다. 반대말인 'out of'가 '정신이 나가서 일자리를 잃었다out of your mind and out of a job'처럼 사용되는 것과 비슷한 용법이지만, 훨씬 더 부드럽다. 하지만 이것만으로도 듣는 사람의 귀가 쫑긋해질 만큼 묘미가 있다. "천장에 거울이 있고 바에 샴페인이 있다Mirrors on the ceiling and champagne on the bar"라는 노랫말이었다면 기억에 거의 남지 않았을 것이다. 하지만 이는 등위구문isocolon의 좋은 예가 될 수는 있겠다. 옮긴이 Mirrors on the ceiling and champagne on the bar라는 구절은 mirrors on the ceiling / and pink champagne on ice로 읽을 수도 있고, mirrors on the ceiling and pink champagne / on ice라고 읽을 수도 있다. 두 번째라면 거울도 얼음에, 샴페인도 얼음 위에 놓여 있다는 독특한 겸용법이 될 수도 있다

나비처럼 날아, 벌처럼 쏘고, 인간처럼 대화하라

등위구문 *Isocolon*

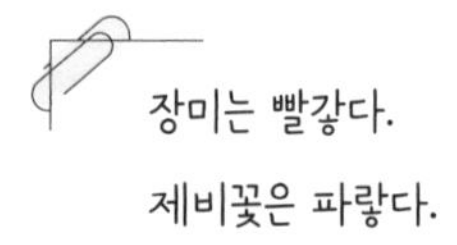

장미는 빨갛다.
제비꽃은 파랗다.

위의 두 문장은 가장 간단한 등위구문等位構文이다. 문법적, 구조적으로 두 문장은 같다. 고대 그리스인들은 등위구문에 집착했지만, 현대인들은 등위구문을 잊어버렸다. 그리스인들은 등위구문이 글에 부여하는 균형 감각을 좋아했는데, 원래 이들은 사고에서부터 균형을 추구하는 사람들이었기 때문이다. 등위구문이 있는 글은 이성적인 느낌을 주고, 등위구문이 없는 글은 급하게 쓴 느낌을 준다. 등위구문이 있는 글은 차분한 리듬 감각을 획득하고, 등위구문이 없는 글은 형식이라곤 없는 쓰레기 더미가 된다. 한편으로 이 수사적 표현은 우아한 대비를 통해 대조를 묘사할 수도 있고, 다른 한편으로 부드러운 반복을 통해 강조해줄 수도 있다. 고전적인 균형에 경탄을! 현대의 혼란에는 비탄을!O for the classical balance! Woe to the modern mess! 옮긴이 O와 Woe로 운율을 맞추고 있다

그리스어로는 여전히 차분하게 등위구문을 사용할 수 있을지 모르지만, 현대 영어는 대체로 그렇지 않다. 캐시어스 클레이Cassius Clay 옮긴이 무하마드 알리 개명 전 이름 가 "파리처럼 날아서, 벌처럼 쏜다"라고 말했을 때, 그의 마음속에 차분하고 평화로운 생각 따윈 없었다. 릭이 일사Ilsa에게 "내가 어디로 가든지, 당신은 따라올 수 없어. 내가 무엇을 하든, 당신은 함께할 수 없어"라고 말할 때, 릭의 목소리는 미덕을 고민하는 소크라테스 목소리가 아니라, 공항에서 위기 상황에 몰린 남자가 총을 지닌 채 여인에게 들려주는 긴박한 목소리처럼 들린다. 옮긴이 영화 「카사블랑카」의 마지막 대사

현대의 등위구문은 일종의 틀린 그림 찾기처럼 작용한다. 유사점을 이용해 차이를 찾고, 차이점을 이용해 유사점을 찾는 방식이다. 릭의 대사는 **'어디'**와 **'무엇'**을, **'가는 것'**과 **'하는 것'**, **'따르는 것'**과 **'함께하는 것'**을 구분하고 있다. 첫 번째 문장은 지리적 이동에 관한 것이고, 두 번째 문장은 신체적 행동에 관한 것이다. 하지만, 그런 차이에는 아랑곳하지 않고 문장들은 그저 서로를 반복한다. '나'와 '당신은 할 수 없다'라는 그 자리에 그대로 남아 있고, 릭과 일사는 공항에서 헤어진다. 유사성과 차이점, 비교와 대조는 등위구문의 핵심 요소이고, 셰익스피어가 등위구문을 즐겨 사용했던 이유도 바로 그 때문이었다. 브루투스는 시저(카이사르)를 죽인 이유를 설명하며, 이렇게 말한다.

시저가 나를 사랑했기에 나는 그를 위해 울었소. 그가 운이 좋았기에 나는 그의 운을 기뻐했소. 그가 용감했기에 나는 그를 존경했소. 그러나, 그의 야심 때문에 나는 그를 죽였소. 그의 사랑에는 눈물을, 그의 행운에는 기쁨을, 그의 용맹에는 명예를, 그의 야망에는 죽음을 주었던 것이오.

대단히 확장된 등위구문의 예라고 할 수 있다. 이렇게 등위구문은 평행을 이루는 두 개 항에서 멈출 필요 없이, 계속 오랫동안 이어 나갈 수 있다. 폐활량만 크다면 얼마든지 가능하다. 존 F. 케네디John F. Kennedy는 대통령 취임 연설에서 다음과 같이 말했다.

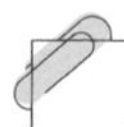

자유의 생존과 성공을 보장하기 위해서라면 우리는 어떤 대가라도 치르고, 어떤 짐이라도 지고, 어떤 고난도 감수하고, 어떤 우군이든 지원하고, 어떤 적과도 맞서 싸울 것임을 모든 국가에 알립니다.

윈스턴 처칠은 글자 수에서 케네디를 앞서지만, 좀 우스꽝스럽다.

군대를 채우고, 공중을 지배하고, 군수품을 쏟아붓고, U보트의 목을 조르고, 지뢰를 제거하고, 땅을 갈고, 배를 건조하고, 거리를 지키고, 부상자를 위로하고, 낙담한 자를 일으켜 세우고, 용감한 자를 기립시다.

옮긴이 1940년 6월 4일 대국민 연설

이 문장에서 우리는 등위구문의 약점도 본다. 사람들은 눈앞에 등위구문이 펼쳐지는 것을 보면서, 조금은 억지스럽고 인위적이라는 생각을 지울 수 없다. 바보스럽다는 느낌도 든다. 이렇게 확장된 등위구문을 미묘하고 세련된 방식으로 사용하기란 매우 어렵다. 등위구문은 로마나 워싱턴에 모여 있는 많은 군중 앞에서 연설할 때나, 라디오를 통한 2차 세계대전 승전 독려 연설 같은 환경에서나 사용하기 적합하다. 술집이나 저녁 식사 중에 시도할 수 있는 기교는 아니다. 그래도 혹시 시도해보겠다면, 셰익스피어는 이렇게 조롱할 것이다.

> 선생은 정말 훌륭했습니다. 오늘 오찬 석상에서 한 연설은 날카롭고 교훈적이었습니다. 상스러움 없이 유쾌하고 가식 없이 재치 있고, 거만함 없이 대담하며, 재단 없이 학식 있고 이단적이지 않으면서 기발했습니다.

옮긴이 『사랑의 헛수고Lover's Labour's Lost』에 나오는 대사. 말은 잘하지만, 의미 없다는 암시이다

등위구문은 짧고 간결할수록 좋다. 나비처럼 날아, 벌처럼 쏘고, 인간처럼 대화하라. 그래야 등위구문의 쌍둥이 효과를 볼 수 있다. "서둘러 결혼하고, 여유로울 때 후회하라" 같은 대구나 "나라에 임하옵시며, 뜻이 이루어지이다"와 같은 재진술 효과이다.

등위구문은 특히 광고주에게 유용하다. 실상은 같지 않은 두 문장을 같은 것으로 암시할 수 있기 때문이다. 예를 들어, "휴식을 취하세요. 킷캣을 드세요Have a break. Have a Kit-Kat"는 전혀 다른 두 물건을 Have라는 동사의 목적어로 삼아, 킷캣에게 마치 휴식처럼 편안한 느낌을 부여하는, 등위구문을 이용한 영리한 선전 문구이다. "미래는 밝다. 미래는 오렌지의 것이다The future's bright. The future's Orange" 옮긴이 1990년대 유럽의 통신사 오렌지의 광고 슬로건 도 훌륭하다.

등위구문은 팝 음악과 찬송가의 노랫말에서도 흔히 찾아볼

수 있다.

태초의 아침처럼 아침이 밝았다.
태초의 새처럼 검은 새가 말했다.

Morning has broken, like the first morning.
Blackbird has spoken, like the first bird.

옮긴이 캣 스티븐스Cat Stevens, 「모닝 해즈 브로큰Morning Has Broken」

노래 멜로디는 반복되는 경향이 있으므로 멜로디를 따라 부르는 낱말도 반복된다. 그러다 보면 몇몇 노랫말은 두 절의 음절 수가 정확히 같아야 한다는 『헤레니우스를 위한 수사학Rhetorica ad Herennium』•에 등장하는 엄정한 등위구문 정의에 부합할 때도 있다.

하지만 대체로 등위구문은 엄격히 숫자를 지켜야 하는 기교는 아니다. 그저 느끼면 그만이다. 정의가 중요한 것은 아니다. 처칠이 육군 원수 몽고메리를 가리켜 "지면 기세등등하고 이기면 꼴불견In defeat, unbeatable; in victory, unbearable"이라고 묘사했을 때 느껴지는 재치는 등위구문 덕분이다. "재는 재로, 먼지는 먼지로" 옮긴이 장례식에서 흔히 사용되는 진혼시에서 등위구문은 삶이 끝난다는 진실을 강조하며, "돈을 내고, 선택하라You **pays** your money and you **takes** your choice"에서는 단순성을 느끼게 한다.

이는 또 문법파괴Enallage의 예이기도 하다. 옮긴이 You 다음의 동사 pay에 3인칭 단수에나 붙이는 s가 있으므로 문법파괴이다

• 『헤레니우스를 위한 수사학』은 수사학의 기준이 된 고전으로, 수사적 표현을 대단히 엄격하게 정의하고 있다. 하지만, 에필로그를 참조하라.

기억에 남는 문장을 쓸 수 있다면, 기꺼이 틀리겠어요

문법파괴 *Enallage*

문법파괴는 의도적인 문법 실수를 가리키는 수사적 표현이다. 하지만 이 정의는 그 '실수'가 과연 고의적인가와 관련된 온갖 종류의 철학적 질문뿐 아니라, 올바른 영어 문법이란 무엇인지, 한 사람이 다른 사람에게 틀렸다고 말할 권리가 있는지에 관한 온갖 종류의 언어학적 질문까지 불러일으킨다. 따라서 '이례적인 문법 때문에 특정 문구가 두드러지는 것'을 뜻한다고 보는 편이 더 나을 것이다. 간단

Simples. 옮긴이 simple이라 써야 할 자리에 s를 붙이고 있다

『암흑의 핵심』 대단원 부분에서, 화자인 찰스 말로우 일행이 콩고의 신비한 강을 다시 천천히 거슬러 내려올 때…

…매니저의 노예가 갑자기 검은 머리를 출입문 밖으로 쑥 내밀며 아무렇지도 않다는 듯 말했다.

"커츠 씨 — 그 사람 죽었다."

"Mistah Kurtz — he **dead**."

조셉 콘래드는 문법적으로 완전한 문장을 만들려면 동사가 필요하다는 사실을 알고 있었겠지만, 그렇다고 "커츠 씨는 죽었어요 Mr. Kurtz is dead" 같은 문장을 썼다면 그건 특별히 눈에 띄지도 기억에 남지도 않았을 것이다. 명언 사전에도 오르지 않았을 것이고, T. S. 엘리엇이 자신의 시 『텅 빈 사람들 The Hollow Men』 서문에 이 대사를 사용하지도 않았을 것이다. 『암흑의 핵심』은 3만 9,000단어에 달하지만, 사람들이 기억하는 것은 이 네 단어뿐이다. 기억에 남는 표현을 만든 그 무엇은 잘못된 문법인 셈이다 It's the bad grammar what makes the phrase. 옮긴이 that을 써야 할 자리에 what를 쓰고 있다 이것 문법파괴 That enallage. 옮긴이 의도적으로 동사를 뺐다

소설가 콘래드는 의도적으로 실수를 저질렀겠지만, 복싱 매니저 조 제이콥스 Joe Jacobs는 실수할 의도가 없었을 것이다. 그는 분노에 찬 문법파괴로 명언 사전에 이름을 올렸다.• 제이콥스는 자신의 권투 선수 막스 슈멜링 Max Schmeling이 판정패를 당하자, 만나는 사람마다 "우리 도둑맞았다 We was robbed"라고 외쳤다. 그의 문법이 조금만 더 괜찮았다면 옮긴이 We were robbed라고 제대로 썼다면 제이콥

• 『바틀릿의 친숙한 명언Bartlett's Familiar Quotations』

스란 이름은 벌써 잊히고도 남을 것이다. 옮긴이 would be forgotten이 가정법 과거완료 구문이므로 원래 주절은 would have been이 문법적으로 옳다. 하지만 이렇게 혼합가정법을 써도 그리 어색하지는 않아 보인다. 따라서 이런 문장도 문법파괴인지, 의도적인 것인지 하는 문제를 제기한다

문법파괴가 의도적인지 아닌지 구분하기 힘들 때도 있다. T. S. 엘리엇은 영어를 뛰어나게 구사하는 사람이었다. 주격의 **우리**we는 **당신과 나**you and I를 의미하고, 목적격 **우리**us는 **당신과 나**you and me를 의미한다는 것도 당연히 알고 있었다. 하지만 그는 「J. 앨프리드 프루프록의 연가The Love Song of J. Alfred Prufronk」를 다음과 같이 시작했다.••

그럼 우리 둘이 가자

Let us go then, you and I,

옮긴이 Let us go…이므로 you and me로 써야 격이 맞다

Let me go가 아니라 Let I go라니?

물론 다음 행에 나오는 sky와 각운을 맞추기 위해 굳이 I를 썼을 수도 있다. 하지만 확신할 수 없다. 이제는 시인에게 직접 물어볼 수도 없다. 그런데 사람들은 대부분 이 문제를 알아차리지도 못한다. 나는 이 행이 유명한 이유가, 이렇게 무의식 한편을 불편하게 만드는 약간의 문법파괴 때문이 아닐까 생각한다.

뭐, 그냥 각운 때문이었을 수도 있다. 셰익스피어 역시 대명사 관련 문법을 파괴해 같은 일을 벌였으니까.

•• 『T. S. 엘리엇 선집 1909~1962Collected Poems 1909~1962』에서 발췌, Faber and Faber Ltd.

당신이 훌륭한 거짓말을 꾸며내어,
내가 받을 만한 칭찬 이상의 칭찬을 하고
인색한 진실이 기꺼이 전할 수 있는 것보다
죽은 나에게 더 많은 칭찬을 하지 않는다면,

Unless you would devise some virtuous lie,
To do more for me than **mine own desert,**
And hang more praise upon **deceased I**
Than niggard truth would willingly impart:

셰익스피어가 글을 형편없이 쓴다고 할 수 있는 사람은 아무도 없다. 옮긴이 소네트 72. 두 번째 행에서 'mine own desert'는 'my own deserving'의 의미인데, impart와 라임을 맞추기 위해 'desert'로 쓰고 있다. 이 'desert'는 '사막'이 아니라 '받아 마땅하다 deserve'라는 의미로 쓰였다. 세 번째 행에서는 upon 다음에 I가 나와 있다. 문법적으로는 전치사의 목적격이므로 me를 써야 할 자리이다. 첫 행의 lie와 운율이 맞다. 셰익스피어는 'my' 대신 'mine', 'me' 대신 'I'를 사용하며 문법파괴를 하고 있다

아무리 문법을 중시하는 사람이라도 "Love me tender"라는 가사는 별로 개의치 않는 것 같다. 옮긴이 엘비스 프레슬리의 「러브 미 텐더Love Me Tender」 어린아이라도 "Love me tenderly, love me truly"라고 말해야 한다는 걸 알고 있지만, 굳이 그렇게 말하지 않는 편이 훨씬 낫다는 것도 알고 있다. 노랫말을 쓴 켄 다비Ken Darby는 이 곡의 원곡이 마음에 들었다. 원래 이 곡은 오라 리아Aura Lea라는 소녀를 소재로 한 남북전쟁 시기의 옛 멜로디였는데, 다비는 곡에 맞춰 노랫말을 바꾸려 했다. 그런데 tender를 tenderly, true를 truly라고 문법에 맞춰 부르려면 곡 마지막에 음을 하나 더 추

가해야 했다. 하지만 누군가 다비에게 그러라고 강요했다면, 그는 엘리엇이 셰익스피어를 가리켰듯이, 딜런 토마스의 시 「순순히 어두운 밤을 받아들이지 마세요Do not go gentle into that good night」나 알렉산더 포프의 "Hope springs eternal in the human breast"를 가리켰을 것이다. 옮긴이 딜런 토마스의 시는 문법적으로 'go gently'라고 써야 하고, 포프의 구절은 'Hope springs eternally'라고 써야 한다. 뒤의 구절은 포프의 『인간론An Essay on Man』에 등장하고, "희망은 인간의 가슴에서 영원히 솟아오른다"라는 의미이다 두 경우 모두 이 가엾은 시인들은 자기 생각을 운율에 맞추려 애썼던 것뿐이고, 그러기 위해 'ly'를 뺄 수밖에 없었다면, 그러라고 하세요.

강세로 운율 만들기

작시법에 관한 여담

A Divagation Concerning Versification

영어로 시를 쓰는 일은 꽤 단순한 작업이다. 일단 각 영어 단어는 강세가 있다. 걸인beggar이 일을 시작하려면begin 구걸beggin'을 해야 한다. Begin은 두 번째 음절, beGIN에 강세가 있고 beggin'은 첫 번째 음절 BEGgin'에 강세가 있다. 동사 반항하다to rebel와 명사 반란군a rebel도 마찬가지이다. 따라서 반란군이 반란을 일으킨다는 A REBel이 ReBELS한다고 읽는다. 선물을 줄 때는 선물PREsent을 선물한다preSENT. 두 단어의 유일한 차이점은 강세이다.

영어는 모든 단어마다 특별한 강세가 있어서, 잘 모르는 외국인이 강세를 틀리면 영어를 모국어로 하는 사람들은 알아채고 비웃기도 한다. 프랑스인은 행복happiness이 아니라 페니스a penis를 추구한다는 오랜 농담이 있다. 프랑스인은 h를 발음하지 않기 때문이기도 하지만, 행복happiness를 읽으라면 HAPPiness 대신 a PENis라고 발음하기 때문이기도 하다.

강세가 두 번 붙는 날말도 있다. 해독제ANtiDOTe는 딴-따-딴. 이해UNDerSTANDing는 딴-따-딴-따. 강세는 선택하기 나름일 때도 있다. 보통은 행복을 HAPPiness라고 말하지만, 원한다면 HAPPinESS라고 말할 수도 있다.

한 음절짜리 단어로만 이루어진 문장이라 하더라도 문장을 말할 때 어떤 단어에는 강세를 주고 또 어떤 단어에는 강세를 주지 않기도 한다. '차 한 잔a cup of tea'은 언제나 a CUP of TEA로 발음된다. (물론, 차 옆에 놓인 두 잔을 원하느냐는 질문을 받는다면 "아니요, 차 한 잔을 원해요A cup OF tea"라고 대답할 수도 있겠다.)

그래서 '사랑스러운 차 한 잔a LOvely CUP of TEA'은 따-딴-따-딴-따-딴이 된다. "사랑스러운 차 한 잔을 원해I WANT a LOvely CUP of TEA"라면 따-딴-따-딴-따-딴-따-딴이 된다. "정말 사랑스러운 차 한 잔이 마시고 싶어I REAlly WANT a LOvely CUP of TEA"는 따-딴-따-딴-따-딴-따-딴-따-딴이다. 자 이제 리듬이 생겼다.

'비교Compare'는 따-딴이다. '여름Summer'은 딴-따이다. 따라서 "그대를 여름날에 비유할까요Shall I compare thee to a summer's day"는 따-딴-따-딴-따-딴-따-딴-따-딴이 된다. 옮긴이 셰익스피어 소네트 18 다음 행 "당신이 더 사랑스럽고 더 온화하지만Thou art more lovely and more temperate"도 똑같은 방식으로 진행된다. "거친 바람이 오월의 사랑스러운 새싹을 흔들고Rough winds do shake the darling buds of May"도 똑같고, "그리고 여름의 기간은 너무 짧기만 합니다And summer's lease hath all too short a date"도 마찬가지이다. 연속으로 다섯 개의 따딴이다. 손가락으로 무언가를 두드려 박자를 맞추면서 이 시행을 읽어보라.

시에서 '따딴'은 약강격iamb이라 하고, 다섯 개가 연속으로 나오는 것은 오음보, 또는 펜타미터pentameter라 한다(오각형pentagon에서 5라는 의미의 pent). 따라서 다섯 개의 따딴은 약강 오음보, 영어로 아이엠빅 펜타미터iambic pentameter라 한다.

물론 이 밖에 다른 방식으로도 글을 쓸 수 있다. 약강은 기본 음보foot 네 가지 중 하나이다. 다음은 기본 음보 네 가지이다.

약강격Iamb	따-딴
강약격Trochee	딴-따
약약강격Anapaest	따-따-딴
강약약격Dactyl	딴-따-따

펜타미터는 세 가지 기본 운율meter 중 하나이다.

펜타미터	5음보
테트라미터	4음보
트라이미터	3음보

이제 각 목록에서 하나씩 선택해 운문 형식을 만들 수 있다. 약약강격과 테트라미터를 선택하면 다음과 같은 패턴을 가질 수 있다.

따-따-딴 따-따-딴 따-따-딴 따-따-딴 따-따-딴

이를 이용하여 바이런은 다음과 같이 썼다.

앗수르 사람들은 양을 덮치는 늑대처럼 내려왔고
그의 무리는 보라색과 황금색으로 빛나고 있었다.

The Assyrian came <u>down</u> like a <u>wolf</u> on the <u>fold</u>
And his cohorts were <u>gleaming</u> in <u>purple</u> and <u>gold</u>

옮긴이 「센나케리브의 파멸The Destruction of Sennacherib」

운율과 음보를 조합하면 형식이 열두 가지가 나온다. 모두 무수히 많이 시도된 운율이다. 심지어 더 모호한 음보와 길이를 시도하는 사람도 있었다. 물론 운율이 꼭 3, 4, 5일 필요는 없다. 마음만 먹으면 1부터 무한대까지 무엇이든 시도할 수 있다. 그리고 강약약강격(딴-따-따-딴), 강강강격(딴! 딴! 딴!) 등 온갖 특이한 음보도 있다. 하지만 이 특이한 음보들은 그다지 효과도 없고 영어에서 흔히 사용되지도 않는다. 예외가 있다면 5행 희시戱詩 옮긴이 보통 5행으로 이루어진 유머러스한 시, 아일랜드 리머릭Limerick에서 유래했다는 설이 있다 의 기초가 되는 약강약격(따-딴-따)이 있다.

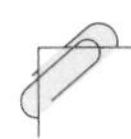

콜카타에서 온 한 청년이 있었다.
There <u>was</u> a young <u>man</u> from <u>Calcutta</u>

옮긴이 더욱 유명한 리머릭으로는 "There was an old man from Calcutta / Who had a most terrible stutter"로 시작하는 시가 있다. 그 외에도 "There once was a man from Nantucket / Who kept all his cash in a bucket."으로 시작하는 5행 희시도 유명하다

딴 길로 빠졌으니 다시 본론으로 돌아가자. 요점은 기본 음보

와 기본 운율은 있지만, 또 그 조합은 많지만, 실제로 사용되는 조합은 대체로 두세 가지 정도라는 것이다. 약약강격과 강약약격은 다소 우스꽝스럽게 들리는 경향이 있다. 바이런은 약약강격을 진지하게 만들었지만, 그건 그가 정말 대단한 시인이었기 때문이다. 약약강격과 강약약격은 동요 운율이기도 하지만, 또 엉망진창으로 들리는 경향도 있어서 직접 만들어보면 아마 결국 동요처럼 들릴 것이다. "작은 머펫 양이, 그녀는 이불 위에 앉았어요… Little Miss Muffet, she sat on a tuffet…."

강약격은 우스꽝스럽지는 않지만, 망치로 두드리는 소리와 비슷하게 들린다. 강약격의 대표적인 예로, 헨리 워즈워스 롱펠로 Henry Wadsworth Longfellow의 1855년 시 『하이아와사의 노래 The Song of Hiawatha』는 다음과 같이 시작된다.

기치 구미 기슭 옆에,
빛나는 빅-씨-워터 옆에,
노코미스의 오두막이 서 있습니다,
달의 딸 노코미스죠.
그 뒤로 어둠이 숲을 뒤덮고,
검고 우울한 소나무가 솟아났고,
열매를 단 전나무가 솟아났으며,
바다를 만나기 전부터 밝습니다,
맑고 화창한 물과 만나,
빛나는 빅-씨-워터를 적십니다.

By the shores of Gitche Gumee,
By the shining Big-Sea-Water,

Stood the wigwam of Nokomis,
Daughter of the Moon, Nokomis.
Dark behind it rose the forest,
Rose the black and gloomy pine-trees,
Rose the firs with cones upon them;
Bright before it beat the water,
Beat the clear and sunny water,
Beat the shining Big-Sea-Water.

강약격은 효과적이다. 하지만 조금 뻔하다. 게다가 『하이아와사의 노래』는 **서사시**라는 사실을 염두에 두어야 한다. 조금만 지나도, 머릿속에서 쿵쾅거리는 소리가 계속 울린다. 도무지 끝날 것 같지 않을 정도이다.

『하이아와사의 노래』는 실제로 운율에서 드물게 쓰이던 강약격을 유행시켰다. 1855년 11월 「뉴욕타임스」의 한 가십 칼럼에는 "시대가 미쳤는지, 강약격이 등장해, 모든 사람이 강약격을 쓰고, 말하고, 생각한다Themadness of the hour takes the metrical shape of trochees, everybody writes trochaics, talks trochaics, and thinks in trochees"라는 문구까지 등장했다. 기사를 보며 돌아버릴 지경이었다. 옮긴이 앞의 기사 거의 전체가 강약격으로 되어 있다 물론, 누구나 강약격으로 말할 수 있다. 일단 머릿속에 리듬을 잡으면 미친 듯이 간단하다. 사람들 대부분은 몇 시간 동안이고 강약약격으로 즉흥시를 읊을 수도 있다. 다만 그렇게 하면 친구를 모조리 잃게 될 것이다.

그렇다면 결국 주교가 악어에게 말했듯the bishop remarked to the crocodile 옮긴이 루이스 캐럴의 『스나크 사냥』에 나오는, 별 의미 없는 표현이다 우리에게 남은 건 오직 하나의 음보, 약강격뿐이다. 부드럽고 사랑스러운 약강. 겸손한 따딴. '따딴'에서 '딴'은 음악의 오프비트offbeat 옮긴이 4박자가 한 마디일 경우 두 번째 박과 네 번째 박에 악센트가 들어가는 리듬의 오프비트와 엇박자 리듬인 당김음의 사용으로 일반적인 박자에서 벗어나 있는 것이 특징이다. 오프비트는 재즈 등 음악의 스윙감을 표현하는 데 매우 중요한 리듬 요소이다 같아서 리듬이 더 부드럽다. 강약의 원초적인 힘은 없을지 모르지만, 원초적 조야함이나 거친 느낌이 없다. 약강격은 부드러운 리듬, 배경에서 넘실대는 파도이다.

그렇다면 남은 질문은 몇 번을 반복해야 하는가이다. 가장 쉬운 대답은 욕심 많은 대답이다. 네 개와 세 개를 번갈아 쓰는 것이다. 4음보 테트라미터와 3음보 트라이미터이다. 이를 발라드 음보ballad meter 옮긴이 중세 시대 음유시인들이 불렀던 시와 노래의 형식을 일컫는 말. 전설이나 영웅담부터 사랑이나 서정을 다룬 내용까지 다양하다 라고도 하는데, 들어보면 고풍스러운 게 근사하다.

뉴올리언스에 집이 있었어요.
사람들은 해 뜨는 집이라 불렀죠.
많은 가난한 소년들의 폐허였어요.
신이시여, 저도 그중 하나였습니다.

There is a house in New Orleans
They call The Rising Sun
It's been the ruin of many a poor boy
In God, I know I'm one.

옮긴이 영국 밴드 애니멀스Animals의 노래 「해뜨는 집The House of the Rising Sun」

세 번째 행이 이상하다는 것을 눈치챘을 것이다. many의

man과 boy 사이에 y, a, oo 세 개의 부드러운 음절이 있다. 하지만 두 가지 이유로 괜찮다. 첫째, 이어서 노래하기slurring 부분이다. Many a는 men-yer로 발음할 수 있다. 한 번 직접 해보라. men-yer poor boy. 그러면 두 개의 부드러운 음절 (옮긴이 부드럽다는 말은 강세가 들어가지 않거나, 발음이 강조되지 않는다는 의미이다)로 줄어든다. 여기서 poor는 무슨 역할을 하고 있을까? 사실 일단 리듬을 확정하고 나면 그다음에는 약간 변형도 가능하다. 그러면 발라드 운율이 더 고풍스럽게 들리기도 한다. 마치 오래된 건물에 보이는 울퉁불퉁한 목재와 같은 역할을 하는 것이다. 일단 보기에도 좋다. 그래서 구조적으로 튼튼하기만 하다면 울퉁불퉁할수록 좋다. 다음은 코울리지의 『노수부의 노래』의 시작 부분이다.

늙은 수부가
세 명 중 하나를 멈춰 세웠다.
"그대의 긴 회색 수염과 반짝이는 눈동자로,
이제 어찌하여 나를 막으시나이까?"

It is an ancient Mariner,
And he stoppeth one of three.
'By thy long grey beard and glittering eye,
Now wherefore stopp'st thou me?'

아주 노골적인 발라드인 데다가, 여기저기 여분의 음절이 추가되다 보니 시가 대단히 거칠고, 대충 만든 것처럼 보일 수도 있다. 물론 다음의 시처럼 순수한 발라드 운율로 쓴다면, 훨씬 더 품위 있게 느껴질 수 있다.

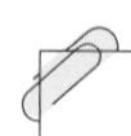

나는 죽음을 위해 멈출 수 없었기 때문에—
그가 친절하게도 나를 위해 멈췄습니다—
마차에는 오직 우리 자신과—
불멸만이 남아 있었습니다.

Because I could not stop for Death—
He kindly stopped for me—
The Carriage held but just Ourselves—
And Immortality.

옮긴이 에밀리 디킨슨Emily Dickinson, 「나는 죽음을 멈출 수 없었기에Because I could not stop for Death」

하지만 여전히 아래의 동요 같은 느낌이 있다.

"때가 되었어" 바다코끼리가 말했다.
"많은 것에 대해 말할 때 말야:
신발과— 배와— 밀랍과—
양배추와— 왕들의 이야기—
그리고 바다가 뜨겁게 끓는 이유와—
돼지에게 날개가 있는지 하는 이야기."

'The time has come,' the Walrus said,
'To talk of many things:
Of shoes—and ships—and sealing-wax—
Of cabbages—and kings—
And why the sea is boiling hot—

And whether pigs have wings.'

옮긴이 루이스 캐럴의 「바다코끼리와 목수The Walrus and the Carpenter」

「해 뜨는 집」이나 「오 베들레헴 작은 골O Little Town of Bethlehem」의 곡조에 얹으면 위의 구절을 노래로 얼마든지 부를 수 있다. 하지만 박자를 모두 지키는 약강 4음보를 쓰면 훨씬 더 품위 있게 부를 수 있다. 따-딴 따-딴 따-딴 따-딴.

약강 4음보로 표현할 수 없는 내용은 없지만, 뭐니 뭐니 해도 슬프고 서정적인 표현에 가장 잘 어울리는 것이 약강 4음보이다.

나는 구름처럼 외로이 떠돌아다녔다
높은 골짜기와 언덕 위를 떠돌다
한꺼번에 떼 지어 있는 모습을 보았다
춤추는 한 무더기의 수선화를;

I wandered lonely as a Cloud
That floats on high o'er Vales and Hills,
When all at once I saw a crowd
A host of dancing* Daffodils;

옮긴이 윌리엄 워즈워스, 「나는 구름처럼 외롭게 떠돌아다녔다I Wandered Lonely as a Cloud」

다음 시와 비슷한 느낌이다.

* 1807년 버전이다. 워즈워스는 1815년 버전에서 '춤추는dancing'을 '황금빛golden'으로 바꿨다.

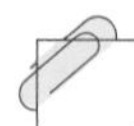

그녀는 아름답게 걷는다, 마치 밤처럼
구름 한 점 없고, 별이 빛나는 밤;
가장 어둡고 가장 밝은 모든 것이
그녀의 면면에서 그녀의 눈빛에서 만난다:

She walks in beauty, like the night
Of cloudless climes and starry skies;
And all that's best of dark and bright
Meet in her aspect and her eyes:

옮긴이 바이런, 「그녀는 아름답게 걷는다She Walks in Beauty」

아름답고 구슬프면서도 사랑스러운 느낌을 준다. 하지만 한 가지 주의할 점은 각운이 맞아야 한다는 것이다. 영시에서 특이한 점 하나는 한 행의 음보가 짝수일 때는 행 마지막 부분에서 잠깐 멈추는 것이 어색하게 느껴진다는 것이다. 반면 음보가 홀수일 때는 행이 끝나는 지점에서 자연스럽게 멈추어 숨을 쉬게 된다. 왜 그런지, 왜 그래야 하는지는 정말 수수께끼이지만, 거의 항상 적용되는 사실이다. 다음을 소리 내어 읽어보라.

I wandered / like / a cloud / …
That floats / o'er vales / and hills / …
And then / I saw / a crowd, / …
A host / of daffodils.

옮긴이 앞에 나온 워즈워스의 원래 시 중 각 행에서 한 음절씩을 빼 홀수 음보로 만든 것이다, '/' 표시는 4박짜리 마디 표시이고, '…' 은 마지막 마디에서 숨을 쉰다는 표시로 덧붙였다

잠깐 멈추는 기분을 느낄 수 있는가? 박자에 맞춰 손가락을 두드려보면 행 마지막에서 잠깐 멈추는 부분이 정확히 한 박자를 이룬다는 사실을 알 수 있다. 마치 빠진 박자를 채워 짝수에 가까운 음보로 만들고 있는 느낌이다. 옮긴이 시로 쓰인 부분은 총 3박이지만 잠깐 쉬는 부분까지 해서 총 4박이 된다는 뜻

행의 마지막을 표시하는 방법에는 두 가지가 있다는 사실도 지적하고 가야겠다. 운율로 표시하는 방법과 일시 정지pause로 표시하는 방법이 있다. 4음보에서는 당연히 두 번째 방법은 선택할 수 없다. 따라서 모든 4음보는 각운을 맞추어야 한다.

I wandered lonely as a cloud
That floats on high o'er vales and hills
When all at once I saw a host
Of many dancing buttercups.

옮긴이 원문에서는 1행의 cloud와 3행의 crowd, 2행의 hills와 4행의 daffodils가 운이 맞는데, 여기서는 3행과 4행을 엉터리로 만들어 넣어, 얼마나 터무니없는 소리가 나는지 보여주고 있다

말도 안 된다. 물론 다른 방식으로 운율을 맞출 수도 있다. 지금까지는 각 행을 번갈아가며 운율을 만들었지만, 두 행 단위로 운율을 맞추고 가는 이행연구couplet를 사용하면 4음보는 훨씬 더 경쾌한 느낌을 준다.

무덤은 훌륭한 사적 공간.
그러나 그곳엔 포옹이 없다네.

The grave's a fine and private place
But none, I think, do there embrace.

옮긴이 앤드루 마블Andrew Marvell, 「수줍은 여인에게To His Coy Mistress」

또는 완전히 다른 방향으로 바꾸어, 가장 아름다우면서도 가장 음울한 글을 쓸 수도 있다. 앨프리드 테니슨의 가장 친한 친구는 휴가를 갔다 죽었다. 테니슨에게는 불행한 일이었지만 영시에서 볼 때 나쁘지 않은 일이었다. 테니슨은 죽은 친구를 기리는 짧은 시 133개, 다시 말해 133개의 섹션으로 구성된 장시長詩를 쓰기로 했기 때문이다. 시 전체는 약강 4음보로 구성되어 있고, 운율은 각운으로 모두 같다.

어두운 집, 그곳에 나 다시 서 있네.
이곳, 이 길고 못난 거리에,
문간들, 이곳에서 내 심장은 뛰었다네.
아주 빨리, 어느 손길을 기다리느라,

Dark house, by which once more I stand
Here in the long unlovely street,
Doors, where my heart was used to beat
So quickly, waiting for a hand,

옮긴이 앨프리드 로드 테니슨, 「인 메모리엄In Memoriam」

ABBA, 각운이 순서대로 "and-eet-eet-and" 옮긴이 발음상 stand/street/beat/hand 식 각운을 쓴다는 뜻 로 끝나는 이 한 연의 멋진 점은 반드시 네 행이 있어야 전체 내용을 구조적으로 이해할 수 있다는 것이다. 이행연구로 쓰면 두 줄이면 다 끝난다. ABA 교차 운율을 쓰면 세 줄로 마무리된다. 하지만 이 시에서는 한 연의 네 번째 행 마지막 음절에 도달하고 나서야 첫 행이 비로소 시적으로 이해된다. 내용은 연기되고, 또 연기되다 마침내 완료된다. 그래서인지 시 전체에서 가장 유명한 부분이 문맥에 맞지 않게 인용되는 안타까운 일도 생긴다.

사실이다, 무슨 일이든,
가장 슬플 때 가장 크게 느낀다;
사랑하고 잃는 것이 낫다
아예 사랑하지 않는 것보다는.

I hold it true, whate'er befall;
I feel it when I sorrow most;
'Tis better to have loved and lost
Than never to have loved at all.

여기서 잠시 멈춰야 할 것 같다. 시에 대한 개론서도 아닌데, 시에 대해 너무 많은 이야기를 하고 있다고 독자 여러분이 생각할 수도 있으니 말이다. 강세가 뭐 그리 대수냐고 생각할 수도 있다. 하지만 내용은 절반의 중요성밖에 없다는 사실을 보여드리기 위해, 앞의 시행을 약약강 음보로 다시 써보겠다.

사실인 것 같다, 무슨 일이든,
가장 슬플 때 그걸 가장 크게 느낀다;
사랑하고 잃는 것이 낫다

아예 누군가를 사랑하지 않는 것보다는.

So I know it is true that whatever befall;
And I feel it whenever I sorrow the most;
That 'tis better to truly have loved and have lost
Than never to truly have loved one at all.

약간의 의미 변화 외에 약약강 음보가 시의 느낌을 어떻게 바꾸는지 알 수 있다. 시를 쓰는 일이 얼마나 쉬운지도 알 수 있다. 여기저기에 음절을 던져 리듬을 구성하는 일은 어렵지 않다. 시인들이 '오 Oh'나 '그리고 and' 같은 날말을 즐겨 사용하는 것은 바로 그런 이유이다. 실제로 살면서 이러한 날말을 즐겨 사용해서가 아니라, 단지 글을 쓰는 동안 어디든 쉽게 넣을 수 있기 때문이다. "그리고 너는 죽었구나, 젊고 고운 모습으로And thou art dead, as young and fair" 옮긴이 바이런, 「우리 둘이 헤어질 때When We Two Parted」 바이런은 보통 '그리고'로 문장을 시작하지 않았다. 그저 약강 4음보를 만드는 가장 쉬운 방법을 알고 있었을 따름이다. 정말 아무 생각이 떠오르지 않으면, "나의 사랑은 붉고, 붉은 장미와 같다My love is like a red, red rose"라고 한 단어를 반복하면 그만이다. 옮긴이 로버트 번스Robert Burns, 「My Love Is like a Red, Red Rose」 또 한 음절을 빼야 한다면 앞서 테니슨이 했듯이 whatever를 whate'er로 바꾸면 된다. 정말 저렴한 방법으로는 단어의 시작 부분에 'a-'를 붙이는 방법도 있다. 음절은 바꿀 수 있다.

르네상스 시대의 시인 벤 존슨은 시를 쓰고 싶을 때면, 먼저 산문을 쓴 다음, 어순을 주무르고 언어라는 망치로 계속 두들겨 운문 형식에 맞추었다고 한다. 또는 다음과 같이 쓸 수도 있다.

르네상스 시대 벤 존슨은 주장했다
시를 쓸 때 목표로 삼는다고
그는 모든 것을 산문으로 적었다;
그리고 운율 문제가 일어났을 때
그는 언어 망치로 두드렸다,
영리하게 자르고, 중언부언도 하면서,
시구절로 어울릴 때까지
그리고 그것이 산문보다 더 나쁘지 않다고 생각했다.
Ben Jonson in Renaissance claimed
That when a verse to write he aimed [운율을 위해 어순을 바꿈]
He wrote the whole thing down in prose;
And when a meter problem rose, [arose가 운율에 맞지 않아 rose]
He banged it with a verbal hammer,
With clever cut or stammer-stammer,
Until it fitted into verse [till이 운율에 맞지 않아 Until]
And reckoned it was none the worse.

하지만 벤 존슨은 보통 영시의 왕이라 할 수 있는 약강 5음보로 글을 썼다.

약강 5음보는 영시 형식의 롤스로이스이다. 이에 비하면 다른 것들은 그저 외발자전거, 트랙터, 사륜 오토바이, 인력거에 불과하다. 이들은 특정 목적에나 적합하다. 하지만, 약강 5음보는 모든 것을 할 수 있다. 비극적으로(내가 죽어도 더는 나를 위해 슬퍼하지 마라No <u>longer</u> <u>mourn</u> for <u>me</u> when I am <u>dead</u> 옮긴이 셰익스피어 소네트 71), 영웅적으로

(다시 한번 더, 친애하는 친구여, 다시 한번 더Once more unto the breach, dear friends, once more 옮긴이 셰익스피어, 『헨리 5세』), 동기 부여를 위해(우리 소수, 우리 행복한 소수, 우린 전투의 형제We few, we happy few, we band of brothers 옮긴이 셰익스피어, 『헨리 5세』), 목가적으로(시냇가에 버드나무가 자란다There is a willow grows aslant a brook 옮긴이 셰익스피어, 『햄릿』), 낭만적으로(음악이 사랑의 양식이라면 계속 연주하라If music be the food of love, play on 옮긴이 셰익스피어, 『십이야』), 일상적으로(그 여인은 너무 많이 항의한다The lady doth protest too much, methinks 옮긴이 셰익스피어, 『햄릿』) 또는 다음과 같이 재치를 담은 표현에도 약강 5음보를 쓸 수 있다.

> 진정한 재치는 옷을 잘 입은 자연이다,
> 흔히 생각했지만 결코 표현되지 않은 것들.
>
> True wit is nature to advantage dressed,
> What oft was thought, but ne'er so well expressed.
>
> 옮긴이 알렉산더 포프, 『평론An Essay on Criticism』

셰익스피어는 다른 시 형식은 거의 사용하지 않았다. 그럴 필요가 없었기 때문이다. 약강 5음보나, 평이한 산문 둘이면 충분했다. 5음보는 홀수 음보였기에 굳이 운율을 맞춰야 할 필요도 없었다. 그래서 셰익스피어는 자연스럽고 평범하게 들리는 대화를 쓸 수 있었다. 그러면서도 그 밑바닥에는 항상 미묘한 비트가 흐르고 있었다. 리듬이 있었다. 셰익스피어는 심지어 5음보를 잘라서 각 배우에게 절반씩 나눠줄 수도 있었다.

안토니우스는 클레오파트라에게 말한다: "명령하세요Command me!"

클레오파트라가 대답한다: "오, 용서를O, my pardon!"

그러자 안토니우스가 대답한다: "이제 난 해야 하오Now I must."

이 대사를 한데 모으면 "Command me! O, my pardon! Now I must"가 된다. 그래서 셰익스피어는 리듬을 깨지 않고 대화를 계속 이어갈 수 있다. 하지만 잠시 후 리듬이 깨지기도 한다. 일반적으로 셰익스피어는 영웅과 귀족들에게는 약강 5음보로 수다를 떨게 했지만, 노동 계급은 무대에 올라 산문을 통해 사랑하고 웃고 죽어야 했다. 이들은 평민이었기 때문이다.

셰익스피어가 산문으로만 쓴 희곡으로는 『존 왕The Life and Death of King John』이 있다. 혹시 읽어본 분이 있다면 삼가 위로를 표하는 바이다.• 모든 아름다운 것들과 아름다운 사람들이 그렇듯, 약강 5음보 역시 시간이 지나면 따분해지기 마련이다. 그러한 이유로 농부가 등장해 산문을 구사하면 잠깐이나마 휴식 시간을 제공하므로 많은 환호를 받는다. 하지만 이렇게 거창하지 않아도 된다. 작은 규모로 변주를 이용해 약강 5음보의 따분함을 줄이는 방법도 있다. 노래 중간에 드러머가 짧은 연주를 하며 리듬을 전환하는 드럼 필drum fill처럼, 그저 재미를 위해 의도적으로 음보를 바꿀 수 있다. 실제로 시에도 이런 음보 전환을 위해 쓰는 흔한 방법이 있다. 우선, 마지막에 음절을 하나 더 추가하는 방법이다.

존재할 것인가, 아니 존재할 것인가, 그것이 문제로다.

• 공정하게 말하자면, 『존 왕』에는 셰익스피어 작품 중 최고의 연설 중 하나가 담겨 있다. 문제는 그 부분을 제외하면 나머지 부분은 읽을 만한 가치가 없다는 점이다. 궁금하시면 3막 3장만 보시라. 뭐, 그리 고마워하지 않아도 된다. 흠흠.

To be, or not to be: that is the question:

옮긴이 셰익스피어, 『햄릿』

마지막 단어 question의 약세 부분, 즉 부드러운 음절 'tion'은 행 마지막의 일시 중지 부분으로 미끄러져 들어간다. 다른 일반적인 방법은 약강격 중 하나(보통은 처음 나오는 음보)를 강세가 먼저 오는 강약격으로 바꾸어주는 것이다.

가자에서 노예들과 함께 작업장에서 일하는 눈먼 사람.

Eyeless in Gaza at the mill with slaves.

옮긴이 존 밀턴John Milton, 『투사 삼손Samson Agonistes』

또는 둘 다 사용할 수도 있다.

고통받는 것이 더 고귀한 마음인지 아닌지

Whether 'tis nobler in the mind to suffer

옮긴이 셰익스피어, 『햄릿』

사실 강약격은 어디에나 놓을 수 있다. 특히 감정적이거나, 제정신이 아닌 사람의 대사를 표현할 때 좋은 방법이다. 나중에 잊지 않고 제 리듬을 되찾아주기만 하면 된다.

제발, 땅에 앉아서
왕들의 죽음에 대한 슬픈 이야기를 들려주자.

For God's | sake, let | us sit upon the ground

And tell sad stories of the death of kings.

옮긴이 셰익스피어, 『리처드 2세』

셰익스피어는 20대 시절 운율에 매우 신경을 썼다. 5음보 이 부분엔 강약격을 섞고, 저 부분엔 여분의 음절을 더하는 패턴이 있었다. 하지만, 40대가 되자, 여유가 생겼는지, 아무 곳에서나 이것저것 뒤섞곤 했다. 심지어 가끔은 행 마지막에 약강을 하나 더 추가하기도 했다. 그는 알게 뭐냐는 식으로 난폭하게 운율을 연주했다. 그러나 대체로 셰익스피어는 평생 약강 5음보를 사랑했고, 로미오에서 프로스페로Prospero, 옮긴이 『폭풍우』의 주인공 『십이야』에서 『한여름 밤의 꿈』까지 거의 모든 유명한 대사를 "따딴 따딴 따딴 따딴 따딴"에 맞춰 불렀다.

약강 5음보를 셰익스피어가 발명한 것은 아니다. 14세기 제프리 초서Geoffrey Chaucer가 교묘한 운율을 만들기 시작한 이후 약강 5음보는 영국의 표준 운율이었다. 셰익스피어는 말하자면 남들이 타는 시류라는 이름의 마차에 올라타, 스스로 마차의 주인이 된 인물인 셈이다. 약강 5음보는 영어에서 가장 자연스러운 형식이다. 영어라는 언어가 되기를 바라는 형식이다. 사실 나 자신도 그렇게 많은 약강 5음보를 쓰고 있는지 의식조차 못 하고 있었다.•

약강 5음보는 영시의 표준으로 남아 있다. 영시의 4분의 3 정도는 이 운율로 쓰인 것으로 추정된다. 밀턴이 『실낙원』에서 썼

• 이 글을 쓰는 현재, 펜타미트론Pentametron이라는 컴퓨터 프로그램이 존재한다. 트위터를 뒤져 완벽한 약강 5음보 글을 우연히 쓴 사람을 다 찾는 프로그램이다. 그런 다음 각운이 맞는 또 다른 글을 또 찾아, 끝없는 이행연구로 이루어진, 운율상 완벽한 시를 지어낸다.

고, 포프는 「머리타래의 강탈The Rape of the Lock」에 사용했으며, 워즈워스는 『서곡The Prelude』에, 바이런은 『돈 후안Don Juan』에 사용했다. 그리고… 음… 모두가 사용했다. 여러분이 알고 있는 위대한 구절 중 적어도 절반은 약강 5음보이다.

미루는 것은 시간을 훔치는 도둑이다.
그들은 또 가만히 서서 기다리기만 하는 자를 섬긴다.
실수는 인간의 자질, 용서는 신의 자질이다.

Procrastination is the thief of time. 에드워드 영Edward Young, 1742년
They also serve who only stand and wait. 존 밀턴, 1655년
To err is human, to forgive divine. 알렉산더 포프, 1711년

마지막 표현은 액어법zeugma의 예이다.

고전 시대에는 그토록 우아했건만!

액어법 *Zeugma*

옮긴이 뜻이 둘 이상인 단어가 여기저기서 다른 단어와 결합해 다른 의미를 지니도록 만드는 수사법. 뜻이 둘 이상인 단어는 보통 문구 앞이나 뒤에서 생략된다. 본문에 정확한 정의가 없어 달아둔다

액어법軛語法은 영어에서는 소소하지만 재미있는 수사법이다. 뭐, 영어에서는 기막힌 효과를 내지는 않는다. 그래도 다룰 만한 가치는 있다. 다른 수사법들은 수도 없는 명언 제조기인 것과 달리 액어법을 사용하는 명언은 그리 많지 않다.

때로 일련의 절에 모두 같은 동사를 사용하는 경우가 있다. **톰은 위스키를 좋아하고, 딕은 보드카를 좋아하고, 해리는 콜라를 좋아한다.** 여기서 **'좋아한다'**라는 표현은 셋이지만, 사실은 하나만 있어도 된다. **톰은 위스키를, 딕은 보드카를, 해리는 콜라를 좋아한다.** 이렇게 써도 의미가 충분히 통한다. **'좋아한다'**가 명사들에 다 적용된다는 사실을 알기 때문이다.

이 점을 염두에 두고, 영어로 쓰인 가장 성차별적이지만 가장 아름다운 시구 하나를 살펴보기로 하자. 존 밀턴이 『실낙원』에서 남성과 여성의 본질적인 차이를 설명하는 대목이다.

사색을 위해 그와 용맹이 **형성되었다,**
부드러움을 위해 그녀와 달콤하고 매력적인 은혜가,
그는 오직 하느님만을 위해, 그녀는 그 안의 하느님을 위해.

For contemplation he and valour **formed**,
For softness she and sweet attractive grace;
He for God only, she for God in him.

'형성되었다'라는 날말은 마치 값비싼 화장실 세정제처럼 물을 내리고 난 다음에도 계속 냄새를 풍긴다. 그런데 희한하게도 밀턴의 문장은 효과가 있다. 왠지 인위적이지 않고 자연스럽게 느껴진다. 대부분의 액어법은 그렇지 않다. 셰익스피어도 기묘한 느낌을 주는 액어법이라는 장치를 항상 즐겨 사용했다. 자, 줄리엣과 로미오는 가족 간의 불화에 부딪친다. "하지만 열정은 그들에게 힘을 주고, 시간은 만날 수 있는 수단을 But passion lends them power, time means, to meet(준다)." 물론 시간은 그들에게 수단을 **'주지만'**, 그러려면 시간이 좀 필요하다. 옮긴이 로미오는 줄리엣이 약을 먹고 가사 상태에 들어간 것을 죽음으로 착각하고 견디지 못해 스스로 목숨을 끊는다. 몇 시간만 더 기다렸다면 이 연인들은 같이 살아갈 수도 있었다 "타퀸이 나를 어떻게 상처 입혔는지, 나 콜라틴을 How Tarquin wronged me, I Collatine" 옮긴이 셰익스피어의 『루크리스의 능욕The Rape of Lucrece』에서, me와 I와 콜라틴이 모두 wrong이라는 동사의 목적어가 되어 강조되고 있다은 영어로는 완전히 틀린 말처럼 들릴 수도 있다. 하지만 셰익스피어가 기교에 문제가 있다는 말은 금시초문일 것이다.

셰익스피어 사례에서 보았듯이 액어법도 효율적으로 사용될 때가 있다. 그럴 때 액어법은 문장을 선명하고 또렷이 들리게 만든다. 액어법은 보통 먼저 풍부하고 화려한 문장으로 시작해서 명사 몇 개로만 이어지는 패턴이다. 따라서 첫 번째 절은 평범하게 느껴지지만, 두 번째 절은 무뚝뚝한 느낌을 준다. 사실 주동사 반복이 시간 낭비라고 생각하는 무뚝뚝한 남성이나 사용하는 문장이라고 볼 수 있다. 그 남자는 사실 당신에게 말하는 것까지도 시간 낭비라고 생각하고 있을 수 있다.

액어법은 이따금 매우 근사하게 작동하지만, 오스카 와일드가 "선은 행복하게 끝나고, 악은 불행하게. 그것이 소설이 뜻하는 바이다The good end happily and the bad unhappily. That is what fiction means"라고 말했을 때처럼, 대체로 뭔가 무시하는 듯한 어조를 표현하고 싶을 때 특히 효과가 있다. 테니슨은 『율리시스』에서 힘들게 살아온 아들의 일생을 무시하는 율리시스에게 "그 애는 자기 일을 했지, 나는 내 일을He works his work; I mine"이라는 액어법 대사를 안긴다. 아주 엄격한 문법학자라면 율리시스의 말을 듣고 "그는 자기 일을 했고, 나는 내 일을 했다He **works** his work; I works mine" 형태라며, 동사 work에 s가 들어가서 문법적으로 틀렸다고 지적할 수도 있다. 하지만 정말 삐뚤어진 사람이 아니고서는 이런 실수는 쉽게 알아차리지 못한다.• 자신의 아내가 "아버지를 속이고, 아마 당

• 아주, 아주, 아주 엄밀히 말하자면 일부 학자들은 (전부는 아니다) 문법적으로 틀린 경우만 액어법이라고 말한다. 하지만 이는 영어보다는 라틴어에 적용되는 이야기이다.

신도has deceived a father, and may thee"라는 말을 들었을 때, 오셀로에게 그 의미는 명백했고, 굳이 시간을 내 메모장에서 검토하려 드는 사람도 없었다. 옮긴이 has deceived a father, and may thee에서 뒤의 문장에 조동사 may가 있으니 has deceived가 아닌 have deceived가 되어야 하고, 똑같은 동사가 아니므로 생략할 수 없다는 말은 바보 같은 소리이다

일반적으로 **액어법에서 동사는 첫 번째 절에 등장한 다음, 두 번째 절에서는 있다고 가정하고 생략한다.** 이를 선액어법prozeugma이라고 한다. 반대로 동사를 마지막 절에 배치할 수도 있다. 이는 후액어법hypozeugma이라고 한다. 영어에서는 후자의 표현이 더 기괴한 느낌을 준다. 원래 영어는 라틴어와 달리 일들이 합리적인 순서로 일어나는, 근사한 순차적 언어이기 때문이다. 물론 이러한 기괴함은 극복할 수 있다. 역시 셰익스피어가 좋은 예를 보여주었다. "당신이 그렇듯, 데메트리우스도 당신을 사랑합니다As you on him, Demetrius dote on you." 옮긴이 『한여름 밤의 꿈』 하지만 이 구절을 셰익스피어 최고의 대사로 꼽는 사람은 드물다.

영어에서 액어법이 커다란 효과를 발휘하지 못하는 이유는 두 가지이다. 첫째, 영미권 사람들은 명사에서 멀리 떨어져 있는 동사를 보는 데 익숙하지 않다. 로마인들은 액어법을 너무도 좋아해 지나칠 정도로 사용한 나머지, 아직 문법에 익숙지 않은 어린아이의 경우 그런 문장을 어떻게 보아야 할지 몰라 절망에 빠질 정도였다고 한다. 물론 우리는 어느 정도 문법을 꿰맞출 수는 있지만, 그렇더라도 충격적이긴 하다. 두 번째 이유는 균형을 맞추는 데는 액어법보다는 앞서 살펴본 등위구문이 훨씬 낫기 때문이다. "내 진정한 사랑은 내 마음을 갖고 있고 나는 그의 마음을 갖고 있다My true love hath my heart and I have his"가 "내 진정한 사랑은

내 마음을 갖고 있고 나는 그의 마음을My true love hath my heart, I his" 이나, 혹은 솔직히 횡설수설처럼 들리는 "내 진정한 사랑은 내 마음을, 나는 그의 마음을 갖고 있다My true love my heart, I have his"보다 훨씬 아름답다.

가엾은 액어법! 고전 시대의 세계에서는 그렇게 우아했건만! 우리 시대엔 이토록 멍청해 보이다니! 액어법은 토가toga 옮긴이 로마 성인 남성들이 즐겨 입던 흰색 양모로 만든 복장 신세가 된 것 같다.

액어법을 이용하는 유명한 문구가 없지는 않다. 다만 여러분이 잘 모를 뿐이다. 수사적 표현에서 기준이 되는 척도는 대중의 기억 속에 살아남는가 아니면 사라지는가이다. 따라서 12장에서 언급한 띄어 반복하기 같은 일부 기법은 실제로는 잘 쓰지 않아도 기억되고 있지만, 액어법은 쓰이면서도 기억에 남지 않는다.

1697년 윌리엄 콩그리브William Congreve의 비극은 런던의 모든 사람, 적어도 많은 사람의 분노를 불러일으켰다. 『슬픔의 신부The Mourning Bride』라는 이 비극은 "음악에는 야수의 마음도 달래는 매력이 있다Music hath charms to soothe the savage breast"라는 대사로 시작된다. 이 비극이 그 정도로 매력적이지는 않지만, 나쁘지는 않은 수준이다.

『슬픔의 신부』에는 자라Zara라는 여성 인물이 등장한다. 집착과 폭력성이 두드러지는 인물이다. 그녀는 오스민Osmyn을 사랑하지만 오스민이 비밀리에 어느 공주와 결혼했을 뿐만 아니라, 실제 이름도 오스민이 아니라는 사실을 모르고 있다. 어쨌든 그녀는 오스민과 공주가 알콩달콩 사랑하는 사이라는 것을 알고 둘을 파멸시키기로 한다. 정확히는 오스민을 죽이려는 것이다. 그녀는 감옥에 갇힌 오스민에게 말한다.

사악하고 배은망덕한 놈 같으니라고! 뉘우치기엔 너무 늦었다
내 사랑에 행한 너의 야비한 불의를:
그래, 너는 알게 될 것이다, 과거의 고통이 주는 괴로움을,
그리고 네가 오랫동안 슬퍼해왔던 모든 해악을;
사랑에서 변한 미움만큼 격렬한 분노는 하늘도 모르고
버려진 여자가 느끼는 분노는 지옥도 모른다.

Vile and ingrate! too late thou shalt repent
The base injustice thou hast done my love:
Yes, thou shalt know, spite of thy past distress,
And all those ills which thou so long hast mourned;
Heav'n has no rage, like love to hatred turned,
Nor **hell a fury, like a woman scorned.**

정말 멋진 대사이지만, 액어법으로 기억되지는 않는다. 대중의 기억이 생략을 견딜 수 없어 하다 보니, 얼마 지나지도 않아 마지막 행에 hath가 들어갔기 때문이다. 결국 마지막 행은 이내 "hell **hath** no fury, like a woman scorned"가 되었다. 콩그리브는 원래 대사에 자부심을 느꼈을지도 모르지만, 성경 말씀인 "교만은 패망의 선봉이요 거만한 마음은 넘어짐의 앞잡이이니라pride goeth before destruction and a haughty spirit before a fall" 옮긴이 「잠언」 16장 18절 도 사람들이 대체로 "교만은 넘어짐의 앞잡이이다pride goes before a fall"라고 옮긴이 before a fall 앞에 goes를 넣으려다 보니 앞의 pride가 before destruction 대신 before a fall 부분과 합쳐진 꼴이 되었다 기억하는 걸 보고 위안을 받았으면 한다.

액어법은 수사적 표현치고는 약한 방법이다. 경멸을 표현하는 데는 좋지만 다른 표현들보다는 약하다. 이러한 상황을 개선할

수 있을까? "에티오피아 사람이 그 가죽을 바꿀 수 있겠으며 표범이 그 얼룩을 바꿀 수 있겠느냐?Can the Ethiopian change his skin, or the leopard his spots?" 옮긴이 「예레미야서」 13장 23절, leopard 다음에 change라는 동사가 생략된 액어법

따라서 액어법을 사용한, 기억할 만한 문구를 떠올리다 보면, 액어법이 기억에 남지 않는다는 사실만 입증될 뿐이다. 이것이 역설paradox이다.

역설 아닌 역설과 진정한 역설

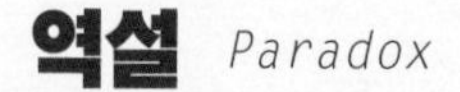

역설逆說을 정의하기는 상당히 어렵지만, 보면 또 쉽게 알 수 있다. 옮긴이 역설의 가장 기본적인 정의는 '의미가 모순되고 이치에 맞지 않는 표현'이다 수학자, 논리학자, 심리학자, 사회학자, 시인 모두가 이 낱말을 자기 영역에 속한다고 생각하며 사용하고 있다. 하지만 사실이 아니다. 역설은 매우 역설적이기 때문이다For paradoxes are quite paradoxical. 옮긴이 작가는 자신이 역설을 사용하고 있다고 생각하는 사람들의 생각이 잘못되었다는 것을 지적하기 위해, 얼핏 보이는 것과 어긋나는 측면이 있는 역설의 정의를 이용해 역설이 역설적이라고 표현했다

반전inversion 옮긴이 일반적으로 이야기를 더 흥미롭고, 예측할 수 없게 만드는 창작 기법으로, 보통은 전제되어왔던 사실이 갑자기 뒤집히는 것을 말한다. 반전은 종종 서스펜스와 함께 사용되어 긴장감을 조성하는 범죄 스릴러 영화에 흔히 등장한다 의 대가 오스카 와일드에서 출발해보자. 와일드의

역설 대부분은 역설이라고 할 수 없다. 그저 단순한 생각을 놀랍도록 새로운 방식으로 표현한 것일 뿐이다. 옮긴이 알렉산더 포프가 내린 정의이다

> 세상에는 단 두 가지 비극이 있다. 하나는 원하는 것을 얻지 못하는 것이고, 다른 하나는 원하는 것을 얻는 것이다.
>
> - 오스카 와일드, 『윈더미어 부인의 부채Lady Windermere's Fan』, 1892년

> 인생에는 두 가지 비극이 있다. 하나는 마음의 욕망을 잃는 것이다. 다른 하나는 욕망을 얻는 것이다.
>
> -조지 버나드 쇼George Bernard Shaw, 『인간과 초인Man and Superman』, 1903년

정말이지, 역설은 아니다. 여러분이나 나 같으면 그냥 "어느 쪽이건 걍 망한 거다"라고 말했을지 모르지만, 와일드는 그렇지 않았다. 그는 마치 다른 두 가지를 언급할 것처럼 문장을 둘로 나눈 다음, "원하는 것을 얻거나 얻지 못하거나 모두 비극이다"라고 같은 말을 두 번에 나누어서 한다. 내용은 역설적이지 않다. 표현 방식이 그렇다. 옮긴이 두 번째 예를 해석해 말하자면 욕망을 잃는 것과 얻는 것은 모순적으로 들릴 수 있지만, 인간의 욕망은 변화하기에 모순이라고 할 수 없다. 따라서 모순을 바탕으로 한 역설은 아니며, 단지 역설처럼 보일 뿐이다 그래서 결국 듣는 사람은 마치 와일드가 진짜 역설을 보여주었을 때와 마찬가지로 즐거워한다. 여기서 볼 수 있듯이 역설에서 중요한 것은 내용이 아니라 스타일이며, 이 피상적인 특성은 더 깊은 본질이 밝혀진 후에도 더 오래 남는다.

다음 문장도 마찬가지이다.

세상에서 이야깃거리가 되는 것보다 더 나쁜 것은 딱 하나뿐이다. 이야깃거리가 되지 못하는 것.

There is only one thing in the world worse than being talked about, and that is not being talked about.

옮긴이 오스카 와일드, 『도리안 그레이의 초상』

위 문장 역시 역설이 아니다. 어떤 체념의 순간에 마주쳐 투덜거리며 할 만한 진술이다. 하지만 구성은 역설처럼 되어 있다. 논리학 용어를 빌리자면, '역설 아닌 역설veridical paradox'로, 겉으로 보기엔 터무니없지만, 사실은 아주 간단한 진실을 형식만 역설로 담은 진술이다. 옮긴이 veridical paradox는 보통은 자기모순처럼 보이지만 논리적으로 참인 진술을 가리키는 말이다. 대표적인 예로 "적을수록 많다Less is more"라는 르 코르뷔지에Le Corbusier의 말이 있다 와일드는 이 기교를 조금 더 발전시킨다.

모든 여자는 어머니를 닮아간다. 그것이 여자의 비극이다. 남자는 전혀 그렇지 않다. 그것이 남자의 비극이다.

All women become like their mothers. That is their tragedy. No man does, and that is his.

옮긴이 『진지함의 중요성The Importance of Being Ernest』

이 말은 "왜 여자 친구 어머니는 항상 짜증 나는데, 남자 친구 어머니는 항상 좋은 분일까?"라는 말로 표현할 수도 있었을 것이다. 하지만 대신 역설 아닌 역설로 표현했다. 옮긴이 이 문장은 자기모순을 담고 있지만, 진실을 말하고 있다는 점에서 역설 아닌 역설이다. 여성은 어머니를 모방하다 개성을 잃고 성장하지 못하며, 남성은 그렇지 않다고 생각하지만, 남성에게도 비극이 닥친다는 말은 사실 이런 남성에 관한 생각이 잘못된 가정에 불과하다는 말이다. 따라서 두 진술은 모순으로 보이지만, 남성과 여성의 사회적 역할과 기대에 관한 진실을 말하고 있다 와일드는 진짜 역설도 사용한다Wilde does do real paradox. 옮긴이 이 문장은 이중 역설이다. 하나는 does do라는 표현으로 does를 사용하면 부정을 기대하는데, 부정이 아닌 do가 등장하는 데서 발생하는 기대의 역설이고, 다른 하나는 real paradox라는 말로, 역설은 모순적인 표현이므로 real이라는 낱말과 좀처럼 어울리지 않는다. 따라서 진짜와 역설이 서로 모순적인 관계의 역설을 이룬다 이는 말장난pun을 다룰 때 다시 이야기하겠다.

말장난의 역설은 역설 중에서도 가장 약한 역설이라고 할 수 있다. 역설인 동시에 말장난에 지나지 않기 때문이다. 둘 다일 때도 있고, 둘 다 아닐 때도 있다. 크리스털 게일Crystal Gayle이 「내 갈색 눈을 푸르게 만들지 마세요Don't It Make My Brown Eyes Blue」를 불렀을 때, 그녀는 시각 장場의 어떤 부분도 동시에 두 가지 색으로 존재할 수 없다는 비트겐슈타인의 공리와 모순되는 진술, 하지만 동시에 영어에 익숙한 사람이라면 누구나 예외 없이 받아들일 수 있는 진술을 하고 있다. 그 진술은 존 레논이 자신은 붉은색을 보면 언제나 우울해지고 고통스럽다고 말했던 것과 같다. 옮긴이 여기서 모순은 blue가 '파랗다'와 '우울하다'의 두 가지 의미를 갖기에 발생한다 영국 정치가 바뀐 것은 선거 역사상 가장 유명한 역설의 포스터 때문이라고 할 수 있다. 멀리서 줄을 서서 무언가를 기다리는 사람들과 함께 등장하는 "노동당은 노동하지 않습니다Labour Isn't Working" 옮긴이 work라는 낱말이 '작동하다'와 '노동하다'라는 뜻 두 가지인 데서 오는 말장난. 노동당 정책이 효력이 없다는 뉘앙스를 풍긴다 라는 슬로건이다.

사실 줄 선 사람들은 모조리 보수당 중앙 사무소에서 고용한 사람들이었지만 포스터의 역설은 완벽했다. 정치는 이런 일이 일어날 가능성으로 가득하다. 그러나 어떤 이유에서인지 "좌파가 오른쪽이다(옳다) The Left is Right"거나 "우파는(옳은 것은) 틀렸다 The Right is Wrong"라는 슬로건은 사용되지 않았다(조니 캐시Johnny Cash의 「오른쪽 옮긴이 혹은 옳은 쪽 에 있는 사람은 왼쪽에 있다The One on the Right Is on the Left」라는 노래는 있었다). 이 말장난 역설은 아마 역설이라고는 할 수 없지만, 흥미롭고 기억에 남는다. 예를 들어 「백 투 더 퓨처Back to the Future」는 깔끔하지 않은가? 나는 이 말장난 역설이 영화 흥행에 어느 정도 이바지했다고 본다.

그래도 말장난은 진정한 역설에 더 가깝다. 최소한 역설처럼 보이기 때문이다. 오스카 와일드의 "우리는 불필요한 것이 유일한 필수품인 시대에 살고 있다"라는 말은 여전히 역설 아닌 역설이지만, 그래도 핵심적인 모순을 짚는다. 사치품은 인간에게 필수품이다. 흔히 필수품이라고 불리는 것은 대체로 없어도 된다. 우연이란 확실하며 삶이란 천천히 죽어가는 과정에 지나지 않는다. 이런 게 역설이다. 이제 우리는 '완벽한 역설'을 향해 나아가고는 있지만, 거기까지이다. 완벽한 역설을 앞에 두고 더는 나아가지 못하고 있는 꼴이다. 심지어 "친절하기 위해서는 잔인해야 한다cruel only to be kind"라고 말했던 셰익스피어도 그 문턱을 넘지는 못했다. 옮긴이 『햄릿』에서 삼촌과 결혼한 어머니에게 햄릿이 한 대사 오스카 와일드는 완전하고 매혹적인 모순을 포착해본 적이 단 한 번도 없었다. 그가 한 말은 죄다 조금만 생각해봐도 이해가 금방 가는 말, 웃음을 자아내는 말일 뿐 진짜 역설은 아니었다. 그는 훌륭한 역설을 위해서라면 무엇이든 하려 했지만, 또 그렇게 하려 하지 않았다. 옮긴이 역설적인 표현이다. 훌륭한 역설을 만들려고 무엇이든 하려 했지만, 또 하려 하지 않았다는 뜻이기도 하다. He would do anything for a good paradox, but he wouldn't do that은 미트 로프Meat Loaf의 노래 「I Would Do Anything for Love (But I Won't Do That)」에서 가져온 표현으로 여기서도 that 때문에 역설이 발생한다

현실과 오랜 전쟁을 벌이고 있는 수사학에서 가장 특이한 것 중 하나를 꼽으라면 진정한 역설이다. 우리는 불가능한 꿈을 꾸며 행복해한다. 논리와 우주 법칙이 그런 꿈은… 이루어지지 않는다고 말해도 개의치 않는다. 진정한 역설은 모든 법칙을 깨버려서 매력적이지만, 언어에서는 너무 쉬워서 고요한 안정감을 준다. 검은색은 흰색이고, 위는 아래이며, 선은 악이다. 말은 쉽다. 타이핑하는 것만큼 식은 죽 먹기이다. 뭐 또 그만큼 어렵기도 하다. 난 잘하지 못하지만, 방금 또 했다.

진정한 역설은 우주 법칙을 깨뜨림으로써 우리를 우주 법칙에서 벗어나게 해준다. 따라서 진정한 역설은 필연적으로 신비로운 순간이다. 물론 작가 관점에서 보면 매우 쉽지만 말이다. 손가락으로 키보드를 두드리기만 하면 모든 경찰을 범죄자로, 모든 죄인을 성인으로 만들 수 있다. 하지만 독자들은 그 문구를 묵상하듯 영원히 곱씹을 수 있다.

사정이 이러니 진정한 역설을 싸구려 가짜로 보기도 쉽다. 쉬운 기교는 무가치하다고 여겨지는 경우가 흔하기 때문이다. 물론 역설이 쉬운 기교라는 것은 사실이지만 그렇다고 결코 가치가 없다고는 할 수 없다. 잘 만든 역설은 영혼을 자극하고, 다른 어떤 수사법도 감히 하지 못하는 방식으로 언어와 철학을 결합한다. 폴 사이먼Paul Simon은 노래 제목을 「침묵의 소리The Sound of Silence」로 짓고, "말하지 않고 말하는 사람과 듣지 않고 듣는 사람People talking without speaking, people hearing without listening"에 관해 노래한다. 그에게는 쉬운 일이었지만, 그렇다고 듣는 우리에게 아름다움이 반

감되지는 않는다.

역설은 종교에서 가장 흔히 찾아볼 수 있다. 예수는 아브라함 이전에 내가 있었다 옮긴이 「요한복음」 8장 58절에 나오는 예수의 말 라고 한다. 하느님을 섬기는 일은 완전한 자유이다. 신은 중심이 어디에나 있고 둘레는 어디에도 없는 원이다. 공학적 관점에서 보자면 기하학적으로 불가능할 수 있지만, 이러한 아이디어들은 현실 세계 밖에 사는 존재에 관한 생각을 불러일으켜, 현실에 사는 인간의 마음에 영향을 미치기에 가치가 있다. 그러한 작동 자체가 증거이기 때문에, 그러한 생각을 한다는 것은 그러한 생각이 존재할 수 있다는 증거가 된다. 그런 생각이 중요하지 않을 수도 있지만, 중요하다.

따라서 신비주의자 입에서 역설을 듣는 것은 놀라운 일이 아니다. "먼저 된 자가 나중 되고 나중 된 자가 먼저 되리라" 옮긴이 「마가복음」 10장 31절 라는 말을 들으면 우리 반응도 불가사의하고 신비로워진다. 적어도 대부분 사람은 그렇다. "먼저 된 자가 나중 되고 나중 된 자가 먼저 되리라"라는 문구는 교차법chiasmus의 좋은 예이다.

24

아름다움은 진리, 진리는 아름다움

교차법 *Chiasmus*

왜인지는 모르겠지만 인간은 대칭을 좋아한다. 정글 옆에 인간을 떨궈두고 며칠 후에 가보면 관상용 정원이 만들어져 있다. 인간은 돌을 주워 들어 타지마할이나 세인트 폴 대성당을 만든다. 물론 눈송이, 나뭇잎 등 자연물에도 대칭을 이루는 것들은 있지만, 그 대칭은 한눈에 보이지 않아서, 나뭇잎을 애써 들여다보거나 돋보기를 들고 눈보라 속을 뛰어다녀야 할 수도 있다. 하지만 사람이 무언가를 대칭으로 만들 때는 아예 큰 거리를 만들고, 양쪽엔 나무를 배치하여 대칭을 볼 수밖에 없도록 한다. 자연은 대칭적이 아니고, 대칭은 자연스럽지 않다.

대칭에 대한 사랑은 낱말에까지 이어진다. 가장 작은 층위에는 회문palindrome回文이라는 것이 있다. 문장을 가로질러 글자들이 서로 대답하는 방식이다. 회문은 오랜 전통이다. 인간이 인간에게 처음 한 말은 아마도 아담이 이브에게 했던 말, "아가씨, 저는 아담입니다" 옮긴이 Madam, I'm Adam. 앞에서 뒤로 읽어도, 뒤에서 앞으로 읽어도 Madam, I'm Adam이 된다 였을 것이다. 또 회문은 위대한 문학가들에게 끔찍한 고통을 안겨주었다. T. S. 엘리엇이 중간 이름 S를 고집한 유일한 이유는 이 중간 이름이 없으면 사람들이 자신의 이름을 거꾸로 읽을까 봐 옮긴이 T. S. Eliot을 거꾸로 읽으면 '화장실toilet'이 되고 만다 불안했기 때문이다. 과대망상이 심했을 때는 **잠시 중간 이름을 강조해** 자신을 T. 스턴스 엘리엇T. Sterns Eliot이라고 소개하기도 했다. 그 시기는 오래가지 않았다. 하지만, 그의 최초의 위대한 시 제목이 「J. 앨프리드 프루프록의 연가The Love Song of J. Alfred Prufrock」로 남은 데에는 이런 시절의 영향이 남아 있다.

회문이라는 작은 대칭 너머에는 전반부 단어가 후반부에 그대로 반영되는 대칭, 교차법交叉法이라는 더 크고 명백한 대칭이 있다. 1925년 브로드웨이 뮤지컬 「노, 노, 나넷No, No, Nanette」은 꽤 성공한 작품이었지만, 지금 사람들이 기억하는 건 다음과 같은 노랫말뿐이다.

둘을 위한 차, 차를 위한 둘
너를 위한 나, 나를 위한 너

Tea for two and two for tea
Me for you and you for me

옮긴이 노래 「티 포 투Tea for Two」

여기서 대칭이 사랑스러운 이유는 회문처럼 시각적으로 눈길을 사로잡기 때문이 아니라, 생각이 서로를 복제하기 때문이다. '너를 위한 나'는 '나를 위한 너'에 반영되고, 보답받고, 응답받는다. 게다가 가끔 차 한 잔 정도 마시는 걸 싫어하는 사람은 없지 않은가. 서로 아낌없이 사랑하는 것은 기분 좋은 대칭이고, 이러한 대칭은 일종의 정의正義라고도 할 수 있다. 삼총사는 "모두는 하나를 위해, 하나는 모두를 위해All for one and one for all" 옮긴이 알렉상드르 뒤마Alexandre Dumas의 『삼총사The Three Musketeers』라고 함께 외친다. 대칭은 이러한 외침을 기억에 남는 표현으로 만들어주는 동시에, 상호성을 반영하기도 한다. 이 상호성은 그토록 위대한 인간의 대칭성이다. 이름하여 거래deal이다.

소크라테스는 "먹기 위해 사는 것이 아니라, 살기 위해 먹는다"라는 말을 했다고 한다. 우리가 이 말을 기억하는 이유는 두 가지 생각이 마치 거울처럼 서로를 비추기 때문이다. 또한 고대 그리스 식단에 죽이 많이 포함되었다는 사실도 반영된 것으로 보인다. 옮긴이 어쩔 수 없이 먹는다는 의미. 여기서 죽은 영어로 porridge인데, 이 음식은 전통적으로 곡물을 우유나 물에 끓여 만드는 건강한 음식으로, 그만큼 시각적 요소나 정교한 맛은 떨어지는 음식이라는 사실을 패러디하고 있다

날말 뒤집기는 회문만큼이나 어렵다. 보통은 막힌다. 꼼짝할 수가 없다. 따라서 작가는 약간의 여유를 두고, 약간의 움직일 공간을 허용해서, 문학이라는 허리띠를 약간 느슨하게 풀어놓을 수 있다. 예를 들어, 스눕 도기 독Snoop Doggy Dogg이라는 독특한 이름을 가진 현대 미국 작가 옮긴이 거꾸로 읽으면 God, God poons가 된다(여기서 poons는 비속어이다. 저자는 현대 미국 작가라고 했지만, 래퍼이다)는 "내 마음은 내 돈에, 내 돈은 내 마음에my mind on my money and my money on my mind"라는 문구

가 담긴 고백조의 시를 썼다. 옮긴이 「머니 온 마이 마인드Money On My Mind」라는 노래이다 한편 투팍Tupac 옮긴이 거꾸로 읽으면 Caput(투팍은 "나는 신성한 투팍, 카풋Caput"이라고 「헤일 메리Hail Mary」에서 읊은 적이 있다. 라틴어로 caput은 '머리'라는 의미로 영적인 힘을 상징하며, 투팍은 죽음 후에도 존재가 계속된다고 믿었다)이라는, 경제적으로 더 낙관적인 가수는 "돈은 사람을 만들지 않아, 하지만 사람인 나는 돈을 만들지money don't make the man, but man I'm making money" 옮긴이 영어 동사 make가 '만들다'와 '돈을 벌다'라는 두 의미가 있는 것을 이용한 노랫말 라고 노래했다.

미국인들은 특히 이러한 언어적 대칭을 좋아해, 대칭적인 문장을 만들 수 있는 사람이라면 아무나 대통령으로 선출하는 경향이 있다. 바이든 현 대통령은 군인들에게 "여러분이 미국을 위해 일어섰으니, 이제 미국이 여러분을 위해 일어나야 한다"라고 말했다. 전직 대통령 중 하나는 '우리가 적을 정의로 인도하든, 적에게 정의를 가져다주든Whether we bring our enemies to justice, or bring justice to our enemies' 옮긴이 9·11 이후 조지 W. 부시의 말로, 적을 여기로 데리고 와 심판하든, 다른 나라로 날아가 적을 처벌하든, 어떤 수단도 가리지 않겠다는 의미이다 개의치 않겠다고 했다. 또 그전에 어느 대통령은 "전 세계 사람들은 항상 미국의 힘보다는 미국 국민이 보이는 모범의 힘에 더 큰 감명을 받았다People the world over have always been more impressed by the power of our example than by the example of our power" 옮긴이 빌 클린턴의 1997년 연설 라고 말했다.

대통령이 되지 못했던 사람들도 교차법 없이는 아예 대통령이 될 기회조차 없다고 생각했는지 너도나도 교차법에 도전했다. 미트 롬니Mitt Romney는 "종교가 자유를 필요로 하듯이, 자유도 종교를 필요로 한다"라고 말했고, 힐러리 클린턴Hillary Clinton은 "결국 진정한 검증 기준은 대통령이 하는 연설이 아니라, 대통령이 연설을 이행하느냐 여부이다"라고 말했다.

결국 시작은 케네디 대통령 취임 연설이다. 냉전이 절정에 치닫고 있을 때 케네디는 미국인들에게 “인류는 전쟁을 종식해야 한다. 그렇지 않으면 전쟁이 인류를 종식할 것이다”라고 말했다. 그가 호소한 방법은 평화였다. “두려워서 협상하지 말고, 협상을 두려워하지 말자.” 그리고 무엇보다도 그는 “국가가 당신을 위해 무엇을 해줄 수 있는지 묻지 말고, 당신이 국가를 위해 무엇을 할 수 있는지 물어보라”라는 말로 사람들의 뇌리에 가장 깊게 남아 있다.

케네디는 미국 정치에 교차법 열풍을 일으켰지만, 그가 구사한 교차법 아이디어 원천은 아버지였다고 한다. 그의 아버지 조지프 케네디Joseph Kennedy는 사업가, 외교관, 정치가 외에도 빌리 오션Billy Ocean이 훗날 불멸의 명언으로 남긴 “어려울수록 강해진다When the going gets tough, the tough get going”라는 문구를 만든 장본인이다. 옮긴이 1985년 빌리 오션 앨범 『러브 존Love Zone』에 수록된 노래 제목

교차법은 신중하게 고안된 인위적인 대칭이라는 점에서 항상 똑같은 것처럼 들리지만, 사실은 다양한 형태가 있다. 우선, 영국 시인 에드워드 리어Edward Lear가 즐겨 사용했던 직접적 반복straight repetition이 있다.

그들은 배를 타고 바다로 나갔다, 그랬다.
배를 타고 그들은 바다로 나갔다:

They went to sea in a Sieve, they did,
In a Sieve they went to sea:

옮긴이 「점블리 사람들The Jumblies」

또는,

> 오, 사랑스러운 고양이, 오, 고양이, 내 사랑,
> 너는 얼마나 아름다운 고양이인지…
>
> Oh, lovely Pussy, oh, Pussy, my love,
> What a beautiful Pussy you are…
>
> 옮긴이 「올빼미와 고양이The Owl and the Pussy Cat」

고양이는 매트 위에 앉았고, 매트 위에 고양이가 앉았다. 이러한 형태 교차법은 거울 속 이미지와 같다. 쉽게 할 수 있고, 하기 쉽다. 교차법이 진가를 발휘하는 순간은 단어 반전이 생각의 반전을 가져올 때이다. J. F. 케네디의 위대한 교차법은 당신you과 당신의 나라your country가 뒤바뀌었기 때문에 큰 효과를 낸다. 행하는 자가 행동을 받는 자가 되고 행동을 받는 자가 행하는 자가 되는 셈이다. 예수가 "안식일이 사람을 위해 만들어진 것이지, 사람이 안식일을 위해 만들어진 것이 아니다The Sabbath was made for man and not man for the Sabbath." 옮긴이 「마가복음」 2장 27절 또는 "너희가 판단하지 말라, 너희가 판단을 받지 않게 하려 함이라Judge not, that ye be not judged" 옮긴이 「마태복음」 7장 1절 라고 한 말도 마찬가지이다.

여기서 생각들은 대칭적으로 보이고, 그래서 어쩐지 더 논리적으로 보이기도 한다. 그래서 교차법을 이용하는 문장은 명확하고 열심히 생각한 주장이라는 분위기를 풍긴다. 이런 교차법을 통하면 세상도 이해할 수 있을 것만 같다. 합리적이거나 적어도 대칭적인 인간의 마음에는 모든 것이 제자리를 잡고 있고, 모든 것을 위한 자리가 있다Somebody has a place for everything, and everything in its place. 옮긴이 "모든 것은 제자리가 있다"라는 유명한 속담 낭만주의 시인 키츠의 말처럼 '아름다움은 진리, 진리는 아름다움'이다. 또는 19세기 영국 시인 에드워드 피츠제럴드Edward Fitzgerald의 말처럼 "움직이는 손가락이 글을 쓰고, 글을 써왔고 / 계속 나아간다 The **moving** finger writes; and, having writ; / **Moves** on 옮긴이 the moving finger와 moves on에서 move가 형용사와 동사로 서로 반대 위치에 등장하는 교차법 이라고도 할 수 있다.

반복과 논리는 교차법의 벤 다이어그램Venn diagram 옮긴이 서로 다른 집합들 사이 관계를 표현하는 다이어그램 에서 어우러진다. 바이런은 "쾌락은 죄이고, 때로는 죄가 쾌락이다"라고 자기 전공 분야에서 한마디 했다. 옮긴이 바이런은 기존 모든 질서를 무시한 낭만주의 시인이었다 오스카 와일드는 "모든 저속함은 범죄이고, 모든 범죄는 저속하다"라고 말한 후 레딩 교도소에 수감되어 『레딩 교도소 발라드The Ballad of Reading Gaol』를 썼다. 이 두 문장 모두 교차법을 사용하여 엄격한 논리 문제 중 하나를 에둘러 피한다. "모든 토마토가 빨갛다면, 빨간 것은 죄다 토마토라는 의미인가?"라는 문제 말이다. 교차법을 사용하면 설명이 가능해지고 그 설명을 우아하고 간결하다고 느끼게 한다.

교차법은 말장난으로도 사용될 수 있다. 미국 배우 메이 웨스트Mae West는 "중요한 것은 내 인생의 남자들이 아니라, 내 남자들이 주는 활력이다It's not the men in my life, it's the life in my men"라고 말했는데, 여기서 인생life은 인생 자체와 '활력'이라는 두 가지 의미로 사용되고 있다. 옮긴이 원문은 It's not the men in my life that count, it's the life in my men이다. 앞의 life는 인생, 뒤의 life는 활력이다

미국 작가 도로시 파커Dorothy Parker는 한 걸음 더 나아갔다. 그녀가 신혼여행 중일 때 『뉴요커The New Yorker』 편집자가 파커에게

전보를 보냈다고 한다. 편집자는 그녀가 써야 할 글의 마감일을 상기시키고 싶었다. 도로시 파커는 "졸라 바빠, 거꾸로도 마찬가지라 마감 못 함'I've been too fucking busy, and vice versa"이라는 답장을 보냈다. 옮긴이 fucking busy를 거꾸로 하면 busy fucking 다시 말해 성행위를 하느라 바쁘다는 의미가 된다

보통은 전보로 욕설을 보낼 수 없고, 당시에는 전보 내용을 우체국 직원에게 구술해야 했기 때문에, 이런 일이 실제로 일어났을 가능성은 매우 희박하다. 따라서 다른 버전이 좀 더 그럴듯하다. 파커의 동료가 "바빠죽겠다fucking busy"라고 불평하자 파커가 "거꾸로겠지"라고 중얼거렸다는 이야기이다. 혹은 모두 지어낸 이야기일 수도 있다. 어쨌든 이 이야기는 명시적으로 드러나지 않은 암묵적인 교차법의 좋은 예이다.

도로시 파커 사례가 실제 있었던 일로 여겨지지 않는 이유 중 하나는 좋은 교차법은 보통 대단히 열심히 생각해야 간신히 만들어지기 때문이다. 따라서 교차법은 재치 있지만 자연스럽지는 않다. 케네디의 취임 연설은 결코 즉흥 연설이 아니었고, 메이 웨스트도 그 유명한 말을 하기 위해서는 아마 꽤 시간을 들여 준비해야 했을 것이다. 교차법은 웅장한 진술이다. 대칭의 승리이자, 타지마할이다. 하지만 교차법에는 더더욱 감지하기 힘든 형식도 있다. 문법적 교차법이 그렇다.

형용사+명사 : 명사+형용사 교차법이다. 밀턴이 「리시다스」 마지막 부분에 썼던 것, 즉 "내일은 새로운 숲과 목초지의 새로움으로Tomorrow to fresh woods and pastures new"라는 표현이 문법적 교차법이다. 옮긴이 fresh woods는 형용사+명사인데, pastures new는 명사+형용사 어순이다 이 '새로운'을 약간 비틀어 끝부분으로 옮긴 다음 대칭을 완성한다.

「왓 어 원더풀 월드What a Wonderful World」라는 노래•의 시작 행 "나는 초록 나무가 보이고, 붉은 장미도 보여요I see trees of green, red roses too"는 **'식물+색 : 색+식물'** 구조로 되어 있다. 주의력이 부족하다면 이 노래를 온종일 읊어대면서도 교차법을 알아채지 못할 수도 있다.

아무도 눈치채지 못하는 대칭을 만들 수 있다. 사람들은 대칭을 알아차리지 못하면서도 듣는 것은 좋아한다. 그리고 왜 좋아하는지 알지 못한다. 이제 케네디의 웅장한 웅변이나 메이 웨스트의 독창성은 자취를 감추고, 존슨 박사의 부드러운 대칭이 등장할 차례이다. 존슨은 「욕망의 공허The Vanity of Human Wishes」에서 "낮에는 장난 춤은 밤에By day the frolic, and the dance by night"라는 문구로 쾌락 추구자들의 세계를 묘사했다. 이 문장은 유쾌한 느낌을 준다. 24시간 춤추고 장난치는 일정이 부러워서가 아니라, 문장이 **'시간+활동 : 활동+시간'**으로 구성되어 있기 때문이다.

코울리지는 「쿠블라 칸Kubla Khan」이라는 시에서 "얼음 동굴이 있는 햇살 가득한 쾌락의 돔sunny pleasure-dome with caves of ice"을 꿈꾸며 이 미묘한 교차법을 사용했다. 옮긴이 온도+장소 : 장소+온도의 교차 구성이다 사실 이 시에는 가장 희귀하고 미묘하며 기묘한 종류의 교차법이 담겨 있다. 그것은 히말라야산맥에 출몰한다는 흉측한 눈사람 예티만큼이나 발견하기 어렵고, 따라서 연구하기도 어려운 교차법 중 하나로, 그 위대한 오프닝 라인에 등장한다.

• 밥 틸레Bob Thiele와 조지 데이비드 와이스George David Weiss 작사/작곡, 1967년 출시. 옮긴이 루이 암스트롱이 불렀다

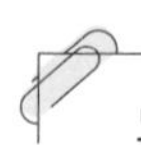

도원경에 쿠블라 칸은…

In Xanadu did Kubla Khan

보이는가? 다시 보라. 아무것도 보이지 않는가? 문법적 대칭이나, 거울처럼 거꾸로 비치는 단어는 아니다. 하지만, 이 시구가 마치 천국의 우유처럼 혀끝을 또르르 굴러가는 데는 다 그만한 이유가 있다. 어떻게, 포기하겠는가?

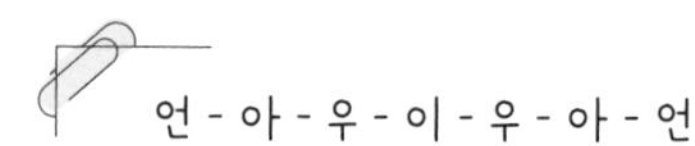

언 - 아 - 우 - 이 - 우 - 아 - 언

In Xanadu did Kubla Khan

모음의 교차법이다. 테니슨은 다음과 같은 문구를 썼다.

구름 깊은 곳의 천둥소리 아래서

Beneath the thunders of the upper deep

옮긴이 테니슨, 「크라켄The Kraken」

이 – 에 – 우 – 에 – 오 – 에 – 우 – 에 – 이

유사 모음의 운, 다시 말해 유운assonance 대칭이다.

25 love, 그리고 prove

유운 Assonance

유운이란 단어의 모음을 반복하는 기교이다. 심부열deep heat 또는 블루문blue moon이 그 사례이다. 유운은 두운의 친척이지만 어설프고 보잘것없다. 영어에 유운이 있긴 하다. 내가 듣기에 웨일스어는 고대 독일어와 히브리어처럼 유운을 많이 활용한다고 한다. 하지만 영어에서는 유운이 있는지 없는지 파악하기가 쉽지 않다. 몇 가지 이유가 있다. 우선, 영어는 모음을 그다지 사용하지 않는 언어이다.

영어 모음 절반은 여러분 생각과는 다르다. 바로 **슈와**schwa (옮긴이 중성모음으로, about의 a나 moment의 e처럼, 강세가 주어지지 않는 모음)이기 때문이다. 진짜 모음은 입의 특정 부위에서 형성된다. '에e'는 앞쪽에서, '이i'는 위쪽, '우:ooo'는 뒤쪽에서 만들어진다. 하지만 슈와는 가운데에서 형성된다.

슈와는 모든 모음과 비슷하게 들리지만 실제로는 모음이 아니다. 모든 진짜 모음 간 게으른 타협의 산물이다. 하지만 우리는 항상 슈와를 사용한다. another는 철자상으로는 An-Oth-Er라고 쓰지만, 실제로는 어-너-더uh-nuh-thuh라고 발음한다. about에서 bout는 분명히 발음할 수 있다. 하지만 첫 모음은 무엇인가? 슈와이다. 그래서 어-바우트가 된다.

이 투박하고 보잘것없는 소리를 나타내는 문자도 있다. 바로 /ə/이다. 이 문자lettə를 사용하다 보면 슈와가 얼마나 보편적ubiquətəs인지 알ideə 수 있다. 영어에서 가장 흔한 모음vowəls은 A나 E 또는 학교에서 배운 어떤 모음이 아니라 바로 슈와이다. 이 사실을 아는 사람peopəl은 많지 않다. 옮긴이 단어마다 슈와 부분을 발음기호로 바꾸었다

유운을 말하면서 이러한 이야기가 중요한 이유는 영어가 모음을 많이 생략하거나, 적어도 모호하게 들리는 모호한 반쪽짜리 모음을 많이 사용하기 때문이다. 게다가 문제가 한 가지 더 있다. 모음은 변한다.

수 세기에 걸쳐, 여러 계급에 걸쳐, 자음은 거의 같게 유지되는 반면, 모음은 마치 미꾸라지처럼 쏙 미끄러져 나가 포착하기 어려운 경향이 있다. 자음이 여전히 그 자리에 있으니, 날말 자체는 여전히 알아볼 수 있다. 중산층 영국인이 점심을 **먹었고**ate, 여왕이 점심을 **먹었고**et, 코크니 거리의 꼬마가 점심을 **먹었다**ite. 사정이 이렇다 보니 아무도 셰익스피어가 모음을 어떻게 발음했는지 완벽히 확신하지 못한다. 셰익스피어는 '사랑love'을 'prove'와 각운을 맞추는 습관이 있었다. 셰익스피어가 prove를 '프러브'로 발음했기 때문일 수도 있고, 또는 사랑을 '루브'로 발음했기 때문일 수도 있다. 만약 그렇다면 "음악이 사랑의 양식이라면, 계속

연주하라If music be the food of love, play on"라는 표현에는 **뮤즈**muse, **푸드**fude, **루브**luve 등 유운이 지독히 많은 셈이다. 하지만 셰익스피어 시대에는 녹음기가 없었기 때문에, 우리로서는 알 수 없는 일이다. 이 장에서 내가 하고 싶었던 말은 셰익스피어 작품은 맙소사, 이제는 영원히 사라진 사랑스러운 유운으로 가득했을 수도 있다는 것이다. 예를 들어 'Is this'에는 '이'라는 유운이 있고, 'A dagger that'에는 '아'라는 유운이, 'I see before me'에는 '이:'라는 유운이 있다. 하지만 원본은 이렇지 않았을 수도 있다. 옮긴이 "내 앞에 보이는 이것은 단도인가Is this a dagger that I see before"는 『맥베스』의 대사

유운을 찾았다 해도 우연이 아니라고 확신하기 힘들다. 모음의 소리가 너무 다양하기 때문이다. 테니슨의 위대한 시행을 읊고 싶을 정도이다.

노력하고, 추구하고, 찾고, 포기하지 않는 것

To strive, to seek, to find, and not to yield

옮긴이 시 「율리시스」

…그리고 "세상에, 여기서도 **아이-이:-아이-이**: 네 개 동사가 유운이네"라고 말할 수 있다. 하지만 이는 우연일 수도 있다. 오든W. H. Auden은 '오'의 유운이 좋아서 '모든 시계를 멈춰라Stop all the clocks'라고 썼을까? 아니면 그저 시계 멈추기에 관해 쓰다 보니 그렇게 되었을까? 딜런 토머스가 죽어가는dying 빛light을 보며 분노했을 때, 아마도 그는 유운보다는 빛이 죽는 것을 원하지 않아서 이 구절을 썼을 것이다. 옮긴이 「순순히 어두운 밤을 받아들이지 마세요」를 말한다

유운으로 유명해졌다고 내가 확신하는 유일한 구절은 바로 이 구

절밖에 없다.

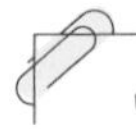

나는 고대의 땅에서 온 여행자를 만났다.

I met a traveller from <u>an</u> <u>an</u>tique l<u>an</u>d

옮긴이 퍼시 비시 셸리Percy Bysshe Shelly의 시 「오지만디아스Ozymandias」

'언'이 연달아 세 번 등장하는데, '고대의antique'라는 잘 사용하지 않는 단어의 등장은 이 표현이 얼마나 공을 많이 들인 의도적 표현인지를 보여준다. 하지만 아무리 많은 검색을 해도, 이 이상의 유운은 찾기 힘들었다. 두운과는 사정이 다르다.

속담과 고사성어는 약간의 유운이 중요하다고 확신할 수 있는 유일한 분야이다. 높이를 묘사하면서 왜 구름이 아닌 연처럼 높다고 하는가? 옮긴이 as high as a cloud가 아니라 as high as a kite가 올바른 표현인 이유는 당연히 유운 때문이다 '대단히 행복하다'라고 할 때, 왜 피터가 아니라 래리처럼 행복하다고 하는가? 옮긴이 as happy as Peter는 유운이 안 맞고, as happy as Larry는 유운이 맞는다 "어떻게 지내세요, 갈색 소?How now, brown cow?"라고? 옮긴이 발성 연습으로 흔히 해보는 말

한 땀의 바느질로 굳이 '아홉 번'의 바느질을 절약할 수 있는a stitch in time saves nine 유일한 이유는 유운 때문이다. 옮긴이 time타임과 nine나인의 유운 만약 여덟 번이었다면 이 문구는 이미 잊혔을 것이다. 영국 고양이는 목숨 아홉 개nine lives를 가지고 있지만, 독일 고양이는 목숨 여섯 개를 가지고 있다. 독일어로는 유운을 맞추기 위해 sechs leben이라고 쓰기 때문이다. 이때 왜 특정 숫자가 필요한지 궁금할 수 있는데, 모두 열네 번째 규칙 때문이다.

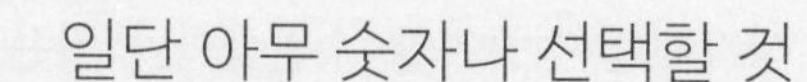

열네 번째 규칙* *The Fourteenth Rule*

13이라는 숫자가 불길하다고 생각하는 사람들이 더러 있다. 그 이유는 분명치 않다. 예수 최후의 만찬에 참석한 열세 명, 교수대로 향하는 열세 개의 계단 등 온갖 설명이 제시되었지만 모두 말도 안 되는 이야기로 보인다. 7이 행운의 숫자라고 믿거나 삶, 우주, 그리고 모든 것에 대한 답이 42라고 믿는 것이나 마찬가지이다. 옮긴이 『은하수를 여행하는 히치하이커들을 위한 안내서』에 나오는 숫자로, 의미 없는 답변을 가리키는 표현이다

숫자에 어떤 특별한 의미가 있을 수 있다는 생각을 수비학数秘學

---

* 이 규칙은 고전 수사학에 포함되지 않은 유일한 규칙인데 내가 포함한 것이다.

numerology이라 한다. 수비학은 문화와 역사의 특정 시기, 또 이를 생각해낸 점술가들 수만큼이나 많은 체계가 존재한다. 공정하게 말하자면, 이들 모두 멍청이라고 치부해버릴 수는 없다. 가령 피타고라스Pythagoras는 영리한 사람이긴 했지만, 수비학에 빠져 홀수가 남성적이고 짝수는 여성적이라고 믿기도 했다. 하지만 처음부터 수비학이 말도 안 된다고 하며 지레 흥을 깨버리는 회의론자가 될 필요는 없다.

누가 보더라도 말도 안 되는 이야기가 이렇듯 인기가 있다는 사실은 수비학이 우리 내면 깊이 있는 뭔가를 제대로 건드려 호소력을 발휘한다는 것을 보여준다. 서양에서는 7을 행운의 숫자라고 생각하는 반면 중국에서는 8을 행운의 숫자로 받아들이는 현상을 보면, 수비학은 엉망인 체계이지만 적어도 전 세계적으로 인기가 있다는 사실은 입증이 된다. 원래 숫자는 신비롭고 중요한 느낌을 준다. 따라서 신비롭고 의미 있는 느낌을 주려면 그저 아무 숫자나 선택해서 말하면 된다.

「창백한 하얀 그림자A Whiter Shade of Pale」를 들으며 왜 신녀가 열여섯 명인지 궁금해하지 않으면 정말 무신경한 사람일 것이다. 옮긴이 프로콜 하럼Procol Harum의 노래 뭐라고? 그 숫자는 무슨 의미야? 왜 열여섯일까? 이유가 뭘까? 물론 이유는 없고, 진실은 분명히 보인다. 신비로운 느낌이 든다는 것. 열여섯이 아니라 그저 여러 명의 신녀였다면 기억에 남지 않았을 것이다.

민요와 동화에는 이렇게 기묘하게 의미심장한 숫자가 가득하다. 파이에 구워진 검은 새는 스물네 마리four-and-twenty blackbirds baked in the pie, 옮긴이 영국 동요 「6펜스의 노래Sing a Song of Sixpence」 눈먼 쥐는 세 마리three blind mice, 옮긴이 영국 동요 죽은 사람 가슴에는 열다섯 명의 남자fifteen men on a dead man's chest (옮긴이: 로버트 루이스 스티븐슨Robert Louis Stevenson의 소설 『보물섬Treasure Island』에 등장하는 해적들의 노래)가 있어야 하는데, 그 숫자를 '여럿'이나 '많은'으로 바꾸면, 뭔가 의미심장한 느낌, 뭔가 오래되고 신비로운 느낌이 사라져버리기 때문이다.

코울리지는 숫자의 힘을 잘 알고 있었다. 『노수부의 노래』가 대표적인 예이다. 이 시는 숫자를 나열하는 연습처럼 들릴 지경이다. 두 번째 행부터 숫자가 들리기 시작한다.

> 노수부가 있었다.
> 그는 세 명 중 하나를 멈춰 세웠다.
>
> It is an ancient Mariner,
> An he stoppeth one of three.

왜 하필 셋일까? 기독교 삼위일체를 상징하는 것일까? 숫자에 특별한 의미가 없는 것일 수도 있다. 코울리지는 여기서 멈추지 않는다. 배에는 사람이 그냥 많은 것이 아니라

> 살아있는 남자 50명의 4배가 있었다.
> Four times fifty living men

이들은 창백한 여인이 '휘파람을 세 번 불면' 죽을 운명의 사람들이었다. 하지만 이 일도 그냥 몇 주 후에 일어날 일이 아니었다. 이 일은…

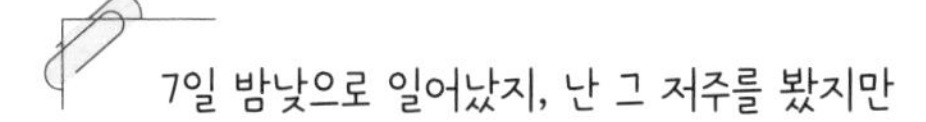

> 7일 밤낮으로 일어났지, 난 그 저주를 봤지만

아직 죽지 않았어.

익사한 지 7일 된 사람처럼
내 몸은 떠다녔다네;

Seven days, seven nights, I saw that curse,
And yet I could not die.

Like one that hath been seven days drowned
My body lay afloat;

알바트로스는 정확히 9일 동안 배와 동행했고, 그 영혼은 배를 따라 '바다 깊은 곳'까지 갔다. 하지만 코울리지는 이를 대부분 시인처럼 'deep in the sea'가 아니라 '아홉 길 깊이nine fathoms deep'라고 표현했다. 옮긴이 『노수부의 노래』에서 노수부는 길조의 상징인 알바트로스를 죽여, 선원들이 모두 죽는 상황에서 홀로 죽지 못하는 저주를 받고, 방랑하며 자기 이야기를 들려준다

이런 기교를 이용한 다른 작가는 101명이 있다. 톨킨의 『반지의 제왕』에는 아홉 명의 반지 악령Nazgûl이 등장하고, 아라비아의 로렌스 자서전 제목은 『지혜의 일곱 기둥Seven Pillars of Wisdom』이었다.• 러디어드 키플링Rudyard Kipling은 이렇게 말했다.

…내 토템이 부끄러움을 보더니 산등성이 신전에서부터 달려왔다,
그리고 밤에 환상을 통해 이렇게 말씀하셨다.
"부족의 집을 짓는 방법에는 아흔여섯 가지가 있으며,
그 모든 것이 옳다!"

• 이 말은 『성경』의 「잠언」 9장 1절에서 따온 말이지만, 요지는 변함이 없다.

하지만 가장 많은 숫자를 나열한 사람을 꼽으라면 단연 밥 딜런일 것이다. 밥 딜런은 워낙 많은 포크송을 쓰다 보니, 자연스럽게 민속적인 숫자 개념이 노래에 많이 들어갔고, 그러다 보니, 그의 노래 어디서나 숫자를 볼 수 있다. 슬픈 숲sad forest 앞에는 7이 들어가고, 옮긴이 「어 하드 레인스 에이 고나 폴A Hard Rain's A-Gonna Fall」에 I've stepped in the middle of seven sad forests라는 표현이 나온다. 이는 두운의 예이기도 하다 야생마 앞에는 6이, 옮긴이 「욘더 컴스 신Yonder Comes Sin」 저글러 앞에는 15가, 옮긴이 「오비어슬리 파이브 빌리버스Obviously Five Believers」 신자 앞에는 5 옮긴이 역시 「오비어슬리 파이브 빌리버스」 등 곳곳에 숫자가 들어간다. 「포스 타임 어라운드Fourth Time Around」라는 곡도 있다. 이 외에도 「러브 마이너스 제로Love Minus Zero」를 포함해 최소 573개 예가 있다. '러브 마이너스 제로'는 오어법catachresis의 예이다.

충격적으로 틀려서
오히려 옳은

오어법 *Catachresis*

오어법誤語法은 정의하기 어렵지만, 본질상 문장이 충격적으로 틀려서 오히려 옳은 표현이다. 오어법은 '퍽!' 하는 일격이다. 속옷 속에 넣은 얼음덩어리이다. 오어법은 충격이다! 안타깝게도 가장 유명한 예는 알아보기가 아주 힘들다.

아무리 용감한 아들이라도 어머니와 대화를 나눠야 하는 끔찍하면서 두려운 일을 마주하게 되면 기가 죽을 수 있다. 말 잘 듣는 아들은 똑바른 자세를 유지해야지 구부정한 자세를 취하거나 욕을 해선 안 된다. 햄릿의 경우에는 늙은 꼰대 어미를 죽여선 안 된다. 그래서 햄릿은 스스로 이를 상기시키는 격려의 말을 자신에게 건넨다.

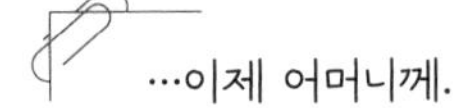

…이제 어머니께.

오 마음아, 네 본성을 잃지 말고; 절대로

네로의 영혼이 이 굳건한 가슴에 들어가지 않게 하라:

잔인하게, 그러나 부자연스럽지 않게 하라:

나는 어머니에게 **단검을 말하되**, 쓰지는 않으리라.

…now to my mother.

O heart, lose not thy nature; let not ever

The soul of Nero enter this firm bosom:

Let me be cruel, not unnatural:

I will **speak daggers** to her, but use none.

네로 황제는 자신의 어머니를 죽이는 등 무분별한 행동으로 악명이 높았다. 반면 햄릿의 말은 어버이날 카드에 써도 손색이 없을 것 같다. 하지만 여기서 중요한 문구는 "나는 단검을 말하리라"라는 오어법이다. 잠깐 멈춰 생각해보면 이 문장은 말이 되지 않는다. 단검을 말할 수는 없으니까.●

말한다는 표현 뒤에는 온갖 부사가 올 수 있다. 큰소리로, 부드럽게, 점진적으로, 민주적으로, 맛있게 말할 수 있다. 명사 몇 개도 말할 수 있다. 영어도 진실도 명사이니 진실을 말하거나 영어를 말할 수 있다고 표현하면 된다. 또는 단검처럼 날카롭게 혹은 잔인하게 말할 수도 있다. 하지만 **단검을 말할 수는 없다**. 수류

● 셰익스피어는 『헛소동Much Ado About Nothing』에서 처음 시도했던 기교를 여기에 재활용하고 있다. 『헛소동』에서는 베네딕트가 베아트리체에게 "단검을 말하니, 한마디 한마디가 찌른다speaks poinards, and every word stabs"라고 말한다.

탄이나 총알, 총을 말한다고 할 수 없는 것이나 마찬가지이다. 그런데 바로 그런 이유로 이 표현은 자리를 딱 잡았다. '단검을 말하기'란 너무도 드문 표현이기에 오히려 언어 일부가 된 것이다. 그리고 이제는 아예 흔한 표현이 되었다. 200여 년이 지난 후에 **'칼날처럼 노려본다**looking daggers'라는 표현이 나왔다. 옮긴이 1834년 찰스 디킨스의 소설 『니콜라스 니클비The Life and Adventures of Nicholas Nickleby』에 등장하는 표현이다 이제 사람들은 이 표현이 틀린 줄도 모르고 그냥 쓴다. 충격을 주며 시작하는 모든 것들의 운명이란 이렇게 정해져 있다. 처음엔 충격을 주고, 주목받고, 기억되지만, 기억된 것은 너무 익숙해져 더는 주목받지도 못하고, 충격을 주지도 못하게 된다. **앙팡 테리블은 이렇게 사라지기 마련이다**Sic transit l'enfant terrible d'antan. 옮긴이 앙팡 테리블은 프랑스어로 '무서운 아이들'이라는 뜻으로 예술, 문화, 엔터테인먼트 분야에서 뛰어난 재능을 보이는 동시에 불쾌하고 난감한 행동을 하는 사람을 가리키는 표현이다. 사회에 철저한 무관심으로 일관하며 스스로 만들어놓은 세계의 규칙과 자기 안으로 침잠해 들어가는 인물들을 그린 장 콕토 소설 『앙팡 테리블』에서 유래했다

루이스 캐럴과 그의 위대한 오어법도 마찬가지 신세였다. 앨리스는 '나를 마셔'라고 적힌 음료를 마시고 작아진다. 그런 다음 '나를 먹어'라고 적힌 케이크를 먹으면 몸이 커진다. 그러자

> "궁금해지고, 점점 더 궁금해지네요curiouser and curiouser!" 옮긴이 문법적으로는 more curious가 옳다 앨리스는 소리쳤다(그녀는 너무 놀라서 잠시 영어 문법을 잊어버렸다).

하지만 이제 『옥스퍼드 영어 사전』에는 'curious'라는 항목 아래 16세기 버전이라며 'curiouser and curiouser'라는 하위항목이 있고, 루이스 캐럴을 이걸 인용한 첫 번째 사람으로 밝히고 있다.

오어법은 참신함과 흡수의 사이클을 그리며 지속되고 있다. "선더버드가 간다Thunderbirds are go"가 왜 이런 형태인지 문법적으로 설명하기는 어렵다. 옮긴이 1960년대 영국에서 방영된 애니메이션 하지만 문법에 맞춰 "Thunderbirds are going"이라고 했다면 이 애니메이션이 과연 그만큼 인기가 있었을까 의심스럽다. go라니…. 마치 첫사랑처럼 가슴에 와닿는 이 낱말 하나가 40년이 지난 지금도 친숙하게 느껴진다.

작곡가들은 오어법으로 사랑을 표현하길 좋아한다. 예를 들어 레너드 코헨의 「댄스 미 투 디 엔드 오브 러브Dance Me to the End of Love」는 완벽한 오어법이다. 끝난다는 동사 end를 들으면, 공간이나 시간을 나타내는 명사가 뒤에 이어지리라 기대한다. "Dance Me to the End of the Night"나 "Dance Me to the End of the Street"처럼 말이다. 하지만 노래 제목 끝에는 장소나 시간과는 별 상관이 없는 사랑love이라는 낱말이 있다. 옮긴이 사실은 Dance me가 오어법인가에 관한 논란도 있다. dance with me가 옳으므로 오어법이라고 하는 사람도 있지만, 레너드 코헨은 일관성 있게 dance me라고 표현하며 두 사람 사이의 연결과 애정을 강조하고 있으므로, dance는 '춤'의 의미가 아니고 따라서 오어법이 아니라는 의견도 있다 물론 도어스Doors의 "그녀는 러브 스트리트에 산다She lives on Love Street"라는 노랫말처럼 러브가 거리 이름일 수도 있겠지만 말이다. 이 제목도 오어법이다. 옮긴이 물론 Love street가 오어법이다 영국 여성 그룹 바나나라마Bananarama는 「1급 연애Love in the First Degree」, 옮긴이 in the First Degree는 '1급 살인' 같은 표현에서 사용되는 말이다 미국 싱어송라이터 문 마틴Moon Martin은 「널 사랑하는 나쁜 질병A Bad Case of Loving You」, 영국 그룹 KLF는 「사랑은 몇 시인가What Time Is Love」를 불렀다. 오스트레일리아 출신 가수 롤프 해리스는 「타이 미 캥거루 다운, 스포트Tie Me Kangaroo Down, Sport」 옮긴이 캥거루를 묶는다는 의미가 아니라, 어떤 일을 요청하는 표현이다. sport라는 낱말도 '친구' 정도의 의미이다 로 자신만의 오어법을 시도했다. 하지만 가장 아름다운 오어법은 아마도 록시트Roxette가 부른 「잇 머스트 해브 빈 러브It Must Have Been Love」라는 노래의 서두 부분 "내 베개에 속삭여줘Lay a whisper on my pillow"일 것이다. 옮긴이 영화 「귀여운 여인Pretty Woman」의 OST로 유명해진 노래

여러분이 읽다 말고 머리를 긁적이며 '이건 틀렸는걸'이라고 말하다가 이내 갑자기 옳다는 것을 깨닫는 문장은 모두 오어법이다. 17세기 영국 시인 앤드루 마블은 「가든The Garden」이라는 시에서 이렇게 말한다.

> 만들어진 모든 것을 전멸시키다
> 초록빛 그늘에서 초록빛 생각을 향해.
>
> Annihilating all that's made
> To a green thought in a green shade.

또는 현대 토크쇼 호스트가 게스트에게 "버터가 아니라고 믿을 수 없다 좀 드실래요?Would you like some I Can't Believe It's Not Butter?"라고 묻는 것도 마찬가지이다. 옮긴이 I Can't Believe It's Not Butter는 버터 대용품 브랜드이다

"버터가 아니라고 믿을 수 없다 좀 드실래요?Would you like some I Can't Believe It's Not Butter?" 이 문장은 오어법이지만, 곡언법litotes의 예이기도 하다.

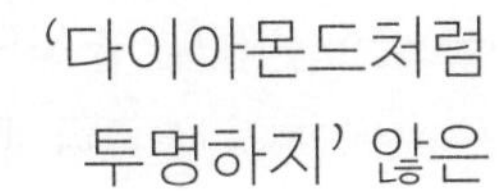

28 '다이아몬드처럼 투명하지' 않은

곡언법 *Litotes*

곡언법曲言法은 뭔가의 반대를 부정함으로써 그것을 긍정하는 기교이다. 어렵지 않다. 매일같이 일어나는 일에 관한 노래를 쓴다고 가정해보자. 매 행을 '늘 그렇듯이'라는 날말로 시작할 수도 있고, 곡언법을 사용하여 '이례적인 일이란 없이'라고 시작할 수도 있다. 곡언법은 부정을 사용한 과소표현understatement의 한 형태이며, 무용하다고 할 수 없다.

과소표현은 까다롭다. 진실을 알고 있어야만 효과가 있기 때문이다. 프란츠 리스트가 자신이 피아노를 좀 친다고 말한다면 그것이 바로 과소표현이다. 내가 같은 문장을 말한다면 사실일 것이다. 따라서 어떤 의미에서 과소표현을 말하는 사람은 말하기 이전에 자신이 무슨 말을 하는지 알고 있어야 한다. 혹은 최소한 듣는 사람이 듣는 즉시 이해할 수 있어야 한다. 19세기 아일랜드 시인 찰스 울프Charles Wolfe의 「코루냐에서 열린 존 무어 경의 장례The Burial of Sir John Moore at Corunna」는 다음과 같이 시작한다.

> 북소리도 장송곡도 들리지 않았고,
> 우리는 그의 시신을 들고 서둘러 성곽으로 향했다.
>
> Not a drum was heard, not a funeral note,
> As his corpse to the rampart we hurried.

여기서 독자는 침묵이 있었다는 사실을 포착해내야 한다. 논리학자라면 환호성이나 교통 체증 소리나, 사이렌 등이 울렸을 수도 있다고 말할 수 있겠지만, 그렇게 논리적인 사람은 시와는 어울리지 않는다. 톰 존스Tom Jones가 당신이 다른 누구와 어울려 다니는 것을 보면, 우리는 그가 계속 울음을 멈추지 않으리라는 점을 알아차린다. 옮긴이 문학이 아닌 논리학에 불필요한 관심을 보이지 말라는 뜻으로 끌어들인 이야기. 톰 존스는 미국 가수로 그의 노래 「이츠 낫 언유주얼It's Not Unusual」에 "그는 울음을 멈추지 않는다he cries and cries"라는 구절이 있다

곡언법을 알아볼 때는 대체로 맥락이 도움이 된다. 남극 탐험가는 남극이 '덥지 않다'라며 온종일 서로 농담을 주고받을 수 있다(탐험 시즌 동안 남극에서 그런 농담을 주고받는 그 하루가 4개월이라는 사실도 기억하라). 아니면 보편적으로 인정받는 것을 참조할 수도 있다. 예를 들어 "빌 게이츠는 돈이 부족하지 않다"라는 곡언법이 그렇다. 하지만 맥락이 도움이 되지 않을 때도 있다. 1945년 8월 15일, 히로히토 천황은 대국민 담화를 발표했다. 천황의 라디오 연설은

그때가 처음이었기 때문에, 일본인들은 무언가 심각한 일이 일어났다는 것은 알 수 있었다. 게다가 원자폭탄 두 발이 막 투하된 직후였다. 히로히토는 청취자들에게 "전황이 반드시 일본에 유리하게 전개되지는 않았다"라고 말했다. 이는 인류역사상 가장 극단적인 곡언법 예라고 할 수 있다. 문제는 충분하게 명확하지 않았다는 점이다. 많은 청중은 천황 담화가 끝난 후 아나운서가 일본이 연합군에 항복했다고 설명하고 나서야 히로히토가 무슨 말을 했는지 깨달을 수 있었다.

곡언법을 사용하려면 청중을 잘 알아야 하고, 되도록 청중과 같은 장소에 있어야 한다. 인도 황후(그리고 영국과 아일랜드의 여왕)는 곡언법을 시도하면서 사람들을 코앞에 두고 인정사정없이 쏘아붙였다.

> 그녀[빅토리아 여왕]의 발언은 사태를 명확하게 할 뿐 아니라 주변을 싸늘히 얼어붙게 만들 수 있었다. 윈저에서 저녁 식사를 하는 동안 분위기를 파악하지 못한 한 시종무관이 스캔들이나 그와 관련된 부적절한 이야기를 들려주었다. 그가 이야기를 마치자마자, 여왕은 "재미있지 않아요"라고 말했다.

곡언법은 복잡한 야수와 같다. 이중부정과 밀접한 관련이 있지만, 완전히 갈지는 않다. "들추어보지 않은 돌이 없게 한다Leaving no stone unturned"라는 표현은 곡언법이 아니다. 옮긴이 no와 unturned가 이중부정을 만든다. 샅샅이 조사한다는 의미이다 셰익스피어가 『폭풍우』에서 "나는 그가 익사하지 않았으면 하는 희망이 전혀 없다I have no hope that he's undrowned"라고 썼을 때, 그것은 과소표현이 아니었기 때문에, 곡언법이 아니었고, 따라서 혼란만 안겨줄 뿐이었다. 곡언법은 부정을 이용하는 특별한 종류의 과소표현이다. 그리고 과소표현은 일종의 아이러니이다.

아이러니는 통념과 달리 사람들을 하나로 모으는 묘한 구석이 있다. 아이러니는 양 당사자 모두 진실이 아니라는 것을 알고 있는 거짓, 진실이 아니라는 데 동의하는 거짓이다.● 낯선 두 사람이 쏟아지는 빗속에서 만나 한 사람이 다른 사람에게 "날씨 한번 끝내주네요"라고 말할 때, 그는 두 사람이 공통으로 알고 있는, 두 사람 모두 인정하는 진실 하나에 호소하고 있다. 부부가 격렬하게 다투면서 한 사람이 상대방에게 비꼬듯이 "오, 당신은 바람 안 피우는 데는 도가 튼 사람이니까"라고 하는 말 역시 공유된 지식에 호소하는 것이다.

아이러니가 발생하려면 항상 사람들 사이에 공통점이 있어야 하며, 곡언법도 마찬가지이다. 따라서 곡언법은 사교적인 수사법이다. 곡언법은 전쟁을 끝내고, 장군을 묻고, 귀족을 짓밟을 때도 사용할 수 있지만, 보통은 친구들 사이에서 흔히 통용된다. 곡언법은 신사적인 수사, 문명화된 수사, 유쾌한 수사이다. 상냥하게 미소를 지으면서 눈살 찌푸리는 질책을 할 때 흔히 등장하는 수사이다.

"네가 옛날 그 버티가 아니면 내 손에 장을 지진다. 잘 지내냐?"
("와 버티 아냐? 어때 잘 지내?")

● 여기서 극적 아이러니dramatic irony, 미래예시적 아이러니proleptic irony, 상황 아이러니situational irony는 제외한다.

"뭐, 불평하면 안 되지, 친구. 어쩌겠어, 그냥 대충 살아야지."
("나쁘지 않아, 친구, 괜찮아.")
"너보고 술 한잔하자고 꼬드기면 끔찍한 잘못일까?
("술 한잔할까?")
"감히 어떻게 거절하겠어."
("거절할 수 없지.")

'Well I'll be damned if it isn't old Bertie. How are you?'
'Can't complain, old boy, can't complain.'
'Would it be awfully wrong to tempt you with a drink?'
'I wouldn't say no'

옮긴이 P. G. 우드하우스Woodhouse, 『지브스와 봉건적 사고방식Jeeves and the Feudal Spirit』에 나오는 대사, I'll be dammed if it isn't old Bertie를 직역하면, "네가 버티가 아니라면 나는 저주받을 거야"이지만, 이렇게 해석하는 사람은 없다. 따라서 직역 아래 괄호 안에 의역해놓았다.

곡언법을 전혀 좋아하지 않는 사람들도 있다. 그럴만한 이유가 없는 것은 아니다. 조지 오웰George Orwell은 진부한 은유와 명확하지 않은 언어, 그의 말로는 '다이아몬드처럼 투명하지' 않은 언어를 공격하는 긴 평론을 쓴 적이 있다. 그의 일반적인 이론에 따르면 불명확한 언어는 불명확한 생각을 반영하며, 나쁜 정치인들이 인민을 억압하는 데 바로 이러한 언어를 사용한다는 것이었다. 따라서 곡언법은 독재자들의 하수인인 셈이다.

조지 오웰은 "'이중부정not un-'의 형태를 우스꽝스럽게 만들어 아예 존재하지 못하게 해버릴 수도 있어야 한다"라고 생각했다. 그는 모든 작가에게 다음과 같은 터무니없는 문장을 암기하라고 조언했다. **"검지 않지 않은 개가 초록이지 않지 않은 들판을 가로질러**

작지 않지 않은 토끼를 쫓고 있다A **not un**black dog was chasing a **not un**small rabbit across a **not un**green field"라는 문장이다. 옮긴이 단어마다 이중부정not un-이 들어 있어 우스꽝스러워 보인다 하지만 작가들은 이 문장을 외우지 않았고, 곡언법은 별 탈 없이 지속되는 듯 보였다. 급기야 그 평판은 잔인한 독재자 존 메이저John Major에 의해 거의 망가지고 말았지만 말이다.

영국 의회 회의록인 『핸사드Hansard』에는 존 메이저 총리가 '적지 않은not inconsiderable'이라는 말을 한 적이 있다는 기록이 전혀 없다.● 그런데도 이 말은 그의 대표적인 표현이 되었다. 오늘날 저널리스트라면 20세기 두 번째로 오래 재임한 이 영국 총리를 언급할 때 누구나 이 이중부정 문구를 인용한다. 그가 실제로 즐겨 말하지는 않았지만, 이 문구는 대중이 메이저 총리 약점이라 생각하는 특징을 잘 요약하는 말처럼 보였나 보다. 마거릿 대처는 '크다big', 처칠은 '거대하다vast'라는 표현을 자신의 트레이드마크로 삼을 때, 메이저는 쓸데없는 이중부정 어구나 내뱉고 있었던 셈이다. 웅변은 어디로 갔는가? 카리스마는 어디 갔는가? 왜 메이저는 그저 '상당한considerable'이라는 표현을 쓰지 않았을까? 근거도 없는 비방에 가까운 비판이지만, 어쨌든 그 비판은 단단히 뿌리를 내리고 말았다.

곡언법은 웅장한 효과를 내고 싶을 때 쓸 만한 최상의 수사법

● 메이저가 1992년 연설에서 "물론 『프라이빗아이Private Eye』나 「가디언Guardian」에서 보도한 것처럼 지금은 '유럽에 관한 관심이 적지 않은' 시기이다"라고 말했던 단 한 번을 제외하고는, 다른 어떤 맥락에서도 이 표현을 실제로 사용했다는 근거를 찾을 수 없었다. 물론 하지 않았다는 것을 입증하기란 쉽지 않다.

은 아니다. 곡언법은 영혼을 뒤흔들어놓지stir 못한다. 그저 마실 차를 휘젓는stir 데나 적합하다. 워즈워스조차 성공하지 못했다. 그는 영혼과 정신을 고양하는 데는 정말 능숙했지만damned good, '드물지 않게not seldom'라는 표현을 즐겨 사용하는 어리석은 버릇이 있었다. "드물지 않게, 빛나는 조끼를 입고, / 기만적으로 아침이 나간다Not seldom, clad in radiant vest, / Deceitfully goes forth the Morn", 옮긴이 『소네트Sonnet』 "드물지 않게 소란스러움에서 나는 물러났다Not seldom from the uproar I retired", 옮긴이 『서곡The Prelude』 "드물지 않게 가끔 걸음을 멈추었다 / 민들레 홀씨를 보려고", 옮긴이 Not seldom did we stop to watch some tuft / Of dandelion seed, 「호두캐기Nutting」 "드물지 않게 산책하다 보면 / 순간 무아지경에 빠지기도 했다not seldom in my walks / A momentary trance comes over me" 옮긴이 「틴턴 사원Lines Composed a Few Miles Above Tintern Abbey」 등등…. 그를 붙잡아 정신 차리라며 뺨을 때린 다음 사전을 꺼내 '종종often'이라는 단어를 보여주고 싶은 마음이 굴뚝 같다.

결국 오웰의 말이 틀린 건 아니었지만, 그렇다고 그의 말이 옳았다고 할 수도 없다. 곡언법은 정치는 물론 목가적인 시에서조차 설 자리가 없기 때문이다. 곡언법은 연단에 서 있을 때건 산꼭대기에서 울부짖을 때건 그리 적절히 쓸 만한 기교가 아니다. 차라리 거실이나 욕조에 훨씬 더 어울린다. 『지브스와 봉건정신』의 등장인물 버티 우스터Bertie Wooster나 사용해야 할 그런 수사법이다. 실제로 버티 우스터가 사용하기도 했다.

욕조에 앉아 명상에 잠긴 발에 비누칠하며 노래를 한다. 기억이 맞는다면 노래 제목은 「샬리마르 옆에서 내가 사랑했던 창백한 두 손」인데, 기분이 째졌다boomps-a-daisy 옮긴이 boomps-a-daisy는 원래 두 사람이 엉덩이나 몸통을 부딪

치며 추는 춤으로 여기서는 기쁨의 표현을 의미하는 곡언법으로 사용되고 있다 고 말하는 것은 대중을 기만하는 것이겠죠.•

여기서 "샬리마르 옆에서 내가 사랑했던 창백한 두 손Pale Hands I Loved Beside the Shalimar" 옮긴이 A. E. 하우스먼A. E. Housman의 시 「카슈미르의 노래 Kashmiri Song」는 제유의 예이다. 옮긴이 대상의 일부로 전체를 표현하는 수사법이 제유이므로, '창백한 두 손'이 특정 사람을 대표하는 문구라는 점에서 제유이다

• P. G. 우드하우스, 『지브스와 봉건 정신』, 1954년

신체 부위를 클로즈업하기

환유와 제유 *Metonymy and Synecdoche*

은유와 직유는 누구나 알지만, 환유換喩와 제유提喩는 그렇지 않다. 은유와 직유는 두 가지 사물에 두어 가지 공통점이 있다고 말한다. 일반적으로 두 가지 이상이어야 한다. 하나는 자명한 것이고 다른 하나는 강하게 암시하는 것이다. 남자가 사랑하는 여자에게 그녀의 눈이 에메랄드처럼 초록색이라고 말했다고 가정해보자. 그녀는 아마 이 말을 칭찬으로 받아들일 것이다. 에메랄드가 초록색이기 때문이 아니라 귀하기 때문이다. 남자가 여자에게 눈이 곰팡이처럼 초록색이라고 말하면 뺨을 맞을 것이다. 부정확한 표현을 해서가 아니라, 항상 두 번째 암시적인 비교가 중요하기 때문이다. 맥주병처럼 초록색이라면 술에 취한 상태를 암시하고, 신호등처럼 초록색이면 체포

될 수도 있다. 옮긴이 녹색은 대단한 분노, 또는 불안을 가리키는 색이다 "당신의 마음은 얼음 같습니다"와 "당신의 마음은 아이스크림 같습니다"는 온도는 비슷하겠지만 완전히 다른 느낌을 준다.

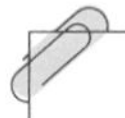

나는 구름처럼 외롭게 떠돌아다녔다 …

I wandered lonely as a cloud…

옮긴이 워즈워스의 시, 「나는 구름처럼 외롭게 떠돌아다녔다 I Wandered Lonely As a Cloud」

구름은 외롭지 않다. 특히 워즈워스가 이 시를 쓴 호숫가 지방인 레이크 디스트릭트Lake District에서는 더더욱 외롭지 않다. 레이크 디스트릭트의 구름은 놀라울 정도로 사교적인 존재여서, 친구와 친척을 데려와 몇 주 동안 머물기도 한다. 하지만 누구도 이 비유가 잘못된 것임을 깨닫지 못한다. 우리 마음은 항상 구름이 외롭게 떠돌아다닌다는 두 번째 연결로 건너뛰어 버리기 때문이다. 내가 하고픈 말은 워즈워스가 기상학**mete**ology을 몰랐다는 것이 아니라 은유**meta**phor를 잘 알고 있었다는 것이다. 옮긴이 두운

워즈워스가 영국 산골에서 소풍에 관한 시를 쓰던 해(1804)에 윌리엄 블레이크 역시 영국 산골 하이킹에 관한 시를 쓰고 있었다. 옮긴이 등위구문 하지만 블레이크 시는 조금 다르다. 우선 그의 시는 예수가 20대를 영국에서 보냈다는 중세 시대 전설을 내용으로 삼고 있다. 증거라고는 전혀 없었고, 역사가들이 알고 있는 한, 당시의 영국 관광 산업은 처참할 정도로 낙후되어 있었다. 블레이크 자신이 생각해도 이 전설은 말도 안 되는 이야기였기 때문에 그는 자기 생각을 명확하게 표현하는 대신 모든 것을 질문으로 표현하기로 했다. 또 다른 차이가 있다면 블레이크는 은유

대신 환유를, 좀 더 정확하게는 제유를 사용했다는 점이다.

은유는 두 사물 속성이 비슷해서 연결되는 경우이지만, 환유는 두 사물이 물리적으로 관련이 있어서 연결되는 경우이다. 플릿 스트리트Fleet Street 옮긴이 영국 언론계를 가리키는 환유가 가장 좋아하는 수사학적 기교이다. 다음 뉴스 보도를 보라. 환유가 그득하다.

어젯밤 **다우닝가**는 **백악관**이 **월가**의 지원을 받아 **영국 왕실**을 공격할 계획이라는 소식에 분노를 감추지 못했습니다. **총리실**은 '허용할 수 없다'라고 말했고, **바티칸**은 개입하지 않겠다고 선을 그었습니다. 한편 **군 최고 수뇌부**는 정규군을 예상했던 미국인들을 혼란스럽게 할 **특수부대**를 투입하라는 명령을 받았습니다.

Downing Street was left red-faced last night at news that the **White House** was planning to attack the **British Crown** with the support of **Wall Street. Number 10** said it was 'unacceptable' though the **Vatican** refused to get involved. Meanwhile, the army's **top brass** have been ordered to send in the **Green Jackets**, which will confuse the Americans as they were expecting the **Redcoats**.

환유는 사람을 나타낼 때 사람 대신 사람이 신체적으로 접촉하는 것을 언급하는 비유법이다. 옮긴이 Crown은 왕관이지만, 왕실을 나타낸다 사람이나 조직은 더는 사람이나 조직이 아니다. 옷이 되고, 제복이 되며, 옮긴이 Redcoats는 영국 정규군, Green Jacket은 영국 특수부대 건물이 되고, 옮긴이 다우닝가 10번지는 영국 총리 관저, 백악관은 미국 대통령 관저, 월가는 미국 금융가, 바티칸은 교황청 모자나 가슴에 붙어 있는 계급장 옮긴이 top brass는 최고의 계급장이면서 군 최고 수뇌부를 가리킨다이 된다. 여성은 정장suit(직장인)이거나, 파란 스타킹 blue-stocking, 옮긴이 여성 문인이나 문학 애호가를 가리키는 말 혹은 치마 쪼가리a bit of skirt 옮긴이 젊고 매력적인 여성에 대한 비하적 표현. 옷에 따라 직업과 성별을 분류하고 비하하는 의도가 담겨 있는 표현들이다 이다. 환유의 극단적인 형태는 사람이 그의 신체 부위 중 하나가 되는 제유이다. 나는 내 발, 입술 또는 간이다.

자선 공연charity theatre matin⊠e 옮긴이 수익금의 일부 또는 전액을 자선단체에 기부하는 공연을 통해 기근을 완화하려는 정부에 온통 시선이 쏠렸습니다. 정부 대변인은 충분히 많은 관객만 유치할 수 있다면 모든 배고픈 입mouth 옮긴이 사람을 먹일 수 있지만, 그러려면 모두 손을 모아야hands on deck 옮긴이 협력하여야 사람들의 발을 땅에 굳건히 딛게 만들 수 있을 것이라고getting feet on the ground 옮긴이 어려운 상황을 안정할 수 있으리라고 말했습니다. 정부는 최고 두뇌brain 옮긴이 머리 좋은 사람들이 이 문제를 해결하기 위해 노력하고 있으며, 운이 좋으면gate from a full house 옮긴이 카드 게임에서 좋은 패가 들어오면 풀하우스를 만들 수 있다는 의미에서 '운이 좋으면' 소 백 마리도 살 수 있다고 말했습니다.

그렇다면 이 기교를 산책하러 나가는 예수에 관한 시에 어떻게 적용할 수 있을까?

그리고 그 옛날 그 발은
잉글랜드의 푸른 산 위를 걸었나요? […]
그리고 그 신성한 얼굴은
구름 낀 언덕을 밝혀주었나요?

And did those feet in ancient time
Walk upon England's mountains green? […]

And did the countenance divine
Shine forth upon our clouded hills?

윌리엄 블레이크는 제유를 사랑했다. 그의 시는 신체 부위들로 가득 차 있다.

어떤 불멸의 손, 어떤 불멸의 눈이
감히 그대의 무시무시한 대칭을 만들었나요?

What immortal hand or eye
Could frame thy fearful symmetry?

또는

그리고 어떤 어깨와 어떤 기술이
그대 심장의 힘줄을 비틀 수 있습니까?
그리고 그 심장이 뛰기 시작했을 때,
어떤 무시무시한 손과 어떤 무시무시한 발이?

And what shoulder and what art
Could twist the sinews of thy heart?
And when that heart began to beat,
What dread hands and what dread feet?

옮긴이 윌리엄 블레이크, 「호랑이」

블레이크의 제유가 강력한 이유는 우리가 묘사된 장면을 엿볼 수 있기 때문이다. 그의 시는 마치 영화 오프닝, 푸른 잔디 위를 걷는 발이나, 한밤중 숲속에서 손이나 눈동자를 클로즈업하는 장면을 보는 것 같은 느낌을 준다. 영화에서는 클로즈업 이후 카메라가 뒤로 빠지며 전체 장면을 보여주지만, 블레이크는 그렇지 않다. 우리는 발과 빛나는 얼굴을 보지만, 그가 카메라를 뒤로 빼면 발과 얼굴은 이제 양 옮긴이 대표적인 기독교 상징으로 바뀌어 있다. 블레이크는 파편들로 작업하므로, 그의 제유를 읽으려면 세상을 모래알 단위로 보아야 한다.

제유는 생생한 느낌을 준다. 클로즈업의 힘이다. 파우스트 박사가 악마에게 영혼을 팔았을 때, 얻은 보상 중 하나는 이제껏 세상에서 가장 아름다운 여인을 보는 것이었다. 바로 트로이의 헬렌이다. 그녀가 자기 앞에 등장하자 파우스트는 묻는다.

이 얼굴이 천 척의 배를 띄우고
일리움(트로이)의 까마득히 높은 탑을 불태운 그 얼굴인가요?

Was this the face that launched a thousand ships
And burnt the topless towers of Ilium?

옮긴이 크리스토퍼 말로Christopher Marlow, 『파우스투스 박사Dr. Faustus』

굳이 이렇게 표현할 필요 없이 아래같이 말할 수도 있었다.

이 여성이 바로 아름다움으로 그리스군이 대규모 해군을 출동시켜 트로이를 포위한 다음 결국 점령해 약탈하고 불태우게 만든 바로 그 여인인가요?

의미는 정확히 같았을 것이다. 하지만 크리스토퍼 말로는 이렇게 쓰지 않았다. 그는 제유 세 개를 사용했다. 헬렌은 그저 얼굴이다. 트로이 전쟁은 천 척의 배가 출항하는 스냅샷 이미지이다. 트로이는 불타는 탑이다. 10년간의 복잡한 전쟁이 선명한 이미지 세 개로 환원되었다. 얼굴, 함대, 불타는 탑.

물론 이 모든 것은 역사적 제유에 의지하고 있다. 역사적 제유의 경우 이야기의 어느 한 부분이 전체를 의미하는 이유는 그 한 부분이 전체를 상징하기 때문이 아니라 그것이 전체 중 일부이기 때문이다. 보스턴 티 파티 사건The Boston Tea Party, 옮긴이 미국혁명 도화선이 된 사건으로 미국혁명을 가리킨다 바스티유 습격the storming of the Bastille, 옮긴이 프랑스의 앙시앙레짐, 즉 구체제 붕괴 및 프랑스혁명을 가리킨다 베를린 장벽 붕괴the Fall of the Berlin Wall 옮긴이 독일 통일 및 냉전체제 붕괴를 가리킨다 는 모두 제유에 해당한다. 이들은 이야기 전체를 서술하는 파편들이다.

요람을 흔드는 손이 세상을 지배하고The hand that rocks the cradle rules the world, 옮긴이 여성이 세상을 지배한다는 의미 올바른 파편이 세상의 함의를 담는다. 그리고 우리는 욕망하는 눈hungry eyes, 배신하는 마음cheating hears, 거짓을 말하는 입술lying lips, 그리고 신뢰를 저버리는 팔faithless arms에 불과하다. 이 표현들은 죄다 전이형용어Transferred epithet이기도 하다.

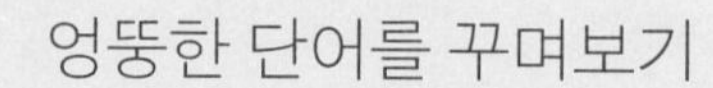

전이형용어 *Transferred Epithets*

전이형용어轉移形容語는 형용사가 엉뚱한 명사를 수식하는 경우를 가리킨다. 예를 들어 "초조한 남자the nervous man가 담배를 피웠다" 대신 "그 남자는 초조한 담배a nervous cigarette를 피웠다"라고 쓰는 것이다. 물론 담배에는 감정이 없지만, 우리는 두 번째 문장 뜻을 곧바로 이해한다. 전이형용어a transferred epithet는 좋은 것a good thing이다. 아니, 좋은 형용어a good epithet는 전이된 것a transferred thing이다. 옮긴이 good이라는 형용사와 transferred라는 형용사 자리를 바꾸었다

얼마나 자주 형용어가 전이되는지, 우리가 얼마나 이걸 무심코 지나치는지 놀라울 지경이다. 장애인 화장실disabled toilet이라는 문구를 보면서 화장실이 어쩌다 장애를 갖게 되었는지 굳이 생각해본 사람

은 아무도 없다. 아마도 물 내림 기능이 태업을 벌였거나 U자형 배관이 의도적으로 물을 막아버렸을 수도 있다. 전이가 눈에 들어오기 시작하면, 상당히 재미있어진다. P. G. 우드하우스는 전이형용어 대가였다. 그의 전이는 너무도 우스꽝스럽다 보니 별 효과를 내지 못할 때도 있었다. "나는 다소 기쁜 담배a rather pleased cigarette에 불을 붙였다", 혹은 "나는 사려 깊은 설탕 한 덩어리a thoughtful lump of sugar를 티스푼에 균형 맞추어 얹었다"는 좀 지나친 정도지만, 내 생각에for my considered money 옮긴이 for my opinion을 뜻하는 for my money 앞에 형용사 considered를 사용한 전이형용어이다 우드하우스 최고의 전이는 "그의 눈이 커졌고 놀란 토스트 조각an astonished piece of toast이 그의 손에서 떨어졌다"라는 표현이다.* 깜짝 놀란 토스트라니, 너무너무 우습기 때문에 듣는 사람들은 모두 깔깔거리게 된다.

그렇지만 전이형용어가 늘 재미난 게임인 것만은 아니다. 진지하게 들어야 할 때도 많다. 윌프레드 오웬Wilfred Owen의 시 「달콤하고 명예로운 일Dulce et Decorum Est」은 겨자 가스 효과에 관한 꽤 암울한 시인데, **'서투른'**이라는 전이형용어가 잘 어울린다.

> 독가스다! 독가스! 빨리, 병사들! — **서투른 헬멧**을
> 늦지 않게 장착하는 황홀경…
>
> Gas! Gas! Quick, boys! – An ecstasy of fumbling,
> Fitting the **clumsy helmets** just in time…

* 더 자세한 분석은 Robert A. Hall, Jr.의 "The Transferred Epithet in P.G. Wodehouse"를 참조하라. Linguistic Inquiry, Vol. 4, No. 1 (Winter, 1973), 92~94쪽.

그리고 전이형용어는 토머스 그레이Thomas Gray의 「만가Elegy」를 정말… 만가답게 느껴지게 한다. 옮긴이 만가는 죽은 사람을 기리는 노래이다

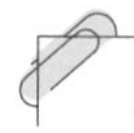

집으로 돌아가는 쟁기꾼은 **지친 길**을 터벅터벅 걸어간다.

The ploughman homeward plods his **weary way**.

옮긴이 토머스 그레이, 「시골 묘지에서 읊은 만가Elegy Written in a Country Churchyard」

농부가 아니라 길이 지쳤다는 관념을 비웃는 사람은 없다. 왠지는 모르지만, 특히 길에 대해서는 이런 형용어구가 꽤 자연스럽게 느껴진다. 우리는 몇 마일이 지칠 수 있고, 도로는 외로울 수 있고, 고속도로는 길을 잃을 수 있다고 생각한다. 각각의 경우에 지쳤다, 외롭다, 방향을 잃었다라는 형용사는 길이 아니라 사람을 묘사하고 있다는 것을 알기 때문이다.

T. S. 엘리엇은 전이형용어에 강박이 있는 시인이었다. 「J. 앨프리드 프루프록의 연가」에서는 단 세 행에서 으슥한 길은 중얼거리고retreats mutter, 밤은 불안하며nights are restless, 호텔은 하룻밤 상대이며hotels are one-night, 레스토랑은 톱밥으로 만들어져 있거나 톱밥을 날린다. 식당은 둘 중 어느 쪽인지 명확하지 않다. 아마도 바닥에 톱밥이 깔려 있을 것 같긴 하지만, 전이형용어의 희한한 점 중 하나는 형용사 수식을 받는 명사를 굳이 언급하지 않아도 된다는 것이다. 추측에 맡기면 된다. 어지러운dizzy 높이라고만 언급하고 지나가도 상상력은 인간이라는 날말을 알아서 공급한다. 옮긴이 인간이 어지럽지, 높이는 어지럽지 않기 때문이다

형용어 전이는 거의 인간과 주변 환경 사이에서 벌어지며, 그

방향은 인간에게서 환경 쪽으로 늘 일방통행이다. 감정은 인간에게서 새어 나온다. 외로움은 내 신발 밑창을 통해 길바닥으로 스며든다. 서투름은 우리 손가락에서 분출되어 반항하는 헬멧으로 들어간다. 워즈워스는 고독한 방lonely room에 관해 썼지만, 욕실 딸린 방을 포함한 3층 사람들third-floor people containing en-suite bathrooms에 관해서는 결코 쓴 적이 없다. 옮긴이 보통 containing en-suite bathroom 앞에는 hotel 같은 게 와서 '욕실 딸린 침실을 포함한 호텔'이라는 뜻이 된다. 여기서는 사물에 인간 감정을 투사해서 형용어 전이를 만들지, 그 역으로 사람한테 사물 특징을 부여하지는 않는다는 점을 강조하기 위해 '욕실 딸린 방을 포함한 사람들'이라는 어색한 표현을 쓴 것이다

전이형용어는 세상에 생기를 불어넣는다. 프루프록의 도시는 불안하게 중얼거리고 그레이의 들판은 나른한 종소리를 낸다. 특히 문장 첫 번째 명사가 없을 때 이런 느낌은 더욱 강화된다. 예를 들어 "긴장한 남자가 담배를 피웠다"라고 말할 수 있다. "그 남자는 긴장한 담배를 피웠다"라고도 말할 수 있다. 하지만 첫 번째 명사인 그 남자를 빼고, "긴장한 담배를 피웠다"라고도 말할 수 있다. 어지러운 높이와 죄책감을 느끼는 비밀은 그대로 좋다. 어차피 인간은 완전히 자취를 감추었으니 됐다. 인간 감정이 담긴 사물만 고스란히 남아 있다.

찰스 디킨스는 전이형용어를 즐겨 쓰지는 않았지만, 이 기교의 가장 위대한 장인이라고 할 수 있다. 그는 다른 작가들보다 훨씬 더 과감하게 나아갔다.

> 재거스 씨는 웃는 법이 없었다. 하지만 그는 커다랗고 빛이 나는, 삐걱거리는 부츠를 신고 있었다. 이 부츠를 신고 커다란 머리를 숙이고 눈썹을 한데 모은 채 대답을 기다릴 때면 재거스 씨는 가끔 부츠로 삐걱거리는 소리를 냈다.

마치 부츠가 무미건조하고 수상쩍게 웃기라도 하는 것 같았다.

옮긴이 찰스 디킨스, 『위대한 유산The Great Expectations』

아무래도 디킨스 씨는 전이형용어를 사용하려다 말고 "아니, 그것만으로는 충분치 않아. 뭔가 더 필요해!"라고 작심한 모양이다. 결국 그는 모든 사물이 살아 숨 쉬는 세계를 창조했다. 디킨스의 기묘한 머릿속에서 안개는 게으르고 집은 미쳤으며 눈송이는 비탄에 빠져 검은 옷을 입었다. 소름 끼치게 무섭고도 아름답지만, 이제 형용사의 단순한 움직임은 저 멀리서 보이지도 않을 지경이다. 디킨스가 위협하는 집이나 불쌍한 안개를 이야기할 때, 누가 됐건 인간이 애초에 이렇듯 사물에 스며든 감정을 느껴야 옳은 것인지는 명확하지 않다. 이것은 전형적인 전이형용어가 아니었던 셈이다. 디킨스가 구사했던 전이형용어는 디킨스 뇌리에 자리 잡은 어두운 심연이다. 아무래도 우리는 서둘러 자리를 뜨는 편이 좋겠다.

전이형용어의 경계는 매우 모호하다. 행복한 나날happy days과 외로운 밤lonely nights도 전이형용어에 포함될까? 다 안다는 듯 짓는 미소a knowing smile나 비꼬는 웃음sarcastic laugh은? 브루투스가 시저를 찔렀을 때 셰익스피어는 이렇게 썼다.

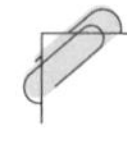

가장 잔인한 배신이었다.

This was the most unkindest cut of all

옮긴이 『줄리어스 시저』

여기서 '잔인한unkindest'이 전이형용어인지 아니면 cut에 대한 정확한 기술인지는 알 수 없다. 옮긴이 cut은 '자상刺傷'과 '배신'이라는 두 가지 의미가 있다. 앞의 의미로는 전이형용어가 맞고, 뒤의 의미라면 전이형용어가 아니다 하지만 과잉표현, 즉 용어법pleonasm 예라는 것만큼은 확실하다.

31

'공짜 선물'은 죄가 있을까?

용어법 *Pleonasm*

용어법冗語法은 날말이 필요하지 않은 문장에 불필요하고 쓸데없는 단어를 사용하는 것을 가리킨다. 옮긴이 군말법이라고도 한다 같은 말을 두 번 똑같이 반복하는 것으로, 거슬리게 하고 짜증을 유발한다. 어떤 사람들은 용어법을 볼 때마다 격렬하고 맹렬한 분노에 휩싸인다고 한다. 하지만 그건 다소 아둔한 짓이다. 용어법에는 작은tiny 용어법, 게으른lazy 용어법, 사랑스러운lovely 용어법 세 가지 다른 종류가 있기 때문이다.

작은 것부터 시작하자. 「시편」 121편은 이렇게 시작한다.

내가 눈을 위로 들어 언덕을 바라보리니 거기서부터 시작하여 나의 도움이 임하리라.

I will lift up mine eyes unto the hills, from whence cometh my help.

이 행에서 영감을 받는 사람들도 있다. 이들은 여기까지 읽고는 더 순수하고 거룩한 삶을 살기 위해 언덕 위 어딘가로 달려갔을 것이다. 반면에 분노를 느끼는 사람들도 있다. 그것도 두 번이나. 그들은 이 행을 읽으며 분노한 이마에 핏줄이 튀어나오고, 성난 입에서 침이 뚝뚝 떨어지며, 주머니에서 커다란 빨간 마커 펜을 꺼내 두 단어를 지우려 들 것이다.

먼저, '위로up'라는 낱말이다. '무엇을 들다lift'라고 할 때 다른 어떤 방향으로 들어 올릴 수 있는가? 이는 '아래로 떨어지다'나 '안으로 들어가다'만큼이나 형편없는 표현이다. (어떤 사람들은) 이런 표현을 지능에 대한 모욕이자 영어 남용이라고까지 말한다. 하지만 이 '위로'도 '거기서부터 시작하여from whence'만큼 나쁘지는 않다. whence라는 낱말은 원래 'from where'란 의미이다. 그렇다면 'from whence'는 대체 무슨 뜻일까? '거기서부터부터'인가? 이 정도면 자신에게 총을 쏘아 자살하고, 그런 다음 신문에 분노의 편지를 보내도 충분할 정도로 형편없지 않은가? 옮긴이 자신에게 총을 쏘아 자살한다는 말은 용어법, 이미 자살한 사람이 '그다음' 신문사에 편지를 보낼 수는 없으니 비유적으로 정말 화나는 표현이라는 의미이다

이렇게 생각하는 사람들은 끔찍한 삶을 살고 있다. 결혼도 못 했다. 다음과 같은 말을 들어야만 하는 상황을 견딜 수 없어서이다.

사랑으로 사랑받는 여러분, 우리는 하느님 앞에서, 그리고 이 사람들 앞에서 이 남자와 이 여자의 거룩한 혼인을 **함께 더불어** 맺기 위해 **함께 모였습니다**…

Dearly beloved, we are **gathered together** in the sight of God, and in the face of this congregation, to **join together** this man and this woman in Holy Matrimony…

이들은 『햄릿』도 즐기지 못한다. "존재할 것인가, 아니 존재할 것인가, 그것이 문제로다To be or not to be, that is the question"라는 대사에서 불필요한 '그것that'을 참을 수 없기 때문이다. 그렇다고 해서 기차 앞에 몸을 던져 비참하고 불행한 삶을 끝낼 수도 없다. **'기찻길 철도**railway track'는 생각만 해도 끔찍하기 때문이다. 옮긴이 way와 track이 중복된다

이렇게 용어법을 참지 못하고 분노를 터뜨리는 이유는 이 수사법이 읽는 사람의 시간을 낭비하게 만들기 때문이다. 모든 사람의 시간이 너무 소중하다 보니 '위로up'라는 단어를 읽는 것만으로도 하루 일정이 엉망이 되는 모양이다. 하지만 정작 시간 낭비라고 불평할 시간이 있는 사람들이야말로 진정 시간이 남아도는 사람들이다.

두 번째 종류의 용어법은 첫 번째와는 상당히 다르다. 게으른 용어법은 게으른 형용사와 명사 형태를 띤다. 이 수사법은 친한 친구personal friends, 추가 보너스added bonus 및 공짜 선물free gifts의 세상이다. 그렇더라도 이 수사학적 기법은 모순적인 두 가지 이유로 짜증이 난다. 우선 첫 번째, 아무도 이렇게 말하지 않는다. 두

번째, 모든 사람이 이렇게 말한다.

나는 '공짜 선물'이라는 말을 한 적이 없다. 크리스마스트리 주위에 모인 사람들 앞에서 이런 말을 한다면 불길한 소리 했다고 욕을 바가지로 먹을 소리이다. "여기 이게 내 공짜 선물이고요. 게다가 추가 보너스로, 축제용 크리스마스 카드festive Christmas card 옮긴이 festive와 Christmas가 동의어이다도 있어요." 이 정도 말하면 사람들은 나를 미쳤다고 생각할 것이다. 하지만 여러분이 어느 상점에 들어가거나 텔레비전이나 라디오를 켜는 끔찍한 실수를 저지른다면, 안전한 피난처havens that are safe, 서로 협력하는 협동심co-operation that is mutual, 당첨될 것으로 입증된 당첨 상품prizes that are, it turns out, to be won이라는 희한한 용어법 사례들을 줄곧 보고 듣게 된다.

이러한 표현들은 마치 좀비처럼 우리가 쓰는 언어 주변을 맴돌고 있다. 사실 이러한 표현들은 오래전 외국에서 수입한 제품을 일반 대중에게 판매하기 위해 필사적으로 살던 마케팅 담당자들, 정신이 나갈 정도로 판매에 열중하던 마케팅 담당 고위 임원들이 만들었다. 그러나 프랑켄슈타인의 괴물처럼 일단 만들어져 세상에 나온 것들은 제지할 수 없었다. 최초의 발명가는 이젠 과거 역사가 되었지만, 이러한 표현들은 여전히 남아 상점에 숨어 있거나 텔레비전에서 갑자기 튀어나와 울부짖는다.

마지막으로 세 번째이자 최고의 용어법이라 할 수 있는 사랑스러운 강조 용어법이 있다. 공짜 선물 같은 표현은 아무런 생각이 없어서 쓰는 말이겠지만, '공짜, 무료, 거저'는 꽤 신중하게 만들어진 표현이다. 용어법은 확실하지만, 효과적이다. 한 푼도 낼 필요가 없는 아이디어를 강조하고 주장하는 반복의 공기 압축

드릴기이다. 옮긴이 pneumatic drill은 똑같은 소리를 크게 반복적으로 낸다 자신의 지식을 과시하고 싶어 안달 난 사람이라면 "내 두 눈으로 직접 봤다"라는 말을 듣고는 바로 비명을 지를 수도 있겠지만, 사실 대화에서 이 말은 의미가 있다. '시간이라는 들리지도 않고 소리도 없는 발소리'라는 셰익스피어의 문구는 대충 생각하고 쓴 것은 아니었다. 햄릿의 불평과 마찬가지로 꼼꼼히 생각한 의도가 담긴 대사였다.

얼마나 낡고, 퀴퀴하고, 김빠지고, 쓸모없어졌는지
내게 이 세상 쓸모 있는 모든 것들이.

How weary, stale, flat and unprofitable
Seem to me all the uses of this world.

우리는 모두 건성건성 살아가기 때문에 곰곰이 생각하고 말을 하는 경우가 많지 않다. 따라서 정말 열심히 생각해서 말을 할 때는 그 말을 두 번 한다. 혹은 세 번 한다. 또는 한 번에 열여섯 번을 말하기도 한다. 앵무새에 대해 말하는 경우라면 말이다. 그 앵무새는 죽었고,

1. 돌아갔고
2. 더는 없고
3. 살기를 그만두었고
4. 정해진 수명이 끝났고
5. 창조주께 돌아갔고
6. 뻣뻣해졌고

7. 생명력을 빼앗겼고
8. 편히 잠들어 있고

등등 해서, 결국은

16. 없다

이 지경까지 갔다. 옮긴이 영국 코미디 그룹 몬티 파이선Monty Python의 「몬티 파이선의 비행 서커스Monty Python's Flying Circus」 중 '죽은 앵무새 스케치Dead Parrot Sketch' 편에서 앵무새 죽음이 이렇게 코미디 소재로 사용되었다

이는 용어법이지만, 효과 있는 용어법이다. 앵무새의 죽음이라는 비극적인 진실은 반복을 통해서만 전달될 수 있다. 유일한 위안은 '부활에 대한 확실하고 분명한 희망sure and certain hope of the resurrection'을 안겨주는 장례식에서 찾을 수 있는데, 여기서 반복을 통한 용어법의 강력한 힘은 연약한 '희망'과 대조를 이루고 있다. 옮긴이 '연약한 희망'이라 표현한 이유는 sure and certain hope of the resurrection에서 sure와 certain이라는 단어로 확실성이 강조되긴 하지만, 실제로 죽음은 확실하고 부활의 희망은 불확실하다는 점에서 연약할 수밖에 없다는 뜻이다. 그런 의미에서 역설 사례로 볼 수도 있다

용어법은 절대적으로 자연스럽고 절대적으로 필요하다. 키플링은 다음 글을 쓸 때 당연히 용어법을 쓰고 있었다.

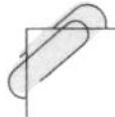

오, 동쪽은 동쪽이고 서쪽은 서쪽이니 둘은 결코 만날 수 없네,
땅과 하늘이 하느님의 위대한 심판대 앞에 서기까지.

Oh, East is East, and West is West, and never the twain

shall meet,
Till Earth and Sky stand presently at God's great Judgment Seat.

하지만 빨간 마커 펜을 이 문장에 가져다 대면 문장은 파괴되어 버린다. 키플링은 동양이 정말로, 진짜로, 실제로 동양이고 서양은 정말로, 진짜로, 실제로 서양이라고 주장해야 했다. 그래야 용어법이 된다. 사실 키플링이 한 일은 동일성의 법칙Law of Identity을 좀 더 기억할 만하게 다시 진술하는 것뿐이었다. 사물이 그 자체로 존재한다는 생각은 소크라테스, 아리스토텔레스, 토가를 입던 시대, 아무렇지도 않게 남색을 즐기던 시대까지 거슬러 올라간다. 옮긴이 고대 그리스 시대 동일성의 법칙은 고트프리트 라이프니츠Gottfried Leibniz에 의해 'A는 A이다'로 공식화되었다. 이 논리의 진리값은 바뀌지 않는다. 20세기 사상가 허먼 허펠트Herman Hupfeld 옮긴이 작곡가/작사가도 다음과 같이 이 사실을 인정했다.

키스는 여전히 키스이고,
한숨은 그저 한숨일 뿐이다

A kiss is still a kiss,
A sigh is just a sigh

옮긴이 「애즈 타임 고우즈 바이As Time Goes By」, 영화 「카사블랑카」에도 등장하는 재즈곡이다

그러나 순수한 용어법에서 거트루드 스타인Gertrude Stein보다 뛰어난 사람은 없다. 그녀는 「신성한 에밀리Sacred Emily」에서 "장미

는 장미는 장미는 장미Rose is a rose is a rose is a rose"라고 말한다.

이 시행은 스타인의 가장 유명한 구절이다. 이 구절은 백만 번 하고도 한 번 더 각색되고 패러디되었는데, 가장 기억에 남는 것은 스타인과 결별한 어니스트 헤밍웨이 (옮긴이 헤밍웨이는 파리에서 스타인과 매우 친하게 지내던 사이였다) 가 "나쁜 년은 나쁜 년은 나쁜 년은 나쁜 년A bitch is a bitch is a bitch is a bitch"이라고 썼던 표현이다. (옮긴이 스타인은 여성이다) 스타인은 나중에 이 시구를 직접 재사용했고, 용어법이 아니라 로즈라는 이름을 지닌 소녀를 묘사한다고 잘못 생각할까 봐 맨 앞에 'A'를 추가하기까지 했다. 스타인의 여자 친구였던 앨리스 토클라스Alice Toklas는 이 문구가 가장자리를 두르고 있는 디너 접시 마케팅에 나서기도 했다. 이 접시 버전의 문구는 시작도 없고 끝도 없기에 무한한 용어법 사례가 되었다. 물론 이는 문장의 마지막 단어rose가 첫 단어rose와 같기에 가능한 일이다. 이는 첫결 반복epanalepsis의 예이기도 하다.

정확히 시작했던 곳에서 끝내기

첫결반복 *Epanalepsis*

존 레논은 「예스터데이Yesterday」라는 노래가 이도 저도 아닌 노래가 되었다고 불만을 토로했다. 노래 속 화자가 불행하고 과거를 그리워한다는 것을 알지만 결코 그 이상은 없기 때문이다. 이 노래에는 종결이 없다. 그의 말이 옳았다. 결국, 노래는 '예스터데이'라는 낱말로 시작하여 125단어를 거친 후 다시 '예스터데이'라는 낱말로 끝난다.

「예스터데이」는 정확히 시작했던 곳에서 끝나는 순환 곡이다. 더 작은 층위에서도 마찬가지이다. 첫 번째 절은 '예스터데이'라는 같은 낱말로 시작하고 끝나며, 두 번째 절도 '서든리suddenly'라는 같은 단어로 끝난다. 세 번째 절 '예스터데이'도 그렇다. 하지만 바로 이 점이 이 노래의 강점일 수 있다. 노래는 어제 외에는 다른 어떤 생각도

할 수 없는 한 남자의 이야기이고, 노랫말은 이를 아름답게 반영하고 있다. 그래서 이 노래는 같은 단어로 시작하고 같은 단어로 끝나는 이중 첫결반복頭結反復이다.

시작한 곳에서 끝나는 방식은 언뜻 보기에 모순적인 두 가지 효과가 있다. 아무런 변함이 없다는 인상을 주기도 하고, 앞으로 나아가는 것이 필연적이라는 인상을 주기도 한다. 매년 새해 첫날 우리는 한 해를 시작했던 1월 1일로 돌아온다. 새해 첫날마다 지난 한 해는 영원히 사라지고 새로운 한 해가 시작된다. 시간은 계속 앞으로 움직이고, 또 빙글빙글 계속해서 돈다. 첫결반복도 마찬가지이다.

"왕이 죽었다, 만수무강하소서 왕이시여The king is dead; long live the king"라는 문구는 첫결반복의 양면성을 요약하고 있다. 한편으로는 옛 군주가 죽어 사라졌음을 알리는 동시에, 새로운 왕이 왕좌에 올랐음을 선포한다. 다른 한편으로는 공화주의자들에게 왕은 사라지지 않고 항상 존재할 것이라고 무뚝뚝하게 말한다. 모든 것이 바뀌었지만, 바뀐 것은 아무것도 없다.●

첫결반복은 순환과 지속을 의미한다. 스코틀랜드 시인 로버트 번스Robert Burns가 '인간에 대한 인간의 비인간성Man's inhumanity to man'이라고 썼을 때 그는 비인간성이 비인간성을 낳는다고 말하지는 않았지만, 첫결반복을 통해 그런 내용을 암시했다. 번스의 말은 "거짓말은 거짓말을 낳는다A lie begets a lie"나 "무에서는 무밖에 나올 수 없다Nothing will come of nothing" 같은 말처럼 들리며, 약육

● 물론 여왕일 때는 제외한다. 여왕일 때는 첫결반복을 하지 않는다.

강식이라는 비인간적인 악순환이 끝없이 계속되고 있다는 느낌을 준다. 옮긴이 영어로 약육강식을 일반적인 표현이라 할 수 있는 dog eat dog world 대신 "개가 개를 먹고 개를 먹고 개를dog eat dog eat dog eat dog"이라는 첫결반복으로 표현했다 번스가 '타인들에 대한 인간의 비인간성Man's inhumanity to others'이라고 썼다면 그 시는 사람들의 기억에 남지 않았을 것이다.

'인간에 대한 인간의 비인간성'은 한 문장 속 하나의 구에 지나지 않는다. 하지만 첫결반복은 원하는 규모로 얼마든지 사용할 수 있다. 폴 매카트니는 '예스터데이'라는 한 단어를 반복하며 노래를 끝냈지만, 옮긴이 비틀스 노래는 대부분 레논/매카트니 작사/작곡이지만, 이 노래는 폴 매카트니 혼자 작사/작곡했다. 물론 레논 작사, 매카트니 작곡이 아니라, 둘이 거의 모든 노래를 같이 만들었다는 말이다 루이스 캐럴은 「재버워키Jabberwocky」라는 시에서 첫 연 거의 전체를 반복하고 있다. 하지만 효과는 같다. 재버웍Jabberwock은 죽임을 당했지만, 여전히 오후 네 시이고brillig, 토브들toves은 여전히 유연하면서 미끌미끌하며slithy, 집에서 온 래스들mome raths은 여전히 재치기 고함을 치며 휘파람 분다outgrabing. 옮긴이 대부분 내용을 알 수 없는 무의미한 언어유희로 만들어진 시 「재버워키」는 기사騎士가 재버웍이라는 괴물을 죽이는 내용이지만, 내용이 진행되면서, brillig, toves, slithy, mome raths, grabing이라는 별 뜻 없는 낱말은 계속 반복된다. 특히 첫 연의 마지막 행과 마지막 연의 마지막 행은 모두 And the mome raths outgrabe로 끝난다 모든 게 변했지만 모든 것이 그대로이다.

물론 순환과 지속을 암시하기 위해 반드시 첫결반복을 사용할 필요는 없다. 첫결반복이 효과가 있을 때는 최상으로 쓴 문구일 때이다. 셰익스피어는 "남자는 말이 적어야 최고의 남자Men of few words are the best men" 옮긴이 『헨리 5세』라고 썼지만, 특별히 기억에 남지는 않는다. "카시우스는 속박에서 벗어나 구할 것이다 카시우스를Cassius from bondage will deliver Cassius" 옮긴이 『줄리우스 시저』도 마찬가지이다. 첫결반복을 확장해서 쓴 버전조차 인기를 끌지 못했다. 『존 왕King John』에 나오는 아래의 문구는 아무도 기억하지 않는다.

> 피는 피를 사들이고 타격은 타격에 응답했으며;
> 힘은 힘에 대적했고 권력은 권력에 맞섰다:
>
> Blood hath bought blood and blows have answered blows;
> Strength matched with strength, and power confronted power:

『존 왕』을 아무도 읽지 않아서 그럴 수도 있다. 셰익스피어가 첫결반복의 효과에 대해 완전히 단념한 것처럼 보일 때가 있다. 『줄리어스 시저』에서 그는 연설로 전투를 벌인다. 유명세가 훨씬 떨어지는 브루투스의 '로마인, 동포, 사랑하는 이들Romans, countrymen and lovers'으로 시작하는 연설에 대해, 안토니우스는 훨씬 더 유명한 '친구, 로마인, 동포Friends, Romans, countrymen'로 시작하는 연설로 반격한다. 솔직히 '사랑하는 이들'이라는 표현은 지저분한 로마인들 다수를 앞에 놓고 내뱉기 좋은 말이 아니다. 셰익스피어는 브루투스의 연설을 형편없는 수준으로 만들었다. 의도적이었다. 방법은 그의 연설을 첫결반복으로 가득 채우는 것이었다.

> 로마인들이여, 동포들이여, 사랑하는 이들이여! 나의 대의를 들어주시오, 그리고 들을 수 있도록 조용히 해주시오. 나의 명예를 믿고, 믿을 수 있도록 나의 명예를 존중해주시오:
>
> Romans, countrymen, and lovers! **hear** me for my cause,

and be silent, that you may **hear**: **believe** me for mine honour, and have respect to mine honour, that you may **believe**:

작가가 효과 하나 없는 수사학적 표현에 지치고 짜증이 나 있는 느낌을 주는 문구이다. 그러나 셰익스피어는 아직 첫결반복을 완전히 포기하지는 않았다. 폭풍이 몰아치는 황야에서 한 노인이 날씨를 향해 고함치는 장면에서 첫결반복으로 대박을 터뜨린 적도 있다. 옮긴이 이 노인과 아래 묘사하는 노인은 『리어왕』의 리어왕을 가리킨다

생각해보면 선풍기나 소방호스가 없던 시절, 바람과 비가 등장하는 연극을 쓴다는 것은 대담한 시도일 수밖에 없다. 리어왕은 어떤 특수효과나 장치 없이 오로지 자기의 마법만으로 자신을 둘러싼 풍광과 폭풍까지 창조해야 했다. 날씨는 시에 버젓이 등장한다. 셰익스피어는 날씨를 시에 끼워 넣어 표현해야 하는 이 난제를 좋아했던 듯 보인다. 그는 순환성을 드러내기 위해서가 아니라, 순전히 반복을 강조하기 위해 첫결반복이라는 수사적 표현을 꺼내 들곤 했다. 리어왕의 첫결반복은 명령의 형태로 등장한다. 섬김받는 데 익숙하고, 남들이 더는 섬기지 않자 분노를 폭발시키는 한 인간은 아래와 같은 문장을 내뱉는다.

불어라, 바람아, 나의 뺨을 찢어버려라! 격노하라! 불어라!
Blow, winds, and crack your cheeks! rage! blow!

위의 문장은 의인법personification의 예이기도 하다.

의무가 부르고, 돈이 말하고, 잠이 손짓하네

의인법 *Personification*•

의인법擬人法은 이상한 여자이다. 이 여자는 마스크를 들고 이곳저곳 돌아다니며 중얼거린다. 그녀가 있다고 당신이 생각하는 순간에는 없고, 일단 나타나면 당신 삶을 지배하려 든다. 하지만 가장 중요한 것. 이 여성은 정의하기가 매우, 매우 어렵다. 그런데 뭐, 여자라고?

의무가 부른다duty calls, 옮긴이 의무상 해야 할 일을 뜻함 돈이 말한다money

• 독자 여러분이 혹여 물으신다면, 의인법을 나타내는 그리스어는 프로소포포에이아prosopopoeia이다. 하지만 셀 수 없이 많은 모음을 나열하지 않고도 똑같은 효과를 내는 정상적이고 근사한 영어 단어가 이번 한 번만이라도 있어 정말 다행이다.

talks, 옮긴이 돈이 최고라는 뜻 잠이 손짓한다sleep beckons, 옮긴이 졸립고 쉬고 싶다는 뜻 직장(업무)이 전화를 해work phoned up 토요일에 출근할 수 있는지 묻다. 이 모든 표현은 엄밀히 말해 의인법이다. 하지만 말이 자연스레 이어지지 않는다. "직장에서 온 전화였어요That was work on the phone"는 정말 자연스러운 문장이지만 그 뒤에는 "**그들이**they 저더러 토요일에 출근하라네요"라고 하지, 전화를 건 '직장work'을 가리키는 그나 그녀는 등장하지 않는다. 옮긴이 work on the phone을 보면, Jane on the phone처럼 on the phone 앞에 사람이 와야 하는데 work가 왔으니 뒤 문장에 he나 she가 와야 한다는 뜻. 의인법이 논리적으로 전개되지 않는다는 것을 설명하고 있다 '직장'은 뭔가 집합 명사 또는 제유 같은 데가 있다. 인간처럼 눈과 입술, 다리, 입 냄새는 없으니까.

의인화된 직장은 아름다운 사람일 수 있다. 아니면 한 손에는 일정을, 다른 손에는 채찍을 든 덩치 크고 잔혹한 상사일 수도 있다. 주머니에 더 들어갈 수 없을 정도로 지폐를 빽빽하게 꽂아 넣은 정장이라도 차려입었을 것 같다. 그는 천하무적일 것이다. 단, 아이스크림과 고장 난 알람 시계를 들고 해변에서 백마를 타고 자신을 찾아오는 아름다운 레이디 공휴일과 싸울 때는 빼고. 잔혹한 상사와 아름다운 레이디 공휴일은 전투를 벌일 것이다. 장소는….

난 지금 몹시 흥분해 있다. '직장이(업무가) 전화를 했다work phoned'라고! 직장(업무)은 인간이 아니다. 돈이 말을 한다고money talk! 어디 말을 해보시지, 그럼 인간이라고 인정해드리지. 의무가 부른다고duty calls? 그런데 그 거친 목소리는 어디 갔나! 필요는 발명의 어머니라고! 출산 전에 마취는 하셨나?

위에서 말한 자잘한 의인법의 다른 쪽 끝에는 알레고리allegry

가 있다. 알레고리는 본격적인 의인법이다. 사실 알레고리는 의인법이 아예 이야기 속으로 들어가 이야기 전체를 장악해버리는 것이다. 알레고리에서 인물은 단순히 동사를 통해 인간의 동작을 부여받을 뿐 아니라, 옮긴이 원문에는 human verb라고 표현되어 있다. 의인법의 일종이다 살이 붙고 옷도 잘 입고 살 집까지 받는다. 영어로 가장 잘 알려진 알레고리의 예는 18세기 존 번연John Bunyan이라는 작가가 쓴 『천로역정Pilgrim's Progress』이다. 크리스천Christian이라는 미묘한 이름의 주인공 옮긴이 너무 뻔한 이름인데 미묘하다고 표현한 아이러니이 절망Despair이라는 이름의 거인(그리고 그의 아내인 소심함Diffidence)을 만나고 상징적인 수렁인 낙망의 수렁에 빠졌다가 어려움Difficulty이라는 언덕을 오르는 등등의 이야기가, 상식적인 사람이라면 너무도 지루함에 지쳐 눈물을 흘릴 때까지 계속된다.

이런 종류의 알레고리가 잘못되었다고 말하려는 건 절대 아니다. 그저 이 책에서 이런 알레고리를 다루지 않을 뿐이다. 이 책은 한 문장, 혹은 최대한 확장해서 한 단락에서 얻을 수 있는 효과만을 다루고 있기 때문이다. 알레고리는 나 같은 사람보다는 훨씬 더 고상하고, 깊이 있는 영혼이나 즐길 수 있는 기법이다. 따라서 종교에 어울린다. 알레고리의 예가 될 만한 최고의 문장이 종교적이기 때문이 아니라, 알레고리의 의인법이 워낙 신격화에 가깝기 때문이다. 사람들은 돈과 자연을 좋아하여, 아니, 돈과 자연을 너무 숭배한 나머지 이내 이들을 여신이나 신으로 바꾸어버린다. 이러한 신격화가 진심인지 아닌지는 확인하기 어렵다. 『리어왕』에서 에드먼드는 이렇게 말한다.

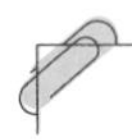

그대, 자연이여, 그대는 저의 여신입니다. 당신의 법을
저는 섬길 수밖에 없습니다.

Thou, nature, art my goddess; to thy law
My service are bound.

옮긴이 『리어왕』에서 악당 에드먼드가 아버지인 글로스터 백작을 속이기 전에 하는 독백

에드먼드가 진심인지 아닌지는 알 수 없다. 고대 로마인들은 사랑과 전쟁, 그리고 철물을 숭배하여 각기 비너스, 마르스, 불카누스라는 신을 만들었는데, 이들이 어느 정도까지 의인법이고 실제 신이었는지, 혹은 둘 다였는지, 둘 다가 아니었는지는 명확하지 않다. 아마 고대 로마인 본인들 생각에 달려 있었을 것이다.

따라서 한쪽에는 거의 파악하기도 힘든 의인법이 있고, 다른 한쪽에는 지나친 의인법이 있다. 다르게 표현하자면, 의인법은 보이지 않는 신발을 신고 화려하고 커다란 모자를 쓰고 있는 존재다. 사실 비가시성과 극단성 그사이 어딘가에, 실제로 효과가 좋은 의인법이 있다. 셰익스피어는 그런 의인법의 가장 위대한 장인이었다.

『오셀로』에서 이아고는 오셀로에게 질투에 대해 경고한다.

오, 주군, 질투를 조심하십시오.
질투는 녹색 눈을 가진 괴물,
자신이 먹이로 삼는 고기를 조롱하는 괴물이니까요.

이아고는 질투를 그저 괴물이라고 부를 수도 있었다. 그 정도

만 해도 의인화 기능은 했을 것이다. 눈 색깔을 언급해야 할 특별한 이유는 없지만, 그만하면 괴물에게 생명력을 부여하기엔 충분하다. 얼핏 보이는 정도이긴 하다. 순간의 현현이다. 하지만 괴물은 진짜 있다. 불현듯 관객을 노려보고 있는 진짜이다. 그런 다음 괴물을 엿보라고 잠시 열렸던 틈새 구멍이 큰소리를 내며 다시 닫힌다. 이제 관객은 키프로스섬의 방에 앉아 손수건에 관해 이야기하는 오셀로와 이아고 장면으로 돌아온다. 옮긴이 애매모호해 비가시적이지도 않고 과잉으로 치닫지도 않은 적절한 의인화를 설명한 단락이다

셰익스피어는 예전에도 이런 기교를 시도한 적이 있다. 많은 명대사를 재활용하는 데 선수였던 셰익스피어는 기교들도 효과가 있다 싶으면 주저하지 않고 되풀이해 시도했다. 『오셀로』를 집필하기 몇 년 전 『베니스의 상인』에서 셰익스피어는 "전율하는 공포와 녹색 눈을 한 질투shuddering fear, and green-eyed jealousy"라는 표현을 썼다. 문제는 이 대사가 반드시 의인법이 아닐 수도 있다는 것이다. 질투는 눈을 녹색으로 변하게 할 수도 있기 때문이다. 옮긴이 원래 영어에서는 녹색이 질투의 색이다. 그래서 green with envy가 일반적인 표현이었다. 하지만 마블 코믹스 덕분에, 특히 헐크 덕분에 녹색은 이제 분노의 색으로 바뀌고 있다 물론 내가 '눈이 뒤집힐 정도의 공포'라고 하면 그냥 눈이 뒤집혔다는 의미에 불과하다.

뭐, 의인법이든 아니든 셰익스피어는 초기 희곡부터 이 기법을 연마해왔다. 아주 잠깐 얼핏 보이다 사라져버리는 눈과 얼굴들, 달음질치며 지나가다 설핏 팔꿈치를 스치는 손길 같은 의인법 사례들이다. 차이와 유사성을 살펴보시라.

'대담한 얼굴을 한 승리Bold-faced Victory' 『헨리 6세 제1부』

'입을 다문 반역Closed-tongued Treason' 『루크레티아의 능욕』

'눈을 뜬 음모Open-eyed Conspiracy' 『폭풍』

'불의 눈을 한 분노Fire-eyed Fury' 『로미오와 줄리엣』

'평화의 은빛 손The silver hand of Peace' 『헨리 4세 제2부』

'창백한 얼굴의 공포Pale-faced Fear' 『헨리 6세 제1부』

'한밤중 철의 혀The iron tongue of Midnight' 『한여름 밤의 꿈』

'부드러운 얼굴을 한 평화Smooth-faced peace' 『리처드 3세』

'저 부드러운 얼굴의 신사, 간지럽히는 상품That smooth-faced gentleman, tickling Commodity' 『존 왕』

목록은 끝없이 이어진다. 사람들은 셰익스피어가 영감을 받았다고 말한다. 하지만 그는 끊임없이 연습했다. 각 사물은 인격이 있다. 눈에 보이고, 존재하고, 순간적으로 보였다가, 사라지는 사람의 성질이다. 보통은 신체 부위 하나를 사용하여 인간 전체를 암시했지만 때로는 추상을 구체화하기도 했다. 『헨리 6세 제2부』에는 "야윈 얼굴을 한 질투가 자신의 혐오스러운 동굴 속에 있다Lean-faced Envy in her loathsome cave"라는 구절이 나온다. 우리는 질투가 왜 여성인지조차 모른 채 그녀를 그 혐오라는 동굴에 남겨두고 떠난다.

하지만 셰익스피어의 희곡 전체를 관통하는 것은 두 인격이다. 그들의 이름은 시간과 죽음이다. 둘은 각자 살짝 모습을 비추다 얼른 감춘다. 시간의 발소리는 들리지 않고, 그의 손은 잔인하며, 낫을 들고 다닌다. 반면 죽음은 시간보다는 더 온전히 자신을 드러내는 인물이다. 죽음은 쪼그라든 사체, 썩은 고기의 모습이며, 누더기를 입고 있고 갈비뼈가 드러나 있다. 창백한 깃발을 들고 다니며, 혐오스러운 얼굴에 검은 베일을 쓰고 있다. 그리고 사람을 먹는다. 셰익스피어가 선사하는 죽음은 사람들을 저승으로 인도하는 대신, 강철 턱으로 사람들을 우걱우걱 먹어치운다. 음울한 골짜기에 있는 비밀의 집 영원의 방에서 벌어지는 영원한 잔치이다. 죽음은 섹스도 한다. 자주는 아니지만 하긴 한다. 뭐, 클레오파트라는 그럴 수 있다고 이해할 수 있다. 하지만 줄리엣도 마찬가지이다.

아들아! 네 결혼식 전날 밤에
죽음이 네 아내와 함께 잠자리에 들었구나.
네 아내가 저기 누워 있구나,
꽃 같은 그 애가 죽음이라는 놈에게 꽃을 꺾였구나
죽음은 내 사위요, 죽음은 내 상속자요;
내 딸이 그와 혼인하였으니, 나는 죽고
그에게 모든 것을 남기는구나,
생명과 삶, 모든 것이 죽음의 것이구나.

옮긴이 『로미오와 줄리엣』에서 줄리엣 아버지의 대사

그런 다음 죽음은 줄리엣을 먹어치운다. 이러한 표현이 셰익스피어의 심리 상태에 대해 우리에게 무엇을 알려주는지 모르겠다. 알고 싶지도 않다. 중요한 것은 셰익스피어 작품 전체를 다 읽고 종합해야만, 이렇게 굶주리고 호색한인 데다 누더기를 걸치고 다니는 죽음을 온전히 이해할 수 있다는 점이다. 셰익스피어는 모든 것을 단편적으로만 드러내기 때문이다. 세부 사항 하나를 드러내 보인 죽음은 다시 자취를 감춘다. 아름다울 뿐 아니라

놀랍도록 효과적이다. '업무 전화'처럼 반쪽짜리 의인화도 아니고, 그렇다고 완전한 알레고리도 아니다. 그저 하나의 세밀화일 뿐 그 이상도 이하도 아니다.

안타깝게도 이 찬란한 기교는 셰익스피어와 함께 거의 사라져버렸다. 그 이후로 몇 가지 예가 있긴 하다. 이 각각의 예는 아름답다. 앤드루 마블은 시간에 운송 수단을 제공해주었다.

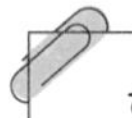

하지만 내 등 뒤에서는 늘
시간의 날개 단 전차가 서둘러 다가오는 소리가 들립니다

But at my back I always hear
Time's winged chariot hurrying near

옮긴이 「수줍은 여인에게To His Coy Mistress」

위의 시구가 아래와 같았다면 어떨지 상상해보자.

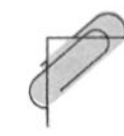

가차 없는 시간이 아직 가까이 다가오고 있다
Relentless Time still hurrying near

이렇게 썼다면 시구의 아름다움이 모조리 사라졌을 것이다. 마블은 날개 달린 전차 하나만으로 이미지를 부여했다. 한편 밀턴이 「리시다스」에서 '깨어나는 아침awakening morn'이라고 썼다면 별다른 감흥을 주지 못했을 것이다. 대신 그는 이렇게 썼다.

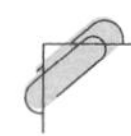

우리는 같은 언덕 위에서 보살핌을 받으며,
분수대와 그늘과 실개천가에서 같은 양 떼한테 먹이를 주었지.
둘이 함께, 높은 잔디밭이 나타나기 전
아침의 눈꺼풀이 열릴 때

For we were nursed upon the self-same hill,
Fed the same flock, by fountain, shade, and rill.
Together both, ere the high Lawns appeared
Under the opening eye-lids of the morn

밀턴은 '아침의 눈꺼풀이 열린다'라는 표현을 「욥기」에서 훔쳤지만, 아주 제대로 훔쳤다.

이후 의인법은 인기가 떨어졌다. 집에 머무는 기간이 점점 길어졌고, 병이 깊어졌다. 키츠는 몇 번 데이트를 시도했지만, 그녀는 창백해지고 유령처럼 수척해지다가 결국 죽고 말았다. 업무는 여전히 부르고, 돈은 여전히 말을 하고, 일은 여전히 전화를 걸어대지만, 의인화는 이제 예전 같지 않다. 불쌍한 여인네.

하지만 의인법이 확 죽어버린 건 아니다. 그랬다면 그건 과장overstatement이다.

34

인간은 끝없이 과장하는 생물

과장법 *Hyperbole*

과장법이란 과장을 의미하는 전문용어이다(Hyperbole의 발음은 하이퍼볼리hi-PER-boh-lee이다). 과장이라는 의미가 있는 영어 단어가 수천 개는 되지만 이 날말은 영어 사용자라면 누구나 아는, 몇 안 되는 전문 수사학 용어 중 하나이다. 옮긴이 hyperbole은 그리스어 huperbolē에서 유래했는데, 수천 년이 지나고도 여전히 형태가 비슷하다는 의미이다. 같은 의미가 있는 영어 단어가 수천 개라는 말은 과장법이다

사정이 그렇게 된 이유는 아마 우리가 끝없이 과장하기 때문일 것이다. 인간은 화려하게 수를 놓지 않고는 말을 할 줄 모르는 각색의 대가이다. 10분을 기다렸다는 말로는 성에 차지 않아 '수십 년'을 기다렸다고 한다. 두 번만 말해도 이미 천 번은 말한 것이다. 부자는 돈이 억만금은 되어야 한다. 눈물은 홍수처럼 쏟아진다.

하지만 우리는 과장을 충분히 사용하지 않는다. 우리는 야심이 부족하다. 캔자스주는 사실 팬케이크보다 더 평평하다.• 억만금a ton of money을 버는 일은 가능하다. 구리 2,853.93파운드만 있으면 되니까. 옮긴이 이 글을 쓰던 시점에서는 1톤이 2,853.93파운드였던 모양이다 따라서 이런 표현들은 과장법도 아니다. 과장법을 효과 있게 사용하려면, 실제로 막연하게 가능하다고 생각하는 것 그 이상을 상정해야 한다. 기껏 억만금 정도 돈으로 무슨 소용이 있을까? 당시 뉴욕 속어로 돈을 '감자'라고 불렀던 저널리스트 데이먼 러니언Damon Runyon 옮긴이 당시 저널리스트답게 과장과 왜곡이 많았다. 아래 사람 이름은 대체로 꾸며낸 이름이다 은 훨씬 더 나아갔다.

> 신문을 읽는 사람이라면 누구나 애비게일 아슬리Abigail Ardsley 양이 감자를 아주 많이 가지고 있다고 말할 것이다. 얼마나 많은지, 특히 감자가 없는 사람은 생각만 해도 고통스러울 지경이라고 말이다. 사실 애비게일 아슬리 양은 세상의 모든 감자를 가지고 있다. 세상에서 유통되라고 내버려둔 몇 개만 제외하고 말이다.

감자가 아주 많다. 이쯤 되어야 본격적인 과장이다. 옮긴이 That's a lot of potatoes라는 표현 자체가 감탄이나 놀라움에 사용되는 표현이다 사람들이 과장법을 들을 때 알아챈다는 점을 고려하면, 한번 시도해보는 게 낫다. 옮긴이 지금 사람들이 이 말을 바로 알아차릴 것 같지는 않다. 따라서 아이러니 표현이다 러니언이 이스트코스트East Coast 지역의 돈에 대해 묘사할 때, 소설가 대실

• 폰스태드Fonstad, 푸가치Pugatch, 보이트Vogt, 2003, 『황당무계 리서치 연보Annals of Improbable Research』, 9권 참조.

해밋Dashiell Hammett은 서부의 사립 탐정에 대해 아래와 같이 묘사한다.

> 그는 굽 높은 구두를 신고도 키가 150센티미터가 될까 말까 한 작고 거무스름한 캐나다인이었다. 몸무게는 45킬로그램도 안 되고, 스코틀랜드 사람이 보내는 전보처럼 옮긴이 말이 적고 무뚝뚝하게 말했으며, 샌프란시스코 골든게이트에서 홍콩까지 소금물 한 방울도 놓치지 않고 추적할 수 있을 만큼 관찰력이 뛰어난 사람이었다.

사실 미국인들은 말도 안 되는 과장의 대가들인 것 같다. 그들의 산더미 같은 과장된 표현에 비하면 영국인의 맥 빠지고 무력한 시도는 원자보다도 더 작고 하찮아 보인다.

하지만 영국인도 그 정도 과장을 할 수 있던 때가 있었다. 아주 오래전, 빅뱅이 아직 고통스러운 기억으로 남아 있던 시절 시드니 스미스Sydney Smith(1771~1845)라는 목사가 있었다. 어느 날 스미스 목사는 길 아래쪽에 사는 한 남성이 아주 많이 마르지는 않은 체형의 여성과 약혼했다는 소식을 들었다. 그의 반응은 신사답지 못했지만, 과장만큼은 정말 대단했다.

> 그 여자랑 결혼을 한다고요! 불가능해요! 그 여자의 일부와 결혼한단 뜻이겠죠. 그 여자 전체와 결혼하는 건 불가능해요. 그러면 중혼 정도가 아니라 삼중혼이 될 겁니다. 이웃이건 치안판사건 이 결혼은 말려야 합니다. 그 여자 혼자서 교구 전체와 결혼하고도 남아요. 그런데 한 남자랑 결혼하다니! 끔찍합니다. 그 여자 혼자 지역 하나를 사람들로 꽉 채울 겁니다. 그 여자만 있어도 집회를 할 수 있을 정도죠. 아니면 아침 산책할 때 그 여자 주위를 한 바퀴

돌아도 되겠죠. 단, 쉼터가 곳곳에 있어야겠지만요. 그 정도 산책이면 강건한 몸을 만들 수 있습니다. 한 번은 나도 아침 먹기 전에 그 여자 주위를 한 바퀴 돌려 했는데, 이내 지쳐서 반만 돌고 포기한 적도 있습니다. 아니면 폭동법을 읽은 다음 그 여자를 해산시켜도 좋겠죠. 요컨대 그 여자랑은 뭘 해도 좋지만, 결혼만은 안 됩니다.

어느 여성의 살집을 묘사하기 위해 이렇듯 영웅적으로 기울인 노력에 비하면 셰익스피어의 과장 대부분은 과소평가 understatement처럼 보일 지경이다. "당신은 매우 뚱뚱합니다"라는 의미를 놓고 그가 할 수 있는 최선이라고는 폴스타프에 대해 '말의 허리를 분지르고도 남을 인간, 거대한 산 같은 살덩어리'라고 묘사한 정도였다. 한참 모자라다. 물론 셰익스피어도 과장을 충분하게 하긴 했다. 사실 으레 굉장한 과장을 하긴 했다.

해왕성에 무수히 존재하는 거대한 바다가 이 피를
내 손에서 깨끗이 씻어줄까? 아니, 내 손이 오히려
그 수많은 바다를 칠하여,
푸른 바다를 붉게 물들이겠지.

Will all great Neptune's ocean wash this blood
Clean from my hand? No, this my hand will rather
The multitudinous seas in incarnadine,
Making the green one red.

옮긴이 『맥베스』, 원문은 The multitudinous seas in incarnadine이라고 되어 있으나, 뒤에도 나오듯 incarnadine이 당시 동사였으므로 'in'은 생략해야 한다이 구절이 기억에 주로 남는 이유는 기묘한 동사 'incarnadine' 때문이다. 옮긴이 16세기 당시 표현으로는 '살색으로 물들이다' 정도의 의미였다고 한다 최고 등급의 과장에 대해서는 과거로 돌아가 하느님의 아들과 상의해볼 필요가 있다.

> 어찌하여 형제의 눈 속에 있는 티는 보고 네 눈 속에 있는 들보는 깨닫지 못하느냐? 보라 네 눈 속에 들보가 있는데 어찌하여 형제에게 말하기를 나로 네 눈 속에 있는 티를 빼게 하라 하겠느냐? 외식하는 자여! 먼저 네 눈 속에서 들보를 빼어라, 그 후에야 밝히 보고 형제의 눈 속에서 티를 빼리라.
>
> 옮긴이 「마태복음」 7장 3~5절

물론 예수라면 모든 것이 가능하지만, 눈에 큰 나무 들보가 들어와도 눈치채지 못하는 것은 극단적인 과장법의 예라 할 수 있다. 낙타가 바늘귀를 통과하려 애쓰는 것만큼 어리석은 일이다. 어리석을 뿐 아니라 불가능한 일이다. 전문용어로 불능법adynaton이라 한다.

날아다니는 돼지와 스키 타는 악마

불능법 *Adynaton*

> 내가 다시 너희에게 이르노니,
> 낙타가 바늘귀로 들어가는 것이
> 부자a rich man가 하느님의 나라에 들어가는 것보다 쉬우니라.
>
> 옮긴이 「마태복음」 19장 24절

위의 성경 구절을 읽은 부자들rich men은 항상 걱정이 많았다.● 그들은 돈을 있는 대로 써서라도 자기들이 들어갈 만큼 큰 바늘을 사

● 부유한 여성이라면 안심해도 좋을 것 같다. 옮긴이 부자rich man를 부유한 남자들로 보고 하는 농담

고 싶어 한다. 한때 예루살렘 성벽에는 낙타가 무릎을 꿇으면 통과할 수 있는 바늘 문Needle Gate이라 불리는 문이 있었다는 그럴듯한 이야기도 전해진다. 부자들에게는 안타깝지만, 전혀 사실이 아니다. 물론 재미있는 아이디어이긴 하다.

소득이 변변치 못했던 제자들조차 "그렇다면, 대체 누가 구원을 얻을 수 있다는 말씀입니까?"라며 놀라움을 감추지 못했다. 예수는 "하느님과 함께라면 모든 것이 가능하다"라고 위로했다. 따라서 수사학적으로 볼 때 예수는 자신이 사용한 불능법을 믿지 않았다는 결론을 도출할 수 있다.

불능법不能法은 불가능한 것을 가리킨다. 불능법이 작동하기 전이라면 돼지는 날아다니고, 지옥은 꽁꽁 얼어붙어 악마가 스키를 타러 다닐 것이다. 옮긴이 Pigs fly나 Hell freezes over는 불가능한 일을 가리키는 유명한 불능법이다 돌에서 피를 뽑아낼 수도 있을 것이다. 따라서 불능법은 매우 완곡하긴 하지만, 안 된다고 말하는 대단히 쉬운 방법이다.

영국의 시인 존 던John Donne은 정직해봐야 얻는 것이 없다고 쓸 수 있었다. 하지만 그는 다음과 같이 썼다.

> 별똥별을 붙잡아라,
> 맨드레이크 뿌리로 아이를 가져라.
> 지난 세월이 다 어디로 갔나 말해달라,
> 또는 누가 악마의 발을 쪼개놓았는지를,
> 인어의 노랫소리를 듣거나,
> 날카로운 시샘을 피하는 법을 가르쳐달라,
> 그리고 찾아달라.
> 어떤 바람이

정직한 마음을 키우는 데 도움이 되는지.

옮긴이 존 던의 시, 「별똥별을 붙잡아라Song: Go and Catch a Falling Star」

"그 여자와는 다신 데이트하지 않을 거야, 스카버러 출신이더라구"라는 문장 역시 좀 지루하다. 하지만 대신 그 여자가 불가능한 일 세 가지를 해주는 조건으로 다시 만나는 데 동의한다고 표현하면 재미있을 것이다. 바늘과 실을 사용하지 않고 셔츠를 만들어달라고 하거나, 바다와 해안 사이에 있는 1에이커의 땅을 찾아내어, 가죽 낫으로 수확해달라고도 요구할 수 있다. 사이사이에 파슬리, 세이지, 로즈메리, 타임을 넣을 수 있다면 금상첨화겠다. 자, 드디어 여러분은 스카버러 출신 여자 친구는 몰라도 민요 하나는 건졌다. 옮긴이 영국민요이지만, 사이먼과 가펑클Simon and Garfunkel의 노래로 더 유명한 「스카버러 장터Scarborough Fair」의 노랫말이다 어떤 부정어구이건 불능법으로 바꿀 수 있다. 주요한 형식 두 가지가 있는데, 하나는 "차라리 ~하는 편이 낫다you might as well try to"이고 다른 하나는 "~하고 나서야 비로소 ~하다not until" 형식이다. 둘은 서로 바꿔 사용할 수도 있다. 1869년 대통령 선거에서 율리시즈 그랜트Ulysses S. Grant의 지지자들은 선거 결과를 다음과 같이 예측했다.

차라리 한겨울에 과일나무 주위에 울타리를 쳐
여름 날씨를 만들어주어라.
주머니에 주워 담아라.
허리케인을 길들여 묶어라.
바다를 포도밭에 걸어 말려라.

그러나, 절대, 절대로
한순간이라도 그랜트를 이길 수 있다는 생각으로 자신을 속이지 마라.

지지자들은 "한겨울에 과일나무 주위에 울타리를 칠 수 있고, 벼락을 주머니에 주워 담을 수 있고… 어쩌고저쩌고, 그러면 그랜트를 이길 수 있다"라고 표현할 수도 있었다. 하지만 "차라리 한겨울에 울타리를 친다는 생각이 그랜트를 이긴다는 생각보다는 낫다"라는 표현이 훨씬 효과적이다. 이와 정반대로, W. H. 오든의 불멸의 사랑에 대한 감탄을 보자.

사랑합니다, 내 사랑, 당신을 사랑합니다
중국과 아프리카가 만날 때까지,
그리고 강이 산을 뛰어넘고
연어가 거리에서 노래할 때까지,

당신을 사랑합니다. 바다가
접혀서 말려지고
일곱 별이 꽥꽥거리며
거위처럼 하늘을 날 때까지.[•][••]

I'll love you, dear, I'll love you
Till China and Africa meet,

[•] 「어느 날 저녁 산책 나가면서As I Walked Out One Evening」. Copyright © 1940. 커티스 브라운사의 허가를 받아 재수록.

[••] 이 시에서는 띄어 반복하기, 옮긴이 I'll love you, dear, I'll love you 접속법, 옮긴이 원문에서 and의 반복 오어법, 옮긴이 the ocean is folded and hung up to dry에서 바다를 마치 옷처럼 접어 말린다는 데서 두운 옮긴이 salmon sing in the street 및 연속반복 옮긴이 "I'll love you"의 연속반복의 예도 찾아볼 수 있다.

And the river jumps over the mountain
And the salmon sing in the street,

I'll love you till the ocean
Is folded and hung up to dry
And the seven stars go squawking
Like geese about the sky.

이 시를 "나는··· 해야 당신을 사랑하지 않으렵니다"로 바꿔보라. 중요한 것은 내용 면에서 오든의 시는 "당신을 언제나 사랑할 거예요"라는 말밖에 없다는 점이다. 불능법은 순전히 장식에 지나지 않는다. 언어적 재미에 불과하다. 오든이 불가능을 꿈꾸며 거기에 운율에 얹은 것뿐이다.

불능법Adynaton은 그리스어로 '불가능한'이라는 뜻이다. 그렇다고 해서 불가능한 모든 것이 불능법이라는 의미는 아니다. 수사적 불능법은 "이것이 사실이다"라는 말을 길게 에둘러 말하는 방식이다. 거의 모든 문장에 불능법을 더할 수 있다. "내 이름은 마크 포사이스입니다"는 "내 이름이 마크 포사이스가 아니라면 가재가 산비탈에서 휘파람을 불 것이다"라고 바꿀 수 있다(러시아어에서는 "가재가 산비탈에서 휘파람을 분다"라는 표현을 "돼지가 날 것이다"라는 표현으로 쓴다).

그래서 오든은 「장례식 블루스Funeral Blues」라는 시에서 바다가 말라버리는 이미지를 재활용했다.[•][••]

[•] Copyright © 1940. W. H. Auden에 의해 갱신됨. 커티스 브라운사의 허가를 받아 재수록.
[••] 번스는 "바다가 마를 때까지, 내 사랑, / 바위가 햇볕에 녹을 때까지"라는 구절을 남겼다. 하지만 이 시구에서 불능법은 다소 지나친 느낌을 준다. 불가능은 차치하고, 스코틀랜드의 따뜻한 햇살이라니, 우스꽝스러운 일이다.

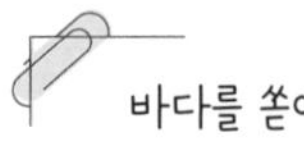

바다를 쏟아버리고 나무를 쓸어버려라
지금은 어떤 것도 아무 소용 없으니.

Pour away the ocean and sweep up the wood
For nothing now can ever come to any good.

이 시는 불능법을 구사한다기보다는 어마어마한 슬픔을 표현하고 있다. 영국 작가 G. K. 체스터턴Chesterton의 "물고기가 날고 숲이 걸을 때When fishes flew and forests walked"라는 시구도 마찬가지이다. 옮긴이「당나귀The Donkey」 1977년 미스 와이오밍 출신 여성이 커크라는 모르몬교 선교사를 납치해 성폭행한 뒤 나중에 "커크를 너무도 사랑한 나머지 코에 카네이션을 달고 나체로 에베레스트산을 스키로 내려가라고 해도 했을 것이다"라고 말했던 유명한 "모르몬교 감금 성폭행 사건Mormon Sex In Chains"도 마찬가지이다. 이런 건 불능법이라는 수사학적 표현이라기보다는 그저 사랑의 표현이다.

그래서 가끔은 그 경계가 모호할 때가 있다. "물고기에게 자전거가 필요하듯 여자에게도 남자가 필요하다"라는 유명한 그래피티는 일종의 불능법이기도 하고 아니기도 하다A woman needs a man like a fish needs a bicycle. 옮긴이 오스트레일리아 작가 및 사회운동가 이리나 던Irina Dunn의 말, 여자는 남자가 필요 없다는 의미 그리고 때로는 실제로 불가능하지 않아도 수사학적인 불능법이 될 수도 있다. 햄릿이 오필리어를 향한 진실한 사랑을 노래한 시는 일련의 불가능한 일들을 기술하려는 목적의 산물이었다.

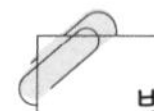

별이 불인지 의심하고,
태양이 움직인다는 것을 의심하고,
진실을 거짓말쟁이라고 의심해도 좋소.
하지만 나의 사랑만큼은 결코 의심하지 말아주오.

Doubt thou the stars are fire;
Doubt that the sun doth move;
Doubt truth to be a liar;
But never doubt I love.

하지만 이 덴마크 왕자는 어쩌면 그리 모든 면에서 불행했는지. 우선 코페르니쿠스가 태양이 움직인다는 사실을 밝혀냈고, 1920년 아서 에딩턴Arthur Eddington은 별이 불이 아니라 수소와 헬륨 융합을 통해 빛을 발산한다고 지적했다. 오필리어가 현대 천체 물리학에 대해 조금이라도 알고 있었다면 위의 구절만 듣고도 두 사람 관계가 파탄에 이를 수밖에 없다는 걸 예견했을 텐데, 아쉬울 뿐이다.

중세 종교시 「농부 피어스Piers Plowman」 서문에서 시인은 수임료를 선불로 지급하지 않고 변호사를 구하는 것은 "말번 언덕의 안개를 측정하는 것과 같다"라고 말한다.[•] 다행인지 불행인지, 현재 말번 언덕에는 기상 관측소가 있으며 습도를 측정해 보고하고 있다.[••]

• "Thou mightest beter meten the myst on Malverne hulles / Then geten a mom of heore mouth til moneye be schewed"

•• www.malvernwx.co.uk/Graphs/2013/2013_humidity.gif

이빨 하나 없는 시간의 입이 이렇게 시인들을 비웃는 것을 보니 슬프다. 별은 모두 설명되고 안개는 모두 측정되어, 이 황량한 세상에 이제 마법은 남아 있지 않다. 하지만 법조계는 여전히 엄청난 수임료를 청구하고 있다. 적어도 이것은 변함없는 진실이다. 셰익스피어가 처음 썼던 유명한 대사도, 앞에서 보았듯, "우선 변호사라는 작자들부터 싹 다 때려죽이자"라는 문구였다.

위의 문구는 예변법prolepsis의 예이다.

36 대명사로 강렬하고 신비롭게 시작하기

예변법 *Prolepsis*

아주 간단하다, 대명사 말이다. 아마 여러분 영어 선생님들은 다음과 같이 설명했을 것이다. **명사**를 사용하고 그다음에 다시 그것을 지칭하고 싶을 때 '그것it'과 같은 **대명사**를 사용하면 된다.

독자는 **그것**이 문장 앞부분에 등장했기 때문에 **대명사**가 무엇을 가리키는지 알 수 있다. 또는 **그것**이 문단 앞부분에 나왔을 수도 있다. 대명사에 관해서는 그들은 때로 틀렸다. **옛날 대가들** 말이다. 대명사가 무엇을 가리키는지 가리키기 전에도 대명사를 사용할 수 있기 때문이다. 대단치는 않지만, 이 기묘한 기법을 예변법豫辯法이라고 한

다.•

이것은 정말 자연스럽다. 예변법 말이다. 대화 중 우리는 이 기법을 즐겨 사용하지만, 글로 적는 경우는 많지 않다. 왠지 선생님이 가르쳐준 규칙이 분필 묻은 손을 뻗어 우리가 쥔 펜을 멈추게 만드는 것 같다. 아주 훌륭한 시인이 되어야 비로소 이 규칙을 잊는다. 그럴 때 그 효과는 놀라울 정도이다. 어쨌든,

그들은 여러분을 망쳐놓는다. 엄마 아빠 말이다.
고의는 아닐지 몰라도 실제로 그렇다.

They **fuck** you up, your mum and dad.
They may not mean to, but they do.

옮긴이 필립 라킨Philip Larkin, 「이것이 시다This Be the Verse」

그다지 놀라운 관찰도 아니다. 특히 일찍이 필립 라킨의 재능을 알아본 사람이라면 더더욱 그런 생각이 들 수도 있다(나라면 F를 B로 바꾸고 싶다). 옮긴이 They fuck you up을 They buck you up으로 바꾸면, 부모는 자

• 수사학 용어는 대부분 어색하지만(에필로그 참조), 예변법prolepsis은 그리스어로 '예상'을 뜻하는 단어인데, 이와 거의 관련이 없는 다섯 가지 수사학적 또는 문법적 의미를 더 가지고 있다. 그런 점에서 단연 최악의 용어 중 하나라고 할 수 있다. 이 말은 어원대로 **상대방의 주장을 예상한다**는 의미로 사용된다. "상대방은 아마도 X라고 말하겠지만, 나는 X가 틀렸다는 것을 증명할 수 있다"라는 식이다. 그러나 그것 말고도 첫째, **미래 상태의 어떤 것을 언급하는** 데 사용할 수도 있다. 예를 들면, "넌 죽은 사람이나 다름없어"라는 식이다. 둘째, 극 중 인물이 나중에 사실이 아닌 것으로 밝혀지는 말을 하는 아이러니의 한 형태일 수 있다. 셋째, 동사가 전체에는 일치하지만, 부분들에는 일치하지 않는 문법적 구조일 수도 있다. 넷째, 주제를 상세히 다루기 전에 간략하게 개요를 설명하는 수사적 장치를 의미할 수도 있다. 예를 들어 논문 개요에서 "이 논문은 다음을 보여주려 한다"라고 쓰는 것도 예변법이다. 마지막으로 다섯째, 몇 가지 의학적 및 식물학적 의미도 있다.

식을 '망친다'가 아니라, 자식을 '격려한다'라는 의미가 된다 하지만 아무리 프로이트적인 관점을 갖고 내용에 동의하더라도, 메시지가 너무 거칠고 단순해 멈칫할 사람이 적지 않을 것이다. 그런데도 이 시는 20세기 시에서 가장 유명한 첫 구절 중 하나이다. 예변법을 쓰지 않는 시를 생각해보면 그 이유를 알 수 있다.

> 엄마 아빠는 여러분을 망쳐놓는다.
> Your mum and dad, they fuck you up

또는 운율을 고집한다면

> 엄마 아빠에 의해 여러분은 망쳐진다.
> You're fucked up by your mum and dad

이런 것들은 시가 아니다. 이들은 잃었다, 대안들 말이다. 저런 구절은 다른 가능성을 완전히 잃은 문구이다. 무조건 엄마 아빠는 여러분을 망쳤다는 말로 끝이다. 신비로운 느낌을 주는 예변법은 늘 좋은 시구를 만드는 데 도움을 준다. 특히 처음에 등장할 때 효과가 가장 강력하다. 필립 라킨(1971)은 아마도 이 교훈을 첫 시행에 똑같은 기법을 사용했던 스티비 스미스Stevie Smith의 「손을 흔들지 않고 익사하기Not Waving But Drowning」(1957)에서 배웠을 것이다.

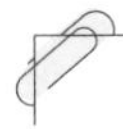

> 아무도 그의 말을 듣지 못했다. 그 죽은 사람의 말,
> 그러나 여전히 그는 누워 신음하고 있다;

Nobody heard him, the dead man,
But still he lay moaning;

그리고 스티비 스미스는 아마도 역시 첫 행에 똑같은 기법을 사용한 W. H. 오든의 「미술관Musée Des Beaux Arts」(1938)에서 배웠을 것이다.

고통에 대해 그들은 결코 틀린 적이 없었다,
오래된 대가들, 그들은 얼마나 잘 알았는지…

About suffering they were never wrong,
The old Masters: how well they understood …

그리고 또 W. H. 오든은 아일랜드 시인 어니스트 다우슨Ernest Dowson의 「오래가지 않으리Vitae Summa Brevis」(1896)의 첫 줄을 읽으며 이 기교를 배웠을 것이다.

그들은 길지 않다, 울음과 웃음,
사랑과 욕망과 미움;
나는 우리에게 이들이 들어설 자리가 없다고 생각한다, 그 후에는
우리가 그 문을 지난 후

They are not long, the weeping and the laughter,
Love and desire and hate;
I think they have no portion in us after
We pass the gate.

그리고 더 유명한 두 번째 연에서도 같은 기교가 반복된다.

> 그들은 길지 않다, 술과 장미의 나날,
> 안개 자욱한 꿈에서
> 우리의 길은 잠시 나타났다 닫혀버린다
> 꿈속에서.
>
> They are not long, the days of wine and roses,
> Out of a misty dream
> Our path emerges for a while, then closes
> Within a dream.

예변법에는 큰 장점이 두 가지 있다. 첫째, 신비로운 느낌을 주지만 지나치지 않다. 시가 대명사로 시작하면, 사람들은 생각하기 시작한다. "뭐지? 대체 무슨 일이 벌어지고 있는 거야? 누구지? 그들이라니, 누구지?" 잠깐은 징징거리며 궁금해하지만, 몇 마디만 지나면 마침표도 찍히기도 전에 그 누군가가 옛 대가들이거나 엄마 아빠, 또는 술과 장미의 나날이라는 사실을 알게 된다. 수수께끼가 제시되고, 관심을 끈 다음 수수께끼가 풀리는 구조이다.

하지만 신비로운 대명사를 너무 야심만만하게 남발했다가는 끔찍한 결과를 낳을 수도 있다. 항상 다음과 같이 시작되는 스릴러 소설이 있다.

> 그들은 세 명이었다. 그는 이미 다 알고 있었다. 그런데 그녀는 왜 그들을 보낸 걸까? 그는 자신이 그것을 더는 가지고 있지 않다고 말하려 했다. 하나도 없다고. 하지만 그들이 그것들이 사라진 것을 알면 그가 그것을 가지고 있지 않

다고 그녀에게 말할 수도 있다. 그러면 그는 정말 큰일 난다.

이러한 서두는 정상인 독자를 미치고 짜증 나게 해, 독자가 책을 불태우고 싶은 충동을 일으킨다. 그러나 원칙 자체는 훌륭하다. 위대한 영미권 시인들은 이보다 훨씬 더 미묘하고 성공적으로 사용했다.

예변법이 효과적인 두 번째 이유는 깊은 생각과 자연스러움을 담고 있기 때문이다. 누구나 한참 무언가를 골똘히 생각하다 갑자기 "바로 그거야!" "모두가 한통속이야!" "그녀는 아마 몰랐을 거야, 살인 당시 시계가 한 시간 앞당겨졌다는 사실을"과 같은 말을 해본 적이 있다. 그러곤, 방 안에 자기 말을 이해하지 못하는 사람들이 있다는 것을 알아차리고는 비로소 필요한 설명을 제공하는 명사를 덧붙인다. '맥주 말이야', 'CIA와 카르텔 말이야', 또는 '클라미디아 글로솝 부인 말이야Lady Chlamydia Glossop' 옮긴이 우드하우스의 소설 『라이트 호, 지브스Right Ho, Jeeves』에 등장하는 인물 같은 명사이다. 따라서 오든이 "고통에 대해 그들은 결코 틀린 적이 없다"라는 문구로 시를 열면, 마치 시인이 실제로 미술관에 앉아 그림을 바라보며 생각에 잠겨 있는 것처럼 느껴진다. 그다음 '오래된 대가들'이라고 말할 때는 자신이 소리 내어 말하고 있었다는 사실을 갑자기 깨닫고, 이제 막 무슨 말이었는지 설명을 시작하려는 듯한 느낌이 든다. 옮긴이 오든의 시 「미술관」

마찬가지로 이른 새벽 누군가 웨스트민스터 다리 위에 서서 런던을 바라보고 있다고 상상해보자. 잠시 후, 그는 누구인지 특정하지 않고 그냥 "지상에 이보다 아름다운 것이 어디에 있으랴"라고 중얼거린다. 그는 아직 **'그것'**이 무엇인지 언급하지 않는다.

여전히 그것의 아름다움에 사로잡혀 혼잣말하고 있기 때문이다. 그런 다음 그는 불현듯 당신을 알아차리고 상황을 수습하느라 이렇게 덧붙인다.

> 그냥 지나칠 수 있는 사람의 영혼은 무디리라
> 이처럼 감동적인 장관을 두고
> 이 도시는 마치 옷처럼 입고 있나니
> 아침의 아름다움을; 말없이, 알몸으로,
> 배와 탑, 돔과 극장과 사원들이
> 들녘과 하늘을 향해 누워 있다.

옮긴이 워즈워스, 「웨스트민스터 다리 위에서Composed Upon Westminster Bridge」

잔인한 행인이라면, "아침을 옷처럼 입고 있는데 왜 알몸이냐? 어?"라고 따질 수 있다. 하지만 좀 더 이해력이 뛰어난 사람이라면, "배, 탑, 돔, 극장, 사원이라니, 훌륭합니다. 워즈워스 씨. 근사한 집적법congeries이군요"라고 말할 것이다.

37

인간은 목록을 보면 당황하는 법

집적법 *Congeries*

집적법集積法을 의미하는 congeries라는 날말의 가장 좋은 점은 이 날말이 단수 명사라는 점이다. 옮긴이 congeries로 s가 붙어 복수 형태이지만 사실은 단수라는 의미 그렇지 않았다면 나는 대신 '나열list'이라는 단어를 사용했을 것이다. 'list'도 똑같은 '나열'이라는 의미가 있지만, congeries라는 날말이 주는 이국적인 느낌, 독특한 향, 모험, 대담한 행위, 야자수와 정글 냄새, 활력, 요정 가루, 마법이 전혀 없다. 또한 '리스트'는 누구나 발음할 수 있지만, congeries를 놓고서는 사전끼리 발음에 합의도 못한 상황이다. 그래서 더 재미있다. 엎친 데 덮친 격으로 공교롭게 복수형도 단수형과 똑같다. Congeries는 라틴어로 더미를 뜻하며, 수사학에서는 형용사나 명사의 나열을 가리킨다. 성 바울은 말한다.

> 육체의 행위는 명백하게 드러나기 마련입니다. 이것은 음행과 더러움과 방탕과 우상 숭배와 마술과 원수 맺는 것과 다툼과 시기와 화내는 것과 당파심과 분열과 이단과 질투와 술주정과 흥청대며 먹고 마시는 것과 그리고 이와 같은 것들입니다. 내가 전에도 여러분에게 경고했지만, 다시 경고합니다. 이런 생활을 일삼는 사람들은 결코 하느님의 나라를 상속받지 못할 것입니다. 그러나 성령님이 지배하는 생활에는 사랑과 기쁨과 평안과 인내와 친절과 선과 신실함과 온유와 절제의 열매가 맺힙니다.
>
> 옮긴이 「갈라디아서」 5장 19~23절

이런 것이 집적법의 예이다. 인간은 원래 목록을 만드는 동물이 아니기 때문에 저런 사도 바울의 시도는 그야말로 부자연스러워 보인다. 더 정확히 말해, 우리는 목록을 만들어가며 말하지 않는다. 여러분에게 가장 좋아하는 영화 50편이 무엇인지 물어본다면 여러분은 아마 연필과 종이를 들고 앉아 한 시간씩 문제를 푸는 것처럼 목록을 만들어야 할 것이다. 종이를 주지 않았다면, 말을 시작하긴 했겠지만, 전혀 빠르지 않을 것이다. 눈을 이리저리 굴리고 천장을 쳐다보며 영감을 얻으려고도 했을 것이다. 나라도 그렇다. 누구나 다 그럴 것이다.

심호흡을 한 번 하고 전체 목록을 음절에 따라 오름차순으로 완벽하게 풀어놓았다 치자. 만일 그랬다면 여러분은 초인이거나, 아니면 외로운 일요일마다 연필과 종이를 들고 목록을 달달 외우면서, 언젠가 바로 이 질문을 받을 수 있기를 간절히 바란 사람이었거나 둘 중 하나이다. 어느 쪽이든 보통은 넘는 사람이다. 신이나 바보가 아닌 다음에야 누구도 목록을 만들어 나열해가며 이야기하지 않기 때문이다.

집적법이 큰 효과를 내는 건 바로 그래서이다. 집적법을 보면 사람들은 놀라고 당황한다. 평범한 사람에게 크리스마스트리를 설명해달라고 요구하면 그는 선물과 반짝이 장식을 읊어대면서 더듬더듬 이야기할 것이다. 하지만 찰스 디킨스는 어땠을까.

나무는 커다란 원형 테이블 한가운데에 놓여, 사람들의 머리 위로 높이 솟아 있었다. 수많은 길고 작은 양초들이 나무를 찬란하게 밝히고 있었고, 밝은 물건들로 사방이 온통 반짝반짝 빛나고 있었다. 장밋빛 뺨을 한 인형들은 초록색 나뭇잎 뒤에 숨어 있었고, 수많은 나뭇가지에 매달려 있는 진짜 시계(적어도 분침과 시침이 움직이고, 끝없이 태엽을 감을 수 있는 시계)도 있었다. 광택을 낸 프랑스풍 테이블, 의자, 침대, 옷장, 8일 시계 옮긴이 한 번 태엽을 감으면 8일은 가는 시계 및 (울버햄프턴에서 주석으로 멋지게 제작한) 기타 다양한 가정용 가구가 마치 요정들이 집안일을 준비하듯 나뭇가지 사이에 자리 잡고 있었다. 유쾌하고 넓은 얼굴을 한 조그마한 사람 모양 인형들도 있었는데, 실제 사람보다 훨씬 더 외모가 멋져 보였다. 그도 그럴 것이, 이들의 머리를 벗기면, 둥근 사탕으로 가득했기 때문이다. 바이올린도, 드럼도 있었고, 탬버린, 책, 공구 상자, 페인트 상자, 과자 상자, 엿보기 상자를 위시한 모든 종류의 상자가 있었다.●

어른들의 금과 보석보다 훨씬 빛나는 소녀들을 위한 장신구들이 있었고, 모든 물건마다 바구니와 바늘꽂이가 있었고, 총, 칼, 깃발이 있었고, 마녀들은 마법에 걸린 원형 종이 안에 서서 운세를 점치고 있었다. 팽이, 윙윙 소리 내

● 순진했던 옛 시대의 '엿보기 상자'란 측면에 돋보기가 달려서 그 돋보기를 통해 안에 있는 화려하고 진기한 물건들을 볼 수 있는 상자였다. 20세기 어떤 영악하면서도 탐욕스러운 작자가 그 안에 음란한 그림을 넣자는 아이디어를 냈고, 결국 누군가 그 안에 소녀를 통째로 넣기로 한다. 이런 게 진보라 불린다.

는 팽이, 바늘 상자, 펜 닦개, 향수병, 대화 카드, 꽃다발, 금박을 붙여 인위적으로 눈부시게 만든 진짜 과일, 놀라움으로 가득 찬 가짜 사과, 배, 호두, 요컨대, 한 예쁜 아이가 내 앞에서 다른 예쁜 아이, 제일 친한 친구에게 "온갖 물건이 다 있었어. 아니 그 이상이었어"라며 즐겁게 쏙닥거릴 정도였다.

옮긴이 디킨스, 『몇 가지 크리스마스 이야기Some Christmas Stories』

이 정도면 6개월 동안 외워야만 말할 수 있을 정도의 목록이다. 하지만 얼마나 멋진 이미지인가! 명사와 명사가 명사 뒤에 계속 이어진다. 영광스러운 크리스마스트리의 찬란한 면모를 하나하나 보지 않을 수 없다. 참으로 예쁜 이미지들 더미이다. 디킨스는 바로 이런 식으로 자신의 이미지를 전달하고자 했다. 독자로서는 이 정도 이미지에 실컷 얻어맞은 다음 그저 복종할 수밖에 다른 수가 없다.

집적법이 효과가 있는 이유는 독자와 청취자가 이런 수사에 익숙하지 않기 때문이다. 금빛 아첨과 으르렁거리는 협박은 감당할 수 있지만, 집적이라니? 치명적인 반칙이다. 목록이 디킨스의 크리스마스트리만큼 길어야 하는 것도 아니다.

셰익스피어도 다음과 같이 쓰면서 같은 효과를 얻었다.

구름 모자를 쓴 탑, 화려한 궁전,
근엄한 사원, 위대한 세계 그 자체

옮긴이 『폭풍우』

셰익스피어는 특히 사람들을 모욕할 때 집적법을 즐겨 사용했다.

> …굶주린 당신, 귀신 가죽, 바싹 마른 혀에, 수소의 음경에, 말린 북어처럼 바짝 비틀어진 작자 같으니라구! 당신 같은 작자와는 말 섞는 것도 아까워. 이 재단사의 옷 자르는 공간, 칼집, 활집처럼 소용없는 존재, 불쾌하고 비열한 인간…
>
> …you starveling, you elf-skin, you dried neat's tongue, you bull's pizzle, you stock-fish! O for breath to utter what is like thee! You **tailor's-yard**, you sheath, you bowcase; you vile standing-tuck …
>
> 옮긴이 『헨리 5세 제1부』에서 폴스타프 대사

모욕의 의미를 산처럼 쌓아 올리는 기교를 전문용어로 하자면 비속어bdelygmia이다. 좋은 비속어의 가장 좋은 점은 (일단 묵음이라고는 하나도 없는 발음은 차치하고) 나열되고 있는 단어가 무슨 뜻인지 알 필요가 전혀 없다는 것이다. 나는 '재단사의 옷 자르는 공간tailor's yard'이 무엇인지, 그게 왜 모욕이 될 수 있는지 전혀 모른다. 하지만 이 날말은 목록 일부로서 효과가 있다. 16세기 후반 게이브리얼 하비Gabriel Harvey가 그린 아름다운 묘사를 보라.

> 이 빌어먹게 음란한 가니메데Ganymede 옮긴이 아름답기로 유명한 그리스 신화 미소년들, 허마프로다이트Hermaphrodite 옮긴이 남자와 여자 성기를 모두 가진 그리스 신들, 네로 추종자Neronist 옮긴이 네로 황제처럼 잔인하고 폭력적인 사람들, 메살리나 추종자Messalinist 옮긴이 로마 황후 메살리나처럼 부도덕하고 부패한 사람들, 도

데코메카니스트Dodecomechanist 옮긴이 그리스 신화의 대장장이 다이달로스처럼 기계와 기술에 대한 열정으로 자식을 망치는 사람들, 카프리카니스트Capricain 옮긴이 도박과 방종으로 유명한 카프리섬에서 부도덕한 활동을 즐기는 사람들, 새로운 욕망을 만드는 자, 그리고 옛날의 타락한 욕망을 되살리는 자들, 이 음란한 난봉꾼 무리야.

Fie on impure Ganymedes, Hermaphrodites, Neronists, Messalinists, Dodecomechanists, Capricians, Inventors of new, or Revivers of old lecheries, and the whole brood of venereous libertines.

정말 훌륭한 고전 교육을 받지 않은 사람이 아닌 다음에야, 도대체 무슨 욕을 듣고 있는 건지 감도 안 올 듯하다. 하지만 비속어 목록치고는 꽤 아름답다.

물론 집적법은 명사로만 구성할 필요는 없다. 형용사로도 매우 가능하다. 명사처럼 그림을 잘 그려주지는 못한다. 그래도 나름 자기 길을 개척하며 나아가긴 한다. 셰익스피어는 섹스와 섹스를 하고 싶은 욕구를 이렇게 묘사했다.

수치의 황무지에서 영혼이 치르는 비용은●
날뛰는 욕망이다: 행동에 돌입하기까지, 욕망은
위증죄를 저지르고, 살인하며, 피투성이가 되어, 비난을 퍼부으며, 야만적이고, 극단적이며, 거칠고, 잔인하며, 도대체 믿을 수 없다;

옮긴이 소네트 129

● 정액

이 불쌍한 친구는 말은 잘했어도, 여자에게 인기는 없었던 모양이다. 옮긴이 위증죄, 즉 거짓으로 맹세를 하고 나서야 비로소 섹스를 할 수 있었다는 말 훌륭한 작가들은 훌륭한 목록을 사랑한다. 조이스도 그랬고, 베케트는 아예 목록에 환호했으며, 와일드는 열광했고, 호머는 배를 세었다 counted ships. 옮긴이 전쟁을 대비할 때 배의 숫자를 센다. 따라서 긴장을 조성하는 표현이다. 당시 사람들은 전쟁을 즐겼기에, 긴장을 느끼면서 대단히 좋아했다. 현대인들에게 이 표현은 여기에 그리 어울리지 않을지 모르지만, 집적법에 따르면 큰 상관없이 여전히 열중하고 좋아했다는 의미가 될 것이다 구조에 신경 쓸 필요 없이 단어들을 합치고 나열하는 일에는 해방감을 주는 뭔가가 있다. 집적법이 그저 주변 여기저기에 널려 있다손 쳐도 거기에는 어떤 마법 같은 것이 있다. 1953년 동독 정부가 영국인을 기술하는 단어로 인정한 목록을 보라.

> 인사불성으로 취한 아첨꾼, 인류를 배신하는 낙오자, 썩은 고기를 먹는 굽실거리는 모방자, 비겁한 겁쟁이와 협력자, 여성 살인자 집단, 타락한 폭도, 기생적 전통주의자, 플레이보이 군인, 허영심에 찬 멋쟁이.

멋진 문장이다. 하지만 동사가 없다.

시간을 초월하기

동사 없는 문장 *Scesis Onomaton*

문장에 주동사가 있어야만 한다고 믿는 사람들이 있다. 말도 안 되는 소리! 동사 없이도 기나긴 대화를 이어갈 수 있다. "술?" "감사." "네가 살 차례." "정말?" "그럼." "제길." 또 주동사 없이 글쓰기도 가능하다. 영원히 그럴 수는 없겠지만, 어느 정도는 시도해볼 수 있다. 동사 없이. 파편만 가지고. 여기엔 명사, 저기엔 분사. 디킨스 『황폐한 집Bleak House』 첫 문장.

런던.

훌륭한 첫 문장이다. 자신이 무슨 말을 할지 이미 알고 있는 작가

나 가능한 문장이다. 그는 런던과 런던이 상징하는 모든 것을 말하고 싶다. 거기서부터 시작해서, 범위를 좁혀나가면 된다. 다음 문장에도 주동사는 없다.

얼마 전 성 미카엘 축일 기간이 끝나 대법관은 링컨 법학원에 앉아.

Michaelmas term lately over, and the Lord Chancellor sitting in Lincoln's Inn Hall

옮긴이 역시 『황폐한 집』 일부. 문장은 둘인데, 둘 다 동사가 없다. 두 문장 모두에 동사 was가 필요하다. 영국의 법정 연도는 네 시기로 나뉘는데, 10월에서 12월까지가 성 미카엘 축일 기간 Michaelmas term이다. 그 외 힐러리 기간Hilary term, 부활절 기간Easter term, 삼위일체 기간 Trinity term이 있다. 참고로 성 미카엘 축일은 기독교에서 성 미카엘의 명칭을 딴 축제로, 9월 29일이다

혹시 모르니 명확히 하자면, 'sitting'은 동사가 아니라 대법관을 수식하는 형용사 역할을 하는 분사이다.

인정사정없는 11월 날씨.

Implacable November weather.

옮긴이 『황폐한 집』

이런 식으로 계속된다. 마침표 열 개가 더 남았다. 343단어를 지나치고 나서야 마침내 주동사가 있는 문장을 만날 수 있다. 따라서 그 어떤 것도 실제로는 아무런 일도 하지 않는다. 옮긴이 동사는 '어떤 일을 하는 말'이라는 의미이다 그저 안개처럼 떠 있을 뿐이다. "사방엔 안

개.” 장면 설정은 완벽하다. 동사 없는 문장이 최고의 기능을 하고 있기 때문이다. 장면 설정. 여러분이 알아야 할 모든 것을 알려주는 간단한 명사이다.

우주, 최후의 개척지.

Space: the final frontier.

옮긴이 TV 시리즈물 「스타트렉Star Trek」의 모든 에피소드 시작 부분에 등장하는 문구

이 문구가 아래와 같았다면, 그저 그랬을 것이다.

이곳은 우주, 최후의 개척지이다.

This is Space, which is the final frontier.

명사가 다 있는데 ‘이다’가 왜 필요하겠는가? 영원. 시제 없는 문장. “여기는 우주이다”, “여기는 우주였다”, “여기는 우주가 될 것이다”라는 표현은 시간 제약을 받을 수 있다. 하지만 여기서 주동사를 생략하면 과거, 현재 또는 미래 아무것이나 될 수 있다. 디킨스의 런던은 런던이고, 런던이었으며, 런던일 것이다. 지금 런던에 사는 사람들이 런던에서 무엇을 하는지는 중요하지 않다. 디킨스는 시간을 초월하여 런던을 묘사하고 있기 때문이다. 따라서 그의 런던은 공룡이 지구를 지배하던 때의 런던이기도 하다. 그는 아예 노골적이다.

마치 바닷물이 지표면에서 막 물러난 것처럼 거리에는 진흙이 가득해서, 홀본 언덕을 거대한 도마뱀처럼 뒤뚱거리며 올라가는 40피트 길이의 메갈로

사우루스를 만나더라도 그리 놀랍지도 않았을 것이다.

옮긴이 『황폐한 집』

런던. 영원한 도시. 「스타트렉」의 우주만큼이나 시간을 초월한 공간. 디킨스는 마침내 본동사에 도달하면서(영원히 동사 없는 문장을 이어갈 수는 없으니까), 의도적으로 독자를 다음 문장으로 데려다 놓는다.

상점들은 대부분 영업시간 두 시간 전부터 **불을 켰는데**, 가스도 **아는** 듯 런던은 초라하고 의욕 없는 외양을 **가지고** 있기 때문이다.

Most of the shops **lighted** two hours before their time—as the gas **seems** to know, for it **has** a haggard and unwilling look.

옮긴이 『황폐한 집』

과거와 현재가 한 문장에. 디킨스는 아직 하나의 시간에 얽매이고 싶지 않다. 따라서 동사 없는 문장은 영원한 장면을 설정할 수 있고, 역사라는 진흙탕 속에 갇히지 않는 영원한 원칙을 서술할 수도 있다. 윈스턴 처칠은 2차 세계대전 역사를 쓸 때 1939~1945년에 일어난 사건에 대해 할 말이 많았다. 사건 대부분이 자신이 초래한 것이었기 때문이다. 하지만 그의 책 옮긴이 『제2차 세계대전』은 단순하고 동사도 없는 표제로 시작한다. 『직업윤리The Moral of the Work』라는 표제이다. 그 아래엔 다음과 같이 적혀 있다.

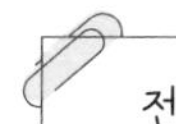

전쟁 시: 결단.

패배 시: 저항.

승리 시: 관대함.

평화 시: 선의.

"전쟁에서 나는 결단했다"라고 했다면 뻐기는 것처럼 들렸을 테고, "우리는 결단했다"라고 했다면 애국주의적인 승리의 말로 들렸을 것이다. 모세의 십계명을 따라 명령문을 만들 수도 있었다. "전쟁에서 너희는 결의를 지닐지니." 아니면 미래에 대한 선언으로 "전쟁에서 우리는 항상 결의를 가질 것이다"라고 쓸 수도 있었다. 하지만 그 어떤 선택지도 처칠에게 제약을 가하고 처칠의 말을 제한하는 효과만 낳았을 것이다. 이 부분만큼은 역사가 아니었다. 어차피 역사는 그다음 1장부터 나올 테니까. 서두만큼은 직업윤리였고, 윤리이며, 윤리일 것이다. 윤리는 시간을 초월한다. 탄생도 없다. 죽음도 없다.

처칠의 영원한 진리는 동사 없는 문장을 만나 고매함이 더해졌다. 하지만 동사 없는 문장은 이렇게 고상한 문구 외에 아주 사소한 규칙에도 적용될 수 있다. '주운 사람이 임자Finders kiipers' 라는 문구는 과거에도, 현재에도, 앞으로도, 왜 그래야만 하는지 말해주지 않는다. 이건 그저 규칙, 동사 없는 규칙이다(그리고 실제로 대영제국 일부 국가의 불문율이기도 했다). '각자 나름대로Each to his own' 옮긴이 각자는 취향이 다르므로 다른 사람의 선택에 개입하지 마라, '그 아버지에 그 아들Like father, like son' 옮긴이 아버지와 아들은 비슷한 성격이나 행동 방식을 보이기 마련이다, '삼세번이면 된다Third time lucky' 옮긴이 세 번째 시도는 앞선 실패한 시도와는 달리 성공할 가능성이 크다는 의미이다도 마찬가지이다.

동사 없는 문장의 시간 초월성은 정치에서 남용되면서 그 효과가 오히려 반감되었다. 정치라는 세계의 뜨거운 공기hot air 옮긴이 'hot air'는 '허풍, 무의미한 말'을 의미한다. 정치권에서는 말만 있고, 실천은 없음을 비꼬는 말로 쓰인다에 화상을 입지 않고 오래 버틸 수 있는 수사법이란 거의 없다. "전쟁!" 또는 "전쟁 반대!", "정의!" 또는 소수자의 "부정의!"를 외치는 시위 플래카드가 너무도 많다 보니, 아무런 수식 없이 있는 그대로의 명사가 복잡한 현실에 비해 정보 전달이 충분치 않아 보이기 시작했기 때문이다. 그렇지만 다른 분야에서는 동사 없는 문장이 여전히 원하는 결실을 보고 있다. 테니슨은 「모래톱을 건너며Crossing the Bar」라는 시에 이렇게 썼다.

석양과 저녁별,
그리고 나를 부르는 선명한 소리 하나!

Sunset and evening star,
And one clear call for me!

동사가 없는 것은 '시간과 공간의 경계를 벗어나려' 하는 이 시에 정말 잘 어울린다. 하지만 테니슨은 이 기교를 시의 마무리에 더욱 효과적으로 사용한다. 「인 메모리엄」 50부에서 그는 시 전체를 동사 없는 문장으로 이어감으로써 더더욱 끝을 예상하지 못하게 만든다. 하지만 언제나 그렇듯이 테니슨의 주제는 죽음과 영원이다. 테니슨은 위대한 시인이었지만, 함께 한 달을 보내야 한다면 재미있게 지낼 만한 친구 같지는 않다. 얼굴을 온통 덮은 수염과 슬픔. 마지막 연은 주동사로 시작하고, 철저하게 전통적이고 문법적으로 올바르다.

> 내 곁에 있어다오 내가 사라질 때,
> 힘겨운 삶의 시기를 가리키도록,
> 그리고 삶의 낮고 어두운 가장자리
> 영원한 날의 황혼.
>
> Be near me when I fade away,
> To point the term of human strife,
> And on the low dark verge of life
> The twilight of eternal day.

그리고 시간과 동사가 사라진다. 집착할 것이 없다. 동사 없는 문장의 위대한 위업이다. 물론 다른 효과도 있다. "나 타잔. 너 제인"은 영원한 진실을 피하려 한다. 옮긴이 "나 타잔, 너 제인"은 유아적이고, 자기중심적인, 혹은 더 나아가 서양의 남근중심주의, 로고스중심주의 태도를 가리킨다. 이런 태도는 세상의 복잡한 진실을 외면하려 한다. 동사 없는 문장은 이렇게 유치하게 사용될 수도 있는 기교라는 의미이다 이런 건 영화에서는 단 한 번도 등장하지 않았다. 심지어 촬영 시작 때 사용하는 클래퍼보드clapper-board 옮긴이 영화 촬영 시 시작을 알리는 판자로, 그 위에 보통 영화 제목, 장면 번호, 촬영 날짜들을 적는다. 슬레이트라고도 한다 에도 이런 건 없다.

르네상스 시대 런던에서 가장 인기 있던 연극이 무엇이었는지는 확실치 않다. 가장 장기간 공연된 단일 연극은 토머스 미들턴Thomas Middleton의 「체스 게임A Game At Chess」으로, 9일 밤 동안 공연되었는데, 당시 관객에게 지나치게 정치적인 흥미를 자아낸다는 이유로 상연을 금지당했다(따라서 오늘날 관객에게는 너무 지루할 수 있다). 하지만 「체스 게임」은 기억에 남는 대사가 있어 유명했던 건 아니다. 유명한 대사로 치자면 토머스 키드Thomas Kyd의 『스페인 비극The Spanish Tragedy』이 훨씬 앞선다.

「카사블랑카」가 영화와 맺고 있는 관계는 『스페인 비극』이 르네상스 연극과 맺고 있는 관계와 비슷하다고 볼 수 있다. 둘 다 해당 장르 최초 작품은 아니지만, 거의 모든 사람이 관심을 보인 최초의 작품이었다는 뜻이다. 둘 다 최고의 영화, 최고의 연극은 아니었을지 모르지만 어쨌든, 고전이다. 「카사블랑카」는 1940년대라면 그럴듯했던 대규모 멜로드라마로, 오늘날 우리는 이런 영화를 보고 즐기기엔 너무 철이 들어버렸다고 생각하면서도, 이 영화는 다들 몰래 좋아한다. 『스페인 비극』 역시 1580년대 후반이라면 그럴듯했던 대규모 멜로드라마로, 1610년 당시 사람들은 이런 연극을 즐기기엔 자신들이 너무 철이 들었다고 생각하면서도, 모두 좋아했다. 사람들은 술에 취해 눈물을 흘리며 이 연극 대사를 읊조리곤 했다. 워낙 이런 일이 많다 보니 다른 연극에서 『스페인 비극』 장면을 따라 하는 사람들을 조롱하는 장면을 넣을 정도였다.

토머스 키드는 대단한 작가였다. 당시 극장에서 『햄릿』을 본 경험담은 하나만 남아 있다. 셰익스피어 버전 연극에 대한 평가는 없었다. 셰익스피어 버전 연극을 본 경험담을 쓸 가치가 있다고 본 사람은 전혀 없었다. 절대로. 반면 토머스 키드 원작은 훌륭했다.● 셰익스피어의 리메이크 버전은 아니었다. 옮긴이 『스페인 비극』

● 학자들 대부분은 최초의 『햄릿』을 쓴 사람이 아마 토머스 키드였을 것이라는 데 동의하는 듯하다. 하지만 확실한 증거는 없다. 유일하게 남아 있는 대사는 "햄릿! 복수!"이다.

이 셰익스피어의 『햄릿』과 아주 비슷하여, 이 때문에 현존하지 않는 『햄릿』의 원본을 키드가 썼다고 주장하는 학자도 있다. 각주 참조

『스페인 비극』은 키드가 쓴 최고의 연극이었고 이 작품의 최고 대사에도 주동사가 없다.

오, 눈! 눈은 없지만, 눈물로 가득 찬 분수!
오 생명! 생명은 없지만, 생동감 넘치는 죽음의 형상!
오 세상! 세상은 없고, 대중의 잘못만 가득한,
혼란스럽고 살인과 악행으로 가득한!
오 하늘이여!

O eyes! No eyes, but fountains fraught with tears!
O life! No life, but lively form of death!
O world! No world, but mass of public wrongs,
Confused and filled with murder and misdeeds!
O Heavens!

이는 등위구문, 두운, 은유, 첫구반복anaphora의 좋은 예이다.

수사학의 왕

첫구반복 *Anaphora*

각 문장을 같은 단어로 시작하는 것이 첫구반복이다. 수사학의 왕이라 할 수 있다. 인정하긴 싫지만 사실이다. 이사일의는 기묘한 매력을 갖고, 동어이형반복은 배경에서 노예 노릇을 하고, 오어법은 사물을 부수고 돌아다니지만, 첫구반복은 이 모든 힘을 다 갖고 있다.

어처구니없이 쉽다, 첫구반복은. 어처구니없이 쉽다, 단어 선택도. 어처구니없이 쉽다, 단어 반복 역시나. 누구나 할 수 있다. 누구나 같은 방식으로 문장을 시작할 수 있다. 필요한 기술이라고는 없다. 필요한…. 딴생각해 가며 온종일 이런 식으로 쓸 수 있다. 하지만 첫구반복은 위험하다. 너무 강력하기 때문이다.

좀 더 정확히 말하자면 첫구반복은 총과 같아서, 아주 유용하긴 하지만 방아쇠를 당기기 전에 올바른 방향을 겨냥해야 한다. 첫구반복을 사용하면 사람들은 늘 첫 단어만 기억하고, 나머지는 대개 잊어버리기 때문이다.

기억하는가, 윈스턴 처칠의 영국 침공 묘사를? 기억하는가, 독일군이 영국 해군을 물리치고 남부 해안에 상륙하고 런던을 점령하여, 영국군의 저항은 웨일스나 레이크 디스트릭트 등지에서 벌어지는 소규모 게릴라전으로 국한되어 버릴 것이라고 말했던 일을? 기억하는가? 아니, 못 한다고?

희한한 일이다. 사실 여러분은 기억하기 때문이다. 귀 기울여 듣지 않았을 뿐이다. 첫구반복만을 들었던 탓이다. 처칠은 연설문을 한 줄씩 따로 쓰곤 했다. 그래서 1940년 처칠 의회 연설 원고는 다음과 같았을 것이다. 연합군 도움 없이 영국만 홀로 남아, 거의 확실한 패배를 목전에 두고 의회에서 해야 했던 연설 원고이다.

우리는 좌절하거나 실패하지 않을 것입니다.
우리는 끝까지 싸울 것입니다.
우리는 싸울 것입니다, 프랑스에서,
우리는 싸울 것입니다, 바다와 대양[북대서양]에서,
우리는 싸울 것입니다, 나날이 커지는 확신과 강력해지는 공군력으로,
우리는 우리의 섬을 지켜낼 것입니다, 어떤 대가를 치르더라도,
우리는 싸울 것입니다, [영국] 해변에서,
우리는 싸울 것입니다, [영국] 상륙지점에서
우리는 싸울 것입니다, [켄트의] 들판과 [런던의] 거리에서,
우리는 싸울 것입니다, [북쪽 어딘가의] 언덕에서.

우리는 절대로 항복하지 않을 것입니다.[*]

그가 무엇을 묘사하고 있는지는 꽤 명확하다. 그가 그린 것은 패배, 명예로운 패배였다.

하지만 처칠은 첫구반복을 통해 자신이 하는 바를 정확히 알고 있었다. 국민은 "우리는 싸울 것입니다"라는 말만 듣게 될 것이다. 나머지는 절대 듣지 않을 것이다. 그거면 충분했다. 사람들은 같은 말을 여러 번 들으면 정말 믿는다. 당시 처칠은 "싸워야 한다"와 "질 수도 있다"라는 두 가지 메시지를 전달해야 했다. 그는 첫구반복을 통해 그중 하나를 밀어붙이면서 다른 하나는 슬쩍 감추었다.

그는 내각과 있는 사석에서도 똑같이 말했다. 하지만 이번에는 이렇게 말했다. "[영국의] 긴 역사가 마침내 끝나야 한다면, 항복을 통해서가 아니라 우리가 의식 없이 땅바닥에 굴러다니는 것으로 끝나는 편이 더 낫다."[**]

마틴 루서 킹Martin Luther King 목사와 그의 꿈을 기억하는가. 옮긴이 1963년 워싱턴 DC '자유의 집회'에서 했던 '내게는 꿈이 있습니다I Have a Dream' 연설을 가리킨다 그 꿈이 무엇인지 기억하는가? 세부적인 내용까지? 물론 연설의 일반적인 내용은 기억하리라 믿는다. 하지만 언급되었던 세 개 주 이름이 뭔지는 기억나는가? 옮긴이 앨라배마주, 미시시피주, 조지아주로, 미

---

[*] 1940년 6월 4일 처칠이 의회에서 행한 연설 일부이다.

[**] 이 말을 전쟁경제부 장관 휴 달튼Hugh Dalton은 다음과 같이 기억하고 있었다. "우리의 이 길고 긴 섬 이야기가 마침내 끝나야 한다면, 우리 모두 자신이 흘린 피에 질식해 죽어 있을 때여야만 합니다."

국에서 인종 차별이 가장 심했던 주들이다 기억 못 한다고? 아무도 기억하지 못한다. 사람들은 꿈은 기억하지만, 세부 사항은 기억하지 못한다.

물론 첫구반복이 문장 전체여야 할 필요는 없다. 단어 하나만으로도 충분하다. 효과는 조금 줄어들지 모르지만, 아름다운 최면 효과가 있다. 크리스토퍼 스마트Christopher Smart라는 18세기 시인이 있었다. 스마트는 빚을 지고, 천박한 시를 쓰고, 종교적인 시를 쓰고, 서점과 어리석은 계약을 체결하는 등, 18세기 시인이 하리라고 예상할 만한 짓은 다 했다. 결국 세상사에 너무 지친 그는 제프리라는 고양이 외에는 친구 하나 없는 정신병원에 갇혔다.

그래서 스마트는 시를 썼다. 아무리 봐도 기이한 시이다. 우선, 이 시는 당시에는 존재하지 않았던 자유시 형식을 띠고 있다. 둘째, 너무 종교적이어서 완전히 제정신이 아닌 듯이 보인다(가령 "어린 시절부터 목사였던 새뮤얼이 방어의 피조물이며 그의 팔 위에 계속 서 있는 고슴도치와 쉬지 않고 신을 찬양하게 하소서" 같은 시행을 보면 어느 정도 짐작할 수 있을 것이다). 하지만 가장 특이한 점은 각 페이지의 모든 행이 같은 단어로 시작한다는 것이다. 어떤 페이지 첫 단어는 '부디Let'이고, 또 다른 페이지 첫 단어는 '왜냐면For'이다.

따라서 어떤 의미에서 이 시는 자유시가 아니다. 첫구반복도 엄연한 하나의 시 형식이기 때문이다. 따라서 스마트의 시는 순수한 첫구반복 시라고 할 수 있다. 그리고 그중 가장 아름다운 구절은 그의 고양이 제프리에 관한 시구이다.

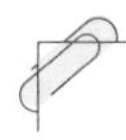

왜냐면 그는 신이 착한 고양이라고 말해주면 감사함에 가르랑거리기 때문이다.
왜냐면 그는 아이들이 자비를 배울 수 있는 도구이기 때문이다.
왜냐면 그 없이는 모든 집이 불완전하고 영혼에 축복이 부족하기 때문이다.

왜냐면 이스라엘 자손이 이집트에서 떠날 때 주께서 모세에게 고양이에 대해 명령하셨기 때문이다.

왜냐면 모든 가족은 적어도 한 마리의 고양이를 가방에 넣었기 때문이다.

옮긴이 cat in the bag은 모르는 구석이 있다는 관용구이다. 따라서 "모든 집마다 사람들이 모르는 구석이 있다" 정도의 의미이다

왜냐면 영국 고양이는 유럽에서 최고이기 때문이다.

왜냐면 네 발 달린 동물 중 앞발을 가장 깨끗하게 사용하기 때문이다.

왜냐면 그의 민첩한 방어는 그를 향한 하느님의 사랑이 지극히 크다는 것을 보여주는 사례이기 때문이다.

왜냐면 그는 어떤 피조물보다 판단이 빠르기 때문이다.

왜냐면 그는 자기주장이 강하기 때문이다.

왜냐면 그는 중력과 흔들림의 혼합물이기 때문이다.

왜냐면 그는 하느님이 자기 구세주임을 알기 때문이다.

이 모든 **'왜냐면'**이 없다면, 위 시는 대단치 않은 글이 되어버렸을 것이다. 왜냐면 이 모든 **'왜냐면'**이 없다면, 그저 미친 사람의 헛소리에 불과할 테니까. 이 모든 **'왜냐면'** 덕택에, 시는 적어도 미친 시인의 주절거림은 될 수 있었다.

첫구반복은 어디에나 존재한다. 이 책을 관통하고 있기도 하다. 모든 장, 모든 수사법, 모든 작가에게 있다. 디킨스의 안개를 기억하는가?

안개는 어디에나. 안개는 푸른 숲과 초원 사이를 흐르는 강에도, 안개는 강 아래로도 […] 안개는 에식스 습지에도, 안개는 켄트 고원에도. 안개는 석탄 운반선 승무원실로도 스며들고, 안개는 돛대에 누워 펼쳐지고 거대한 배의 선구 위에 떠다니고, 안개는 바지선과 작은 배 테두리에 드리워지고. 안개는

옛날 해군 병사들의 눈과 목구멍에 끼고, 병동 벽난로 옆에서 쌕쌕거리게 한다. 안개는 분노한 선장이 오후에 피워 무는 파이프의 입술 닿는 부분과 담배 담는 부분에도…

옮긴이 『황폐한 집』

이는 첫구반복이었다. 블레이크의 수사적 질문을 기억하는가?

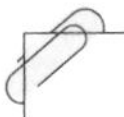

어떤 망치야? 어떤 사슬이지?
어떤 용광로에 그대의 뇌가 있었지?
어떤 모루야? 어떤 섬뜩한 손아귀이길래
감히 그 치명적인 공포를 움켜잡는 거야?

옮긴이 「호랑이」

이것도 첫구반복이었다. 「전도서」 3장이 어떻게 전개되는지 기억하는가? 역시 첫구반복이다.

태어날 때가 있고, 죽을 때가 있다. 심을 때가 있고, 뽑을 때가 있다.
죽일 때가 있고, 살릴 때가 있다. 허물 때가 있고, 세울 때가 있다.
울 때가 있고, 웃을 때가 있다. 통곡할 때가 있고, 기뻐 춤출 때가 있다.

A time to be born, and a time to die; a time to plant, and a time to pluck up that which is planted; A time to kill, and a time to heal; a time to break down, and a time to build up; A time to weep, and a time to laugh; a time to mourn, and a time to dance

이제 마무리할 때가 되었다.

마무리

셰익스피어는 수사법을 사용하는 방법까지 우리에게 알려주었다. "일상의 말에서도 수사학을 연습하라." 어쨌거나 우리도 어느 정도는 그렇게 하고 있다. 여기에 쓴 수사법 중 여러분이 가끔이나마 사용해보지 않은 수사법은 없을 것이다. 이 책은 여러분이 만든 최고의 표현을 비추어볼 수 있는 거울에 불과하다.

이 책의 목적은 지난 몇 세기 동안 내팽개쳐진 명확성과 지식을 복원하는 것이다. 우리는 몇 세기 전 구조 공학은 당장 잊어버린 채, 우연이란 원칙을 바탕으로 건물을 짓기로 합의한 듯하다. 물론 과도하게 사용되거나 엉뚱한 장소와 시간에 사용된 수사법은 잘못이다. 하지만 잘 사용된 수사법은 언어를 아름답게 만든다.

무엇보다도, 글쓰기의 목적이 가능한 한 적은 단어를 사용하여 평범하고 간단한 언어로 자신을 명확하게 표현하는 것이라는 황량하고 어리석은 생각은 떨쳐버렸으면 한다. 이는 허구, 실없는 소리, 오류, 환상, 거짓이다. 유용성만을 위해 글을 쓰는 것은 유용성만을 위해 옷을 입는 것만큼이나 어리석은 짓이다. 물론 산악인들은 유용성을 추구한다. 그들은 사람들이 비웃을 만한 옷을 입은 채 에베레스트를 등반하고, 빠르고 효율적으로 의사소통을 한다. 하지만 죽음과 설인 예티라는 위협을 받지 않는 우리에게 옷과 언어는 아름다움이 될 수 있다. 아무리 날씨가 따뜻하다고 해서 알몸으로 밖을 나다니지 않는 것처럼, 나는 아무리 필요 없다고 해도, 예술성 없는 글은 쓰지 않을 것이다. 다시는.

수사적 표현들은 야생화처럼 자라나지만, 우리가 기를 수도 있다. 나는 비틀스가 전사반복anadiplosis을 몰랐다고 생각하지 않으며, 롤링 스톤스가 겸용법을 몰랐다고는 믿지 않는다. 그들은 어떤 수사법이 효과가 있을지 알고 있었고, 그것들은 실제로 효과가 있었다.

수사학적 표현들은 우리가 읽는 모든 시를 아름답게 만든다. 그런 표현들이 없었다면 우리는 그저 먹고 자고 낳고 죽는 존재에 불과했을 것이다. 그들이 있었기에 모든 것이 영광스러울 수 있다. 할 말이 아예 없을 수는 있지만, 할 말이 있다면 적어도 잘 할 수는 있다.

용어에 관한 에필로그

수사학 용어는 재앙이자 혼돈이다.

수사학은 고대 그리스인들이 발명했다. 이들은 자신이 발견한 패턴에 그럴듯한 고대 그리스 낱말을 가져다 붙였다. 하지만 사람마다 이 단어들을 조금씩 다르게 정의했다. 어떤 사람은 느슨하게, 어떤 사람은 매우 정확하게, 또 어떤 사람은 완전히 다른 의미로 사용했다.

곧 로마인들이 등장했다. 그들은 때로는 그리스어 용어를 사용하기도 하고, 때로는 자신들만의 용어를 생각해내기도 했다. 그러다 보니 낱말들은 뒤죽박죽이 되어 서로 다른 방식으로 사용되거나 제대로 정의하기 어려워졌다.

중세에 이르자, 수도사들은 제각기 다른 수도원에 앉아 그리스와 로마의 다양한 수사학 서적을 읽고 제 나름대로 각색하여 상황을 더욱 혼란스럽게 만들었다.

르네상스 시대가 도래했다. 모든 사람이 고대 수사학을 재발견하고, 자신의 언어에 맞게 적용하기 시작했다. 물론 꼭 들어맞지는 않았다. 퍼튼햄과 피첨, 또한 성이 P로 시작하는 다른 사람들 옮긴이 대표적인 사람으로 로도비코 포르토Lodovico Porto가 있다이 영어로 된 수사학 사전을 만들었는데, 고대 수사학 사전과 완전히 같지는 않았지만, 그럭저럭 훌륭하긴 했다.

이 엄청난 혼란을 해결하기 위해 퍼튼햄은 '뻐꾸기 주문cuckoo-spell' 옮긴이 반복법epizeuxis 대신 사용했다이나 '느린 귀환slow return' 옮긴이 첫결반복epanalepsis 대신 사용했다과 같은 사랑스러운 이름을 가진 완전히 새로운 영어 용어를 발명하기도 했다. 하지만 이 용어들은 인기를 끌지 못했고, 현대 수사학 서적들은 오히려 그를 비웃고 조롱했다. 정말 공정치 못한 처사이다.

일반적으로 이런 종류의 문제는 위대한 참고 문헌이 쓰이기 시작한 19세기와 20세기에 접어들면서 정리된다. 하지만 안타깝게도 그 시기에는 수사학이 인기가 없어서 혼란은 오히려 더욱 가중되었다. 오죽하면 『옥스퍼드 문학 용어 사전』과 『옥스퍼드 영어 사전』의 액어법 정의가 완전히 다를 정도이다.

그 결과 모든 전문적인 수사학 용어는 각기 다른 정의 열네 개를 가지게 되었고, 수사학의 모든 표현은 서로 다른 이름 열네 개를 가지게 되었다. 리처드 랜험Richard Lanham이 쓴 현대의 표준적인 수사학 사전 『수사학 용어집A Handlist of Rhetorical Terms』은 모든 수사법의 다른 이름과 다른 의미를 나열하는 데 중점을 두고 있다. 따라서 용어를 확실히 아는 게 목적이라면 이 책은 불태우고 랜험의 책을 사도 좋다.

이 책은 수사학 사전이 아니며 그럴 의도도 없다.

또, 이런저런 수사법 구분이 모호하다는 문제도 있다. 주의 깊은 독자라면 띄어 반복하기(위기? 무슨 위기?)가 첫결반복(같은 낱말로 문장을 시작하고 끝맺음)과 매우 유사하며, 첫결반복은 교차법(대칭적 문장 구조)과 밀접한 관련이 있다는 사실을 눈치챘을 것이다. 그 외에도 많다. 반복법(같은 단어 반복)은 필연적으로 두운과 용어법이며….

이해가 가는지 모르겠지만, 그다지 깔끔한 그림은 아니다.

하지만 먼저 구분을 익혀야만 그 구분이 실제로 존재하지 않는 이유를 알 수 있다는 것이 모든 인문학의 진리이다. 그래서 나는 모든 수사법을 그 친척들과 멀리 떨어진 독립된 장에 자리 잡게 하고, 각각 이름을 붙였다.

이 책의 목적은 수사학이 영어에서 어떻게 사용되는지 보여주려는 것이다. 장마다 지난 500년 동안 문화에서 수집한 유명사례를 이용하여 수사적 표현을 식별하고 그 수사의 효과를 설명하려고 노력했다. 각 수사에 딱 맞는 이름을 붙이려 했다. 하지만 '단어나 구의 전면 및 후면의 반복henprosoparapanadiploeia'이라고 아무리 이름 붙여봐야 그냥 장미는 장미이고 장미라고 그 자체로 정의하는 것만 못한 면도 있었다.

하지만 이 혼란의 정글을 정리하고 정돈해보려고 노력하는 엄격하고 진지한 학자들도 있다. 내 정의에 코웃음을 치고, 내 의견에 분노하는 사람도 있다. 실제로 나의 동사 없는 문장 정의를 읽은 후 편지를 보낸 사람도 있다. 독자 여러분도 실제로 그렇게 엄격하고 진지한 학자일 수도 있다는 생각이 들었다. 그럴 수도 있다. 만약 그렇다면, 내게 **전혀** 피드백을 보내주지 않아도 좋다. 진심이다. 내게 보낼 편지를 가져다가 돌돌 말아서 잘 감싸서 두운으로 시작하는 어딘가에 붙이고Take that letter, roll it up, wrap it in brambles, and stick it somewhere that alliter... [1장에서 계속] 옮긴이 위의 문장에서 두운을 볼 수 있으므로, 다시 1장을 보라는 말이다. 저자에게 편지를 보낼 시간이 있으면 이 책을 한 번 더 읽는 게 낫다는 의미이다

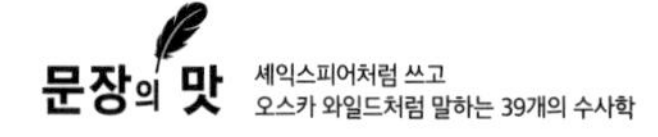

마크 포사이스 지음
오수원 옮김

초판 1쇄 발행일 2023년 8월 18일

발행인 | 한상준
편집 | 김민정·강탁준·손지원·최정휴
교정교열 | 조세진
디자인 | 문지현·조경규
마케팅 | 이상민·주영상
관리 | 양은진

발행처 | 비아북(ViaBook Publisher)
출판등록 | 제313-2007-218호(2007년 11월 2일)
주소 | 서울시 마포구 월드컵북로 6길 97(연남동 567-40)
전화 | 02-334-6123 전자우편 | crm@viabook.kr
홈페이지 | viabook.kr

ISBN 979-11-92904-27-6 03800